Carlo Schäfer wurde 1964 in Heidelberg geboren, wohin er nach Kindheit und Jugend in Pforzheim zum Studium zurückkehrte. Er jobbte als Hilfsgärtner, Nachtportier, Cartoontexter, war Lehrer für deutsche Spätaussiedler und Mannheimer Hauptschüler aus vielen Ländern. Schäfer wohnt mit Frau und Kind in Heidelberg und ist mittlerweile Hochschuldozent.

2002 erschien sein Romandebüt «Im falschen Licht» (rororo 23283), es folgten «Der Keltenkreis» (rororo 23414) und «Das Opferlamm» (rororo 23704).

Mehr dazu unter: www.carlo-schaefer.de

**Carlo Schäfer**

# Silberrücken

Kriminalroman

Rowohlt Taschenbuch Verlag

2. Auflage Januar 2007

Originalausgabe
Veröffentlicht im Rowohlt Taschenbuch Verlag,
Reinbek bei Hamburg, Juni 2006
Copyright © 2006 by Rowohlt Verlag GmbH,
Reinbek bei Hamburg
Umschlaggestaltung any.way, Andreas Pufal
(Foto: photonica/Hiroya Kaji)
Satz Minion PostScript (InDesign)
bei Pinkuin Satz und Datentechnik, Berlin
Druck und Bindung Druckerei C. H. Beck, Nördlingen
Printed in Germany
ISBN 978 3 499 24107 9

**Für meine Schwestern Heidi und Bärbel und meinen Vater Martin.**
Als ich im blauen VW noch stehen konnte, haben wir unter anderem manchmal «Wer hat die Kokosnuss geklaut?» gesungen. Und ich habe vergessen, wer es schließlich war.

Dies ist nun schon der vermutlich vorletzte
Band über Theuer und sein schräges Team.
Natürlich ist auch diesmal nur die pure
Fiktion am Werk, mag sie sich im Nachhinein auch manchmal als erstaunlich
wirklichkeitsnah erweisen.
Dass hierbei der ein oder andere glaubt,
beleidigt sein zu müssen, nehme ich mittlerweile als unvermeidbar hin.
Ja doch, liebe Raubtierhalter, ich mache
aus meinem Hundehass nach wie vor
keinen Hehl, freilich ist eine Ausnahme
zu konstatieren: Mops Mustafa O.

C.S., Dezember 2005

**I.**
Man legt in jede Schale
der Balkenwaage vier
Kugeln.

# 1

Der Silvestertag bescherte den davon nicht verwöhnten Heidelbergern ein wenig Schnee.

Das Neckartal räkelte sich in einer kargen weißen Bettstatt, die Ornamente an den Altbauten traten, von einem weißen Stift nachgezogen, hell hervor, Gaisberg und Heiligenberg verleideten sich mit matschigen und glatten Wegen den Spaziergängern, Wildschweine überfielen die Gärten am Wald.

Vor allem konnte man kaum zum Schloss schauen, ohne von romantischen Spasmen in der Brust heimgesucht zu werden. Ein Jammer, dass man die ganze Stadt und ihr Umland winters nicht einfach mit einer gewaltigen Hebebühne auf Alpenniveau wuchten konnte, mit Rentierschlitten zur Arbeit fuhr – diese Arbeit bestünde nur aus Zuckerbäckerei, Madonnengeschnitz …

Der Erste Hauptkommissar Johannes Theuer begann sich für seine kitschigen Gedanken zu schämen und ließ sie verblassen, der schwere Ermittler konnte das: nichts denken. Er stand in seiner Küche und schaute auf den Hinterhof. Die kahlen Zweige des Ahorns wippten im Wind. Die erleuchteten Fenster des Hauses gegenüber erinnerten an einen Adventskalender … Es ging ja schon wieder los.

Es musste an seiner späten Berufung zum Familienmenschen mit Lebensgefährtin Bahar Yildirim und Ziehtochter Babett liegen. Früher waren Weihnachten und die sonstige stille Zeit einfach nur Konsumorgien gewesen, an denen er Gott sei Dank nicht teilnehmen musste, jetzt galt es, Haltung zu bewahren, ein wenig Würde im Trubel aufrechtzuerhalten und trotzdem mitzumachen.

War aber das nicht schon mehr, sozusagen übertriebener Sozialeifer, der die nächsten Stunden prägen sollte?

Heute nämlich würde die seltsame Familie für sein Ermittlerteam sogar eine Silvesterfeier ausrichten.

Diese schien schon jetzt allen Maßstäben der bürgerlichen Innigkeit zu genügen, soweit Theuer die überhaupt kannte. Die heftig pubertierende Babett war von den Alten nicht nur entsetzlich genervt, sie war auch noch krank, keuchte und hustete. Sämtliche deutsch-türkischen Hausmittel lehnte sie selbstverständlich ab.

Zweitens schmeckte der von Theuer großmütig übernommene Kartoffelsalat nach nichts, obwohl er schon eine halbe Flasche Maggi hineingeschüttet hatte.

Drittens hatte sich seine Freundin beim Schäufele-in-den-Ofen-Schieben etwas verrenkt und erinnerte nun mehr an den Glöckner von Notre-Dame als an eine knallharte hübsche Anklägerin mit faszinierendem Migrationshintergrund – der bemühte Terminus stammte von Kommissar Leidig, Theuers Bravem im Team. Der Erste Hauptkommissar entsann sich der Formulierung, noch gar nicht so lange her, Zusammenhang vergessen, verfiel ins Nachdenken über das vergangene Jahr. Trauer um den verlorenen Kollegen Werner Stern mischte sich in seine Gemütlichkeit. Verworrenen Geistes nahm er einen Schluck Maggi.

Davon aufgeschreckt, schaute er zur Küchenuhr, zwanzig vor fünf, es wurde dunkel. Die Jungs waren auf halb sechs bestellt, viel zu früh, wie ihn Yildirim gescholten hatte. Besser zu früh als zu spät, dachte er dumm und probierte wieder den Kartoffelsalat. Nichts. Gar nichts. Kein Geschmack.

Wenn es dunkel wurde, war es dem Polizisten Dieter Senf am angenehmsten, einfach nur still dazusitzen. Er lauschte dann auf die Geräusche, die von den wenig befahrenen Straßen der dahinrottenden Schlafstadt in Heidelbergs Süden durch seine geschlossenen Fenster drangen. Schüsse? Nein, natürlich nicht, die Böllerei begann. Er wuchtete sich hoch. Lieber war er ein bisschen früher beim Theuer, als dass er durch den Beschuss gehen müsste, mit dem das friedliebende deutsche Volk 2004 begrüßte.

Er dachte manchmal an seine vielen Jahre in Karlsruhe – ein wenig erwachsener Scherz hatte ihm eine Strafversetzung eingetragen, die Fächerstadt fehlte ihm nicht, auch niemand, den er dort gekannt hatte. Er war jetzt eben im Team des wirren Hauptkommissars Theuer, zusammen mit dem wüsten Haffner und dem verzärtelten Leidig. Er mochte die drei und die meisten anderen Kollegen im Revier Mitte gut leiden. Ja, er war noch nicht einmal von Hass auf den Polizeidirektor Seltmann durchdrungen, wie man das als Heidelberger Polizist anscheinend zu sein hatte. Aber diese leichte Sympathie, die er fast allem entgegenbrachte, seine vielen Scherze, die er durchaus genoss und die ihn für seine Umwelt zu einem frechen Unikum machten – all das war flüchtig, ein Lufthauch, und danach war es dann windstill, und alles war schwarz.

Er schaute auf die Armbanduhr. Zu früh, bestimmt der Erste beim Theuer.

War er nicht, und das kam so: Kommissar Thomas Haffner hatte es sich genau überlegt. Hatte sie belauscht. Würde es heute wagen. Und dann zum Theuer und den Jungs und dann richtig feiern, das Wagnis und ebenfalls feiern: entweder, dass es geklappt oder eben, dass es nicht geklappt hatte. Man kann nämlich alles feiern.

Haffner war sicher nicht dazu erschaffen, die eigene Lebensgestaltung an biologische Gesetzmäßigkeiten anzupassen. Wenn er nicht rauchte, schlief er – er kam mit wenig Schlaf aus. Und wenn er rauchte, trank er. Nun aber stand vor ihm irritierenderweise ein Glas frisch gepresster Orangensaft. Sein Magen rebellierte vorsorglich, schon das dritte Mal fuhr seine Hand an die Brusttasche, um nach den Reval ohne zu greifen – nicht doch. Er war nun mal im «Sportpark», und er würde die Kollegin überraschen, das süße rothaarige kleine Monster. Zumindest so lange wollte er sich an die Hausordnung halten, aber keine Nanosekunde länger.

Verrückt genug, am Silvestertag noch Sport zu treiben, wobei der harte Beamte mit der standesgemäßen Herkunft aus Heidelbergs Arbeiterstadtteil Pfaffengrund wusste, dass körperliche Exerzitien den nachfolgenden Alkoholgenuss steigern konnten. Was hatte er seinerzeit das Stiefeltrinken nach harten Rugbymatches geliebt! Irgendwann hatte man ihm sogar einen Extrastiefel spendiert, weil die Mannschaftskameraden zunehmend zu kurz kamen. Die Jugend! Vorbei! Ein Glück.

Er würde sie also überraschen, die kleine Sexy-Maus, er, der sich lange nichts mehr auf dem verwirrenden Feld der Geschlechtlichkeit getraut hatte. Sein Geschenk – einen Rieslingsekt vom Alex aus der Märzgasse, stand treu unter dem Tisch. Irgendwie wie ein Hund kam ihm die Flasche vor, so verlässlich und gut.

«Aber Cornelia, was machst du denn?» Hagen König schüttelte den Kopf.

«Ich packe, wir gehen doch auf Klassenfahrt!»

«Mädchen, erst nächsten Montag, heute ist Mittwoch!»

Cornelia zuckte mit den Schultern: «Was soll ich denn sonst machen? Du gehst ja weg.»

König trat seufzend ins Zimmer seiner Tochter, den Kopf zur Seite geneigt, um nicht an die Dachschräge zu stoßen, und ließ sich auf dem Bett nieder.

«Ich habe dir seit Wochen gesagt, dass du dich mal um eine Party kümmern sollst. Ich habe das schon so lange ausgemacht.»

«Wie soll ich mich um eine Party kümmern? Was heißt das? Mich hat natürlich niemand eingeladen!» Cornelia drehte sich nicht um.

«Das weiß ich. Aber vorne in der Kirche ist offene Nacht. Und es gibt auch Veranstaltungen in der Stadt für Jugendliche.» Er hielt inne: «Ich habe mitgezählt: Du packst zehn Schlüpfer ein, für eine Woche.»

«Ich habe genug Wäsche.»

«Ich weiß, aber dann einfach so vor sich hin zu packen, das ist so …»

«Dumpf», ergänzte Cornelia ruhig. «Hast du ja mal gesagt, ich erinnere dich an eine Holsteiner Milchkuh, grobklobig und dumpf.»

«Das habe ich vielleicht mal gesagt, aber nicht so gemeint.»

«Ich weiß.»

«Ich habe dir auch gesagt, dass ich stolz auf dich bin. Ich lobe dich für deine Noten und deine tollen Gedanken, wenn du sie mir mal mitteilst …»

Cornelia wandte sich um und setzte sich auf ihren Schreibtischstuhl. Sie schaute verächtlich zu ihrem Vater: «Ich habe heute Nachmittag über Zeit nachgedacht. Ich verstehe sie so, dass sie Bewegung im Raum ist. Wenn es nur ein Objekt gäbe und Raum: In dem Moment, wo sich das Objekt ein klein wenig verändert, ist Zeit vergangen. Wenn das Objekt vollkommen unverändert ist, dann vergeht auch keine Zeit. Interessant?»

Wieder einer dieser tiefen Vaterseufzer, die sie nicht mehr hören mochte: «Ja, Mädchen. Ja, das ist interessant. Und es sind Gedanken, die ich in deinem Alter nicht hatte. Aber dann packst du zehn Schlüpfer. Ich frage mich immer, wo deine Intelligenz einmal … auf die Welt kommt!»

«Es ist nicht intelligent. Die wirklich schwierigen Fragen verstehe ich nicht. Die Relativitätstheorie verstehe ich nicht!»

«Mein Gott.» König wurde lauter. «Du musst doch auch nicht Einstein verstehen! Du sollst einfach ein ...»

«Lass mal», fuhr sie ihn an, «ich mache weiter: ‹Du sollst einfach ein normales Mädchen sein. Ich will doch nur, dass du glücklich bist. Dass Mami gestorben ist, war für uns beide schwer, aber jetzt müssen wir doch auch mal wieder leben! Und dass ich eine Freundin habe, kannst du mir doch nicht ewig verübeln!› Liege ich ungefähr richtig?»

Königs Lippen wurden schmal. «Durchaus. Das habe ich alles offensichtlich schon zu oft gesagt. Ich würde Beate einladen, aber das willst du nicht. Also feiere ich bei ihr.» Er stand auf. «Ist es dir egal, wenn wir uns so traurig ins neue Jahr verabschieden?»

Sie schaute ihn nicht an. War sie traurig? Sie hätte es nicht sagen können. «Ich muss an den Bettkasten. Wir sollen Leintücher und Bezüge mitbringen.»

Erster Schluck Orangensaft, pfui Teufel. Eine dickliche Blondine, Typ Horrorkrankenschwester, fragte Haffner nach der Uhrzeit, und er entgegnete fahrig: Kurz vor 2004.

Machte die auch Sport, die Dicke? Das ergab keinen Sinn für den zunehmend seiner Mission unsicheren Polizisten, keine Logik. Was, wenn die Kleine den Sekt verschmähte oder, beinahe noch schlimmer, ihn?

Kam sie dahinten?

Desaster: Das war sie, die kleine Rote, aber ein großer gelockter Latinohengst hielt sie im Schwitzkasten, als wollte er sie gleich hier dahinnehmen, schamlos, direkt vor dem Tresen, wo eine albanische Billigtussi mit dem Mischen von Apfelschorle intellektuell ausgelastet hantierte. Zum Glück erkannte ihn die dumme Gans nicht, und nun wollen wir mal sehen, wie das ist, wenn man eben trotzdem raucht, überhaupt bieten die ja sogar Weizenbier an, wie hatte er das übersehen können, schöne Sportler sind das.

O nein, er musste seinen Schwur erneuern, ihm kam keine mehr ins Haus, blöde rote Schlampe, Haffner trat an den Tresen, orderte zwei Weizenbier, nein, ich erwarte niemanden, und rauchte dann, während er stereophonisch schluckte, wartete in aller Ruhe, beinahe erleichtert, bis er mal wieder wo rausgeschmissen wurde.

Also war er der Erste, der bei den Theuers läutete.

Zuletzt kam Kommissar Leidig, da er am Nachmittag noch seinen schwersten Gang anzutreten hatte – wie jeden Monat. Man durfte sich nicht wünschen, dass die Mutter starb, und er wünschte es sich ja auch nicht wirklich, nicht ganz, kaum, nur manchmal ein bisschen. Alle anderen aber: Pfleger, Ärzte, die Familien der Pfleger und Ärzte, die wünschten sich das mit Sicherheit, und man konnte es ihnen nicht verdenken.

Also: Jahresendbesuch. Er parkte in Nähe des Schwetzinger Schlosses. Viel lieber wäre er jetzt durch die feuchtkalten Gärten spaziert, hier in der Ebene reichte es nicht für Schnee, und dennoch hatte das barocke Gelände auch jetzt seinen Reiz, eher Verheißung des Schönen als die Schönheit selbst, quasi wie das Leben. Aber nein, der Kommissar durfte nicht spazieren gehen. Viel lieber, als die Mutter zu besuchen, wäre er beispielsweise auch in der Kanalisation nach Hause gekrochen – mit allem Mut eines erfahrenen Polizisten passierte er den Schlosseingang und bog in die nächste Querstraße links.

Seit SIE in Schwetzingen im Heim war, hatte sich Leidigs Leben vordergründig nur wenig gewandelt – gut, er hatte mit seinem Chef die Wohnung getauscht. Ob das mit dem Theuer, der Yildirim und dem Mädchen gut ging? Ihn plagten abergläubische Zweifel – in diesen über Jahrzehnte mit ostpreußischer Vertriebenenbosheit verfluchten vier Zimmern konnte das Leben doch kaum gelingen.

Jetzt betrat er das Heim, der Pförtner nickte ihm unergründlich zu. Das Verhältnis zum Personal war zwiespältig. Mal überwog Mitleid, was hatte dieser Mann wohl leiden müssen, mal Aggressivität: Nun leiden nämlich wir.

Nein, nach außen hin war alles ein sehr, ein allzu normales Junggesellenleben geblieben, in seinem stillen Alltag war jedoch durchaus Sensationelles geschehen:

Die wenigen Zigaretten, die er pro Woche rauchte, zelebrierte er, entspannt am Küchentisch sitzend, gerne in Kombination mit einer Tasse Kakao, Kaffee trank er immer noch selten.

Er aß, was er wollte, und es war klar: Nie mehr würde er in irgendeiner Zubereitungsform irgendeine Art Kraut hinunterwürgen.

Er trank gelegentlich zum Fernsehen ein Glas Wein, nur eines, aber trockenen. Die lieblichen Moseltropfen hatte er in den Neckar gekippt.

Das waren die Sensationen: kleine Dinge, die er sich dennoch selbst kaum glaubte.

Inzwischen stand er vor ihrem Zimmer. Nummer 8, die Zahl erinnerte ihn an zwei geballte Fäuste übereinander.

Er klopfte. Es blieb still. Vorsichtig trat er ein. Seine Mutter lag auf dem Rücken, hatte die Augen geöffnet. Sie blinzelte nicht. Ein unerhörter Gedanke stieg in ihm hoch, was, wenn sie … – da holte die Mutter tief Luft und erinnerte ihn lächelnd daran, wie sie ihm damals, als er noch klein und lieb gewesen war, immer die Wärzlein auf seinem kleinen Zipfel mit Salbe eingerieben habe. Ob er das noch wisse? Hat er alles vergessen, was seine Mutter für ihn getan hat?

Gar nicht genug habe er davon kriegen können, dass sie ihm die Salbe einmassierte. So drollig! Wie der winzige Zipfel grade so ein bisschen steif geworden sei!

Leidig fuhr nach dem Besuch drei irre Autobahnrunden,

Heidelberg–Schwetzingen–Walldorf und zurück, bis er wieder einigermaßen in der Lage war, seinen Kollegen unter die Augen zu treten.

Cornelia war fertig mit Packen. Sie lag auf dem Bett und hörte zu, wie Regen und Wind gegen das Dach schlugen. Ihr Vater war seit zwei Stunden weg, es war elf. Sie überlegte, was sie machen könnte. Spazieren gehen? Besoffene auf der Straße, Regen, Sturm, nein, keine besonders gute Idee.

Sie ging nach unten ins Wohnzimmer. Fernsehen. Auf allen Kanälen wurde anscheinend gefeiert. Wer schaute sich so was an? Leute, die kein eigenes Fest haben oder nirgends eingeladen sind?

Auf Kabel lief ein alter Spielfilm. Sie setzte sich auf das Sofa, zog die Beine hoch. Sie hasste ihre Füße, geradezu leidenschaftlich, noch mehr als ihren ganzen Riesenkörper ohnehin. Selbst bei einem Meter achtzig war Schuhgröße 47 ein zusätzlicher Makel.

Alle in der Klasse fanden es doof, dass Fredersen die Klassenfahrt im Winter machte, sie war erleichtert. Nichts Schlimmeres, als im Sommer wegzufahren, am Ende ans Mittelmeer oder so, und wie eine gestrandete Walkuh im Sand zu liegen, während Andi und Susanne ihre Puppenärsche wackeln lassen. Sie steckte ihre Füße unter das große Kissen.

In dem Film ging es um eine junge Frau, die ein Verbrechen nach dem anderen verübte und dabei von einem älteren Detektiv quer durch Europa verfolgt wurde, so weit war ihr die Handlung klar geworden. Sie hangelte nach der *TV-Spielfilm* und warf dabei einen ganzen Stapel Zeitschriften auf den Boden. Sie ließ ihn liegen.

«Das Auge», alter Schinken, über zwanzig Jahre alt, pünktlich zur Mitternacht fertig.

Cornelia schaute zur kitschigen Uhr über dem Bücherregal, ein Dreimaster mit einem Zifferblatt im Rumpf, als hätte ihn das auf hoher See gerammt. Viertel vor zwölf.

«Drei viertel zwölf. Noch fünfzehn beschissene Minuten», rief Haffner aufgeregt. Auf dem steinernen Balkon zur Ebertanlage hin war nur eine Din-A4-große Standfläche übrig. Für ihn. Ansonsten strotzte der im Verkehrslärm sonst selten genutzte Vorbau von Raketen, bengalischen Feuern, Kanonenschlägen, pyrotechnischem Teufelszeug aller Art, alles von ihm mitgebracht, ja «liebevoll für den Anlass zusammengestellt».

Mit seiner kindlichen Freude hatte es Haffner geschafft, fast die ganze Festgesellschaft anzustecken, sogar Babett hatte ihre innere Emigration ausgesetzt. Wobei sie offiziell natürlich nur «einmal einen Selbstmordattentäter sehen» wollte.

«Ich werde diesen Altstadtsnobs einheizen, dass sie sich nach Bagdad wünschen, ich ...» Einzig Theuer und Senf mochten nicht dabei sein, speziell der Hausherr war der ständig maßlosen Rhetorik seines Wilden überdrüssig und schloss die Tür zum Flur und die Küchentür.

«Ich hab das Böllern nie leiden können», sagte Senf und nippte am Weißwein.

«Ich auch nicht.» Theuer schenkte sich Roten nach und tat das nicht mehr ganz sicher.

«Ich trinke ja normalerweise nichts», fuhr Senf fort und gurgelte dann versonnen die ersten Takte der Nationalhymne.

«Ich auch nicht», log Theuer. Wobei, es war eine Sache der Definition, alles war ja eine Sache der Definition.

«Ich sage nicht gerne ‹Ich auch nicht›», sagte Senf raffiniert.

«Ich auch nicht.» Der Karlsruher kicherte, und auch Theuer musste lachen.

«Habt ihr das früher auch gemacht?», fragte Senf vorsichtig. «Ich meine, so zusammen gefeiert, als ich noch nicht dabei war?»

Theuer schüttelte den Kopf. «Zumindest nicht oft. Als wir unseren ersten Fall gemeinsam gelöst hatten, da haben wir gefeiert, aber da waren wir alle Singles, das heißt, Stern war ja verheiratet.

Und ich hatte eine Freundin – vergessen.

Ich Arschloch.»

Senf trank sein Glas aus. «Ich Blödmann – ein Arschloch bin ich nicht –, hab mein Auto da. Na, ich lass es stehen. Mal was fürs Parkhaus tun. Das will ja auch mal ein Erfolgserlebnis. Parkhäuser werden viel zu selten gelobt. Manchmal beschäftigt mich das schon.»

«Parkhäuser? Der Kummer von Parkhäusern?»

«Nein, ach was: Wäre Stern nicht erschossen worden, dann wäre ich nicht dabei.»

Theuer fühlte, wie ihm die gute Stimmung abhanden kam: «Wäre mein Frau nicht gestorben», brummte er, «wäre ich jetzt auch nicht hier. Was bringt das? Die Dinge geschehen.»

Senf schaute in den Hinterhof. «Ja, die Dinge geschehen. Das habe ich mir auch gesagt, nachdem mein Vater in einem Dixi-Klo verhungert ist.»

«Ist er nicht!»

«Nein, ist er nicht, hab ich nur aus Scheiß gesagt.»

Eine fürchterliche Detonation erschütterte die Wohnung, Theuer war sich sicher, sogar das Geschirr im Küchenschrank klirren gehört zu haben. «Was ist das?»

«Neujahr», sagte Senf gleichmütig. «Alles Gute.»

Theuer riss die Tür zum Flur auf, wenigstens seine Frauen wollte er heldisch aus dem Inferno retten, das Haffner offensichtlich angerichtet hatte, und den hörte er auch gleich brüllen: «Und das ist erst der Anfang! Jetzt! Achtung!»

Der Hausherr zog sich wieder in die Küche zurück.

Cornelia lag im Bett, aber sie konnte nicht schlafen. Es war drei, mindestens. Ihr Herz pochte. Früher war es ihr so gegangen, wenn die Eltern weg waren; drehte sich auch nur der Schlüssel im Schloss, war sie ruhig geworden. Heute waren die Eltern immer weg, mochte der Vater da sein oder nicht.

Sie versuchte sich abzulenken. Wie ging das nochmal? Das Rätsel, das der Mathematiklehrer dem kleinen Gaus gestellt hatte und wo das kommende Genie sofort eine Formel fand? Alle Zahlen zwischen eins und hundert zusammenzählen ... Die Hälfte der zu addierenden Zahlen multipliziert mit eins plus der Gesamtzahl. Also hundert ...

Nein, es half nicht, sie wurde nur immer wacher.

Sie setzte sich an ihren Schreibtisch, frierend, sie wollte frieren, nahm das Tagebuch aus dem Schubfach und schlug es auf.

*30. 12.*

*Heute bin ich runter an den Strand, das Training hab ich geschwänzt. Ich mochte nicht früher heim, was weiß ich, ob er nicht Beate zu Besuch hat.*

... plus die halbe Gesamtzahl durch zwei. Man kam ja bei 49 und 51 an, nein, das stimmte nicht. Dann also die halbe Gesamtzahl plus eins noch dazuaddieren?

Sie hatte keine Lust zum Rechnen, nahm sich einen Stift.

*1. 1. 2004*

*Ich will tot sein.*

In schönen geschwungenen Lettern.

*Ich will tot sein.*

In kleinen, gemeinen, fest ins Papier gekerbten Buchstabenzwergen.

*Ich will tot sein.*

Flott. Arztschrift.

Um vier war der Letzte (Haffner) gegangen, wenn man das gehen nennen wollte. Theuer lag einigermaßen beschwipst im Bett und betrachtete, scheinbar schon fast schlafend, wie sich Yildirim auszog.

«Brauchst gar nicht so zu tun, ich weiß, dass du guckst!», kicherte sie. «Aber ich werde nicht nackt schlafen, nicht mit dem Rücken. Ich kann ein Nachthemd anziehen, und du besteigst mich, wie die das in den Fünfzigern gemacht haben.»

Es war nicht so gemeint, aber Theuer fühlte sich gekränkt – schließlich war er ein Kind der Fünfziger. Noch schlimmer: 3. Februar 49, Salem, knapp um die Zange herumgekommen.

Yildirim ließ sich ins Bett plumpsen, und das war für den Hexenschuss anscheinend nicht optimal, denn der Anklägerin entrang sich ein kleiner Wehlaut, der den Kommissar rührte.

Sie kuschelte sich an ihn. «Ich mach mir Sorgen. Babett hat hohes Fieber, ausgerechnet jetzt. Am Freitag sind die Ärzte alle voll und den Notdienst in der alten Eppelheimer – das sind, glaube ich, verkrachte Urologen, die einem da die Brust abhören.»

«Die können das doch gar nicht.» Der Schlaf warf sein Netz.

«Richtig, Jockel. Brillant. Das habe ich gemeint. Die können das nämlich gar nicht.» Aber sie streichelte seinen dummen Kopf. Das war gut.

«Die nächsten Tage werden ganz ruhig», flüsterte er. «Wir kurieren alles aus ...»

Weitere häusliche Verheißungen wisperte er seiner jungen Freundin ins Ohr, nein, es würde nicht wieder wie an Weihnachten, er würde nicht einschlafen, wenn sie mit ihm sprach, sie sehe doch, nun schlafe er ja ein, wenn er selbst spreche, das sei doch schon mal das Gegenteil ... Er sah Bären und wilde Wutzen miteinander ein tolles Neujahr feiern, und eine Sau trug rote Spitze, drehte sich auf den Hufen zu einem flotten Popsong, den sang ein Marabu in grauem Federkleid.

# 2

Genau ein Platz im Bus war frei, neben Anatoli. Auf dem Doppelsitz gegenüber lag Gepäck, das nicht mehr in den Stauraum gepasst hatte. So hatte das Cornelia erwartet – wenigstens sah auch der Russe nicht glücklich aus. Sie überlegte, ob sie umräumen sollte, aber das wäre dann doch zu unhöflich gewesen. Seufzend setzte sie sich und schaute ihren Zwangsnachbarn an. Sie wusste, dass Leute ihre Art zu starren aufdringlich fanden, es war ihr gleichgültig. Was trugen wir denn heute? Braune Cordhose, irgendwelche beschissenen Halbschuhe, einen Rollkragenpullover und darüber den grauen Anorak aus der letzten Altkleidersammlung.

«Brauchst nicht so zu gucken», sagte er, «willst ans Fenster?»

Sie schüttelte den Kopf. Fredersen kam durch den Mittelgang. «Alle sauer auf den Pauker?», rief er aufgeräumt.

«Der Bus ist ja aus dem Mittelalter», keifte Andi. «Ich hab gedacht, wir haben so 'nen Doppeldecker, so irgendwie.»

«Aber klar doch, Fräulein», lachte Fredersen. «Für das viele Geld, was ich euch abgeknöpft habe, müsste man eigentlich in der Stretchlimousine abgeholt werden!»

Cornelia hasste diese Art Lehrerwitze. Wenn Besuch da war, gab sich ihr Vater genauso. Anscheinend lernten die das auf der Uni.

«Ich wüsste gerne doch nochmal, wer alles für Heidelberg gestimmt hat», rief Jörn von vorne.

«Ja, logo! Im Winter nach Meck-Pomm, das hätt's gebracht!», rief Giovanni in Jörns Richtung zurück. «Deinen

Skinheads kannst du privat das Eis von der Glatze kratzen!»
Gelächter, Gejohle, erste halblaute Anraunzer des Busfahrers, sie fuhren los.

«Geht's dir gut, Anatoli?», fragte Fredersen und lächelte an ihr vorbei.

Anatoli nickte. «Alles in Ordnung. Wirklich. Müssen Sie nicht fragen ... Ich hab ja zu lesen.» Fredersen nickte und ließ sich auf dem Weg nach vorne geduldig einmal mehr dafür schimpfen, dass er nicht im Sommer hatte fahren wollen.

Cornelia schaute an Anatoli vorbei. Die flache Landschaft verschwand in Regen, Nebel und Geschwindigkeit. Als führen sie auf einem feindlichen Planeten, verdammt, unterwegs zu sein, ohne dass das etwas bedeutete, nur eben sein musste.

So war es ja auch.

«Tut mir Leid», sagte Anatoli.

«Was tut dir Leid?» Cornelia war regelrecht erschrocken.

«Musst nicht so böse gucken. Ich meine, ich hab gesagt, ich habe zu lesen, und deshalb geht's mir gut, klingt ja nicht so nett. Fredersen freut sich immer, wenn ich lese. Weil mein Deutsch dann besser wird.»

«Ich hab das gar nicht so aufgefasst.»

«Der mag halt Außenseiter.»

«Mich mag er nicht», sagte Cornelia. «O nein. Giovanni!»

Und da war er auch schon, der Coolste der Coolen, beugte sich übertrieben zugewandt zu ihnen herunter. «Guten Tag, die Herrschaften von der letzten Bank! Giovanni Sessa von den Eckernförder News! Wir machen eine Umfrage: Was versprechen Sie sich von der winterlichen Fahrt nach Heidelberg? Und haben Sie eine Erklärung dafür, warum unser hervorragender Deutsch-, Geschichts- und Klassenlehrer Dr. ha ce Thomas Fredersen nicht im Sommer mit uns verreisen will? Und warum klaut er uns auch noch zwei Ferientage?»

«Heißt Dr. h.c.», sagte Anatoli und schaute Giovanni spöttisch an. «Ihre anderen Fragen kann ich leider nicht beantworten, Herr Sessa. Ich kenne Heidelberg nicht. Vielleicht ist im Winter ja besser.»

«Glaube ich.» Giovannis Lächeln wurde etwas dünner. «Kennst ja nur Sibirien und das Auffanglager. Aber vielen Dank für den Hinweis, Herr Schmidt. Und 'ne tolle Hose haben Sie an. Die Nebenfrau? Ein Interview für die News?»

Cornelia schüttelte den Kopf.

«Vielleicht hat Frau König anhand der Durchschnittsgeschwindigkeit von rasanten 73,5 Stundenkilometern schon unsere Ankunftszeit berechnet?»

«Wir fahren schneller als 73,5», sagte sie verächtlich. «Man muss nur die Zeit messen, die man braucht, um die dreihundert Meter vor einer Ausfahrt ...»

Giovanni blies die Backen auf. «Mann, soll keiner sagen, dass ihr nicht auch mal für einen Gag zu haben seid. Herzlichen Dank!»

Er ging. Anatoli grinste.

«Was ist?», fragte Cornelia. «Macht dir so was Spaß?»

«Das macht mir Spaß.» Er hielt ein Handy hoch. «Giovanni wird das suchen. Und wie!»

Beinahe hätte sie nun auch gegrinst.

Südlich von Hannover machten sie die erste Rast. Cornelia stellte sich ganz hinten in die Schlange fürs Klo, es nützte nichts.

«Ey, König.» Susanne sprach so laut, dass es alle hören mussten. «Warum gehst du eigentlich auf Skiern pischern?» Sie deutete auf Cornelias schwarze Stiefel, die einzigen Schuhe, in denen sie sich nicht ganz so trampelig fühlte.

Der kleine Tumult, den Fredersen zu schlichten hatte,

weil sich Giovannis Handy ausgerechnet in Jörns Jackentasche fand, konnte sie nicht entschädigen.

Als sie wieder in den Bus stieg, waren ihre Augen noch feucht. Anatoli schaute zu ihr, sagte zum Glück nichts. Nach ein paar Minuten bot er ihr ein Tempo an. Sie nahm es wortlos. Es roch nach Zwiebeln, nach irgendeiner Russensuppe.

«Ich hab gehört, was Susanne gesagt hat.»

Sie wischte sich die Augen und starrte auf die Sitzlehne vor ihr.

«Ich mag große Füße.»

Cornelia zuckte zusammen, sagte dann aber nur: «Ich nicht.»

«Da kann man gut drauf stehen, oder? Ich meine, bei uns im Norden ist viel Wind.»

Sie wusste, das war der Moment, wo man lächeln sollte, er schien es nett zu meinen. Aber wenn man lächelt, kommt was anderes, und dann tut es mehr weh. So war das doch immer.

«Schlimmer ist, wenn man keinen Mund hat zum Reden», sagte Anatoli schließlich und schaute hinaus.

Sie gab sich einen Ruck: «Ist es dir egal, dass sie dich hänseln? Geht dir das am Arsch vorbei? Oder denkst du, das wird anders? Sparst du auf eine coole Hose? Denkst du, dann wird es anders? Es wird nie anders. Nicht in hundert Jahren.»

Anatoli ließ die Hände in den Schoß fallen. «So wie wir in Russland gelebt haben, musste ich mir immer vorstellen, dass ich Korken bin auf dem Wasser. Die nächste Welle, über die muss ich rüber, und wenn sie noch so groß ist. Und ich komm auch rüber, ich bin Korken.»

«Ein Korken.»

Er lächelte: «Stimmt ja, dein Vater ist ja auch Lehrer. Auf jeden Fall – ein Korken und über die nächste Welle. So denke ich immer noch.»

«Na ja.» Unwillkürlich rutschte Cornelia etwas tiefer in ihren Sitz. «Ein Korken, das ginge ja noch, aber gleich eine ganze Rettungsboje?»

«Na, was! So ist es wirklich nicht.»

«Fredersen kommt.»

«Hey, Anatoli!» Der Lehrer nickte aber diesmal auch Cornelia zu, so, wie man in der Stadt Bekannte grüßt. «Wenn dir schlecht wird, vorne, neben mir, ist noch Platz.»

«Mir ist nicht schlecht, danke.»

«Wenn es mir schlecht wird? Darf ich dann auch nach vorn?», fragte Cornelia. Sie merkte selbst, dass sie giftig klang.

«Natürlich!» Fredersen schüttelte amüsiert den Kopf. «Geh ruhig nach vorne. Ich wollte Anatoli sowieso noch was fragen.»

Sie schaute zu Anatoli, der dezent die Augen verdrehte. «Nein», sagte sie. «Ich wollte es nur wissen. Nur so.»

Hinter Gießen wurde es langsam dunkel. Anatoli hatte die letzten Stunden in einem riesigen Buch über Delphine gelesen, die wenigen Male, dass er etwas sagte, ging es um irgendwelche Wunder der Tierwelt, Cornelia hatte nicht zugehört. Man wusste nicht viel über Anatoli, aber es war allen bekannt, dass er ein absoluter Tiernarr war. Und ein geschickter Taschendieb, wie sie exklusiv erfahren hatte, sie tastete nach ihrer Börse, aber die war da. Jetzt klappte er das Buch zu.

«Unsere Jugendherberge ist genau neben dem Zoo», sagte er, als sei das die beste Nachricht des Tages.

«Ist mir nicht so wichtig.»

«Und was ist dir wichtig?»

Cornelia sagte zunächst nichts. Dann: «Dass ich bald sterbe.»

Sie erwartete eine Entgegnung, aber Anatoli nahm ihren

Satz scheinbar gleichmütig hin. «Ist nicht so einfach», sagte er nur.

«Wieso?», sagte sie in gespielter Leichtigkeit. «Ich gehe morgen in die Stadt und kauf mir einen Strick ...»

«Na, siehst du? Geht schon mal nicht! Morgen ist hier im Süden Feiertag, Dreikönigstag. Hast du Infoblätter nicht gelesen?»

Nein, das hatte sie nicht, kein einziges. Sie kannte gerade mal das Heidelberger Schloss.

Knirschend und krachend machte sich Fredersen, diesmal per Mikrofon, bemerkbar.

«Die Herrschaften! Bevor es zu dunkel zum Lesen wird, darf ich das große Geheimnis lüften ...»

Ahnungsvolles Stöhnen aus vielen Kehlen, der Lehrer hatte es im Vorfeld strikt verweigert, die Zimmerverteilung zu verraten.

Der Arzt machte ein ernstes Gesicht.

«Das ist leider schon eine ausgewachsene Bronchitis. Sie hätten vielleicht früher etwas unternehmen sollen.»

Yildirim schnitt eine Grimasse: «Wie Sie wissen, hat man in diesen Tagen des Jahres nicht gerade die größte Arztauswahl.»

«Das wird alles noch schlimmer – die Regierung ...» So kannte sie Dr. Ehrhard. Seit sie selbst an Asthma litt, war er ihr Lungenfacharzt, und nie verliefen Gespräche bei ihm anders, als dass der ältere Herr zum einen grenzenlosen Pessimismus der Welt im Allgemeinen gegenüber äußerte, andererseits aber geradezu euphorisch die individuellen Genesungschancen seiner Patienten beschrieb. Insofern aber musste es Babett wirklich schlecht gehen.

«Was die Kleine betrifft – natürlich heilt das folgenlos aus.»

Na, also.

«Rauchst du denn?»

«Nein», sagte Babett, die reichlich angepisst einen AOK-Kalender an der Wand studierte. «Aber bringen Sie mal meine Eltern dazu, das zu glauben.»

Das Wort wog manche jugendliche Grobheit der letzten Zeit auf. Eltern!

«Und Sie?», fragte Ehrhard nun unvermittelt in Yildirims Richtung. «Immer noch?»

«Ja», sagte sie, ertappt. «Nur sechs Stück am Abend.»

Ehrhard zog die Augenbrauen hoch. «Na, das geht ja noch. Ich muss ja schon von Berufs wegen gegen das Rauchen sein, allerdings, die Preise allein können es doch nicht richten. Ich sage Ihnen voraus, Sie werden es in ein paar Jahren mit jungen Leuten vor Gericht zu tun haben, die für eine Schachtel Zigaretten gestohlen haben. So wird das.» Traurig kraulte er sich seine lichten Haare. «Wir können es natürlich gleich mit Antibiotika versuchen, aber ich würde gerne noch ein bisschen warten. Am besten wäre es, Sie würden ans Meer fahren, an die Nordsee. Sie erwähnten doch einmal, dass Sie sich einen Tinnitus eingefangen haben? Wie geht's denn damit?»

«Ach, das ist besser», antwortete sie. «Ich denke kaum daran.»

«Wahrscheinlich geht das irgendwann ganz weg», befand der Arzt gegen jede medizinische Lehrmeinung. «Und junge Dame, es wird dreimal am Tag inhaliert, Tee wird ununterbrochen getrunken ... Dass unsere Jugend später keine Arbeit mehr findet, das macht mir zu schaffen.»

Die Zimmerverteilung hatte keine großen Überraschungen gebracht. Cornelia war mit Danni und Jana zusammen, die auf der sozialen Leiter der 8b mal gerade die nächsthöhere Stufe besetzten. Ansonsten waren die Jörn- und die Giovanni-Fraktion einigermaßen sauber getrennt, der dumme Franco bekam das letzte leere Bett bei seinem Landsmann.

(«Bloß weil der auch Italiener ist, Herr Fredersen. Das ist umgekehrter Rassismus, ich mag den nicht!»)

Susanne und Andi hatten das erwünschte Zweierzimmer nicht bekommen, akzeptierten aber die doofe blonde Biggi huldvoll als Notlösung. Immerhin war die ja hübsch. Und da Fredersen es sich angetan hatte, so drückte er es selbst aus, ohne begleitende Lehrkraft zu fahren, bekam Anatoli ein Einzelzimmer. Das war für alle in Ordnung, besser, als ihn aufnehmen zu müssen.

Cornelia fiel es nicht schwer, seine düstere Miene zu deuten. «Wärst du lieber bei Giovanni?», fragte sie. «Sei doch froh! Vielleicht hast du sogar Ausblick zum Tiergarten.»

Er wog den Kopf. «Hast schon Recht. Aber man will ja gerne normal sein, nicht?»

Sie schwieg.

Ankommen, auspacken, von der Herbergsleitung fürchterliche Drohungen hören, was passierte, wenn man dies und jenes ... Abendessen. Sich übers Abendessen beklagen ... Es vergingen ein paar Stunden, bis Cornelia wieder gezwungen war, sich mit sich selbst zu beschäftigen. Sie lag ohne Schuhe auf dem Bett und starrte auf die Matratze über ihr, die Füße hatte sie in ihre Jacke gewickelt.

«So!», sagte Danni und sprang von ihrem Stockbett. «Jetzt kann das losgehen.» Sie hielt eine Flasche Apfelkorn in der Hand.

«Hey», sagte Cornelia. «Ihr habt doch gehört, wenn man trinkt, wird man rausgeschmissen.»

«Oh!» Jana verdrehte die Augen. «Hat es Angst, das Riesenmädchen!»

Cornelia spürte den Schmerz hochsteigen. «Ihr macht das doch nur, damit ihr ein bisschen beliebter werdet. Aber Andi und Susanne kriegt ihr so nicht.»

Danni schaute sie schweigend an. Schließlich sagte sie: «Ist vielleicht besser, wenn du dir noch ein bisschen die Beine vertrittst. Nachher kommen ein paar von den Jungs, aber wenn du hier bist, ist das Zimmer schon ziemlich voll, das verstehst du doch?»

«Ja», sagte Cornelia. «Ich vertrete mir noch ein bisschen die Beine.»

«Tritt ma niemanden tot dabei, nich?», krähte Jana und griff nach der Flasche.

Fredersen hatte ihnen bis zehn Uhr Ausgang gegeben. Wie spät war es? Gerade mal halb neun. Sie nickte der Frau an der Rezeption zu. Es war kalt. Links neben dem Gebäude standen ein paar Fahrräder, und dahinter waren Mülltonnen zu ahnen. Unschlüssig, wohin sie denn nun sollte, blieb sie stehen. Noch weiter links waren Büsche, dahinter kam dann vermutlich der Zoo. Ohne viel zu denken, ging sie in die Richtung.

Eine Gestalt trat zwischen den Zweigen hervor. Ehe Cornelia zu erschrecken vermochte, hatte sie Anatoli erkannt.

«Willst mitkommen?», fragte er. «Da ist Loch im Zaun.»

«Gibt's hier keinen Nachtwächter oder so?», fragte sie leise. «Ich glaube nicht, aber wir müssen natürlich aufpassen. Vielleicht sitzt vorne einer an der Pforte und macht irgendwann Runde. Aber morgen ist Feiertag, und Ferien sind hier sowieso noch ...»

«Wie hast du das Loch gefunden?»

«Hab ich gar nicht. Das sind paar amerikanische Jungs, die haben im Garten Haschisch geraucht.»

«Du hast zugesehen?»

«Würd ich dir's sonst erzählen?»

Allmählich gewöhnten sich Cornelias Augen an die Dunkelheit. Sie schlichen am Rand des Zoos entlang, so weit wie möglich vom Haupteingang entfernt. Links reihten sich Volieren, in denen es merkwürdig raschelte.

«Eulen», sagte Anatoli, «sind nachtaktiv. Aber immer im Käfig!» Er schüttelte den Kopf. «Ist traurig, oder?»

Cornelia waren Tiere egal.

«Ich muss immer wissen, wo es wo rausgeht», fuhr er fort. Cornelia erfuhr überrascht, dass Anatoli aus seinem Zimmer ausgestiegen und das Traufrohr hinuntergeklettert war. Sie kannte ihn nur als strebsamen Klassenprimus.

Er lachte leise: «Gibt immer noch was hinter der Fassade. Hab ich gelernt. Muss man immer dahinter kucken.»

«Du redest ganz schön altklug.»

«Das kannst du beurteilen?»

«Ich bin älter.»

«Na dann ...»

«Jetzt kapier ich das», sagte Cornelia. «Du hast die Amis aus einem Versteck beobachtet! Du bist so einer, der das gerne macht. So wie mit dem Handy! Du drehst gerne Dinger.»

Trotz der Dunkelheit konnte sie sehen, dass er grinsend nickte.

«Klaust du? Ich meine richtig?»

«Nein, nur ganz wenig. Wegen meiner Mutter, die hat das schwer genug. Wenn man mich erwischt, dann ist schlimm für sie.»

Weiter vorne erkannte Cornelia einen kantigen Betonbau.

«Das Affenhaus», sagte Anatoli. «Hier gibt's einen richtigen Silberrücken.»

«Woher weißt du das?»

«Du hättest Infoblätter lesen sollen.»

«DIE Infoblätter.»

«Hättest auf jeden Fall lesen sollen.»

«Da sind welche!» Unwillkürlich griff sie nach seinem Arm, ließ ihn aber wie verbrannt gleich wieder los.

«Die Amis», sagte er leise. «Was machen die? Komm, wir kucken!»

Ehe sichs Cornelia versah, hatte er ihre Hand gepackt und sie hinter eine mannshohe Hecke gezogen. Zielstrebig führte er sie weiter, bis sie tatsächlich gut verborgen wenige Meter neben den drei reichlich benebelten jungen Männern anlangten. Anatoli ließ ihre Hand nicht los.

Einer, Cornelia schätzte sie alle um die zwanzig, kletterte in eines der Außengehege, er hatte anscheinend extra ein Seil mitgebracht. Sie verstand irgendetwas mit «easy» und dass die beiden anderen eher dagegen waren, sich aber trotzdem gut amüsierten. Jetzt war er tatsächlich auf einem Rasenstück angelangt, das tagsüber den Affen gehören dürfte. Es endete an einer Betonwand mit einer vergitterten niederen Tür, an der der Eindringling lachend rüttelte: «Come on, King Kong!»

Ein knirschendes Geräusch, er landete auf dem Hosenboden, die Tür schwang lose auf. Er lachte nicht mehr.

«Shit!»

Er war schnell hineingeklettert, zurück brauchte er dennoch höchstens die halbe Zeit. Keuchend wickelte er das Seil auf, allen dreien stand das Entsetzen im Gesicht.

«Let's go.»

Weg waren sie.

«Na, das hat sich doch gelohnt», sagte sie. Noch immer: seine Hand.

«Verrückt», sagte Anatoli. «Aber die Tür muss kaputt sein, die kann doch nicht einfach so aufgehen!» Weiter kam er nicht. Ein gewaltiger schwarzer Leib drängte sich durch die Öffnung, schlurfte zwei Schritte ins Freie und blickte direkt in ihre Richtung.

«Silberrücken», hauchte Anatoli andächtig. Jetzt ließ er ihre Hand los. «Schau nur, wie schön. Wie groß und stark!»

Ja, schön, groß und stark, vielleicht ging das ja zusammen. Cornelia griff, wahnsinnig vor Mut und Angst, dahin, wo sie seine Hand vermutete. Aber sie verfehlte ihn, er war schon einen Schritt weiter, trat aus dem Gebüsch und ging auf den Affen zu. Einen Moment schienen sich beider Blicke zu kreuzen, dann zog sich das Tier ins Innere zurück – so leise, wie es gekommen war.

«Das Fell sieht blau aus in der Nacht», sagte Anatoli. «Die Amis sagen das nicht mit der Tür. Und wir auch nicht. Dann kann man ihn nochmal rauslocken.

Hast du gesehen, wie schön er ist?»

Sie trennten sich vor der Jugendherberge. «Du willst wirklich wieder hochklettern?»

«Ja klar, kann ich. Ist ja nur erster Stock. Geh du mal rein, ist schon Viertel nach zehn!»

«Vielleicht morgen wieder?», hörte sie sich fragen und erschrak.

«Vielleicht.»

Vorhin hätte sich Cornelia über ihre Verspätung noch gefreut, vielleicht würde sie ja gleich heimgeschickt. Ihr Lehrer war für seine freundliche, aber äußerst konsequente Art bekannt. Aber jetzt wollte sie bleiben. Schnell bog sie um die Ecke und ging in die Halle – wo nun ausgerechnet Fredersen mit einer stoppelhaarigen Frau vom Haus, vor allem aber mit ihren reichlich belämmert dreinschauenden Zimmergenossinnen stand.

«Und die?», kreischte Jana schwerzungig und deutete auf Cornelia. «Um zehn haben Sie gesacht. Die kommt zu spät.»

«Das ist zwar nicht in Ordnung», Fredersen sandte ihr einen strengen Blick, «aber dass sie bei eurem widerlichen Besäufnis nicht dabei sein will, verstehe ich.»

«Also Besäufnis, Herr Fredersen», quiekte Danni. «Eine Flasche war das doch nur!»

«Die Regeln des Hauses sind eindeutig.» Die Stoppelfrau nickte Fredersens harte Worte ab. «Das Taxi kommt in einer halben Stunde. Der Zug fährt 23.34 Uhr, um 6.44 Uhr seid ihr in Hamburg. Und dort holen euch eure Eltern, ich hab mir das bekanntlich alles unterschreiben lassen. Sie sind schon verständigt.»

Cornelia konnte sich ein Grinsen kaum verkneifen.

«Vorher putzt ihr euer voll gekotztes Bad», schnarrte die Dame des Hauses. «Und du», wandte sie sich an Cornelia, «trag mir mal nicht den ganzen Dreck mit deinen Kofferstiefeln hier rein!» Egal.

«Hast du Anatoli gesehen?»

Sie hörte es kaum. «Nein, hab ich nicht.»

«Arschloch», fauchte Danni in ihre Richtung. Egal. Sie ging vorbei. «Fette Kuh, du kannst das Bad selber putzen.» Egal, vielleicht morgen wieder, vielleicht.

Ganz früh. Cornelia schrak hoch. Oder war es noch mitten in der Nacht? Sie tastete nach ihrer Uhr.

«Ist vier», sagte Anatoli leise. «Komm, lass mich rein.» Ehe sie etwas sagen konnte, war er auch schon unter ihre Decke geschlüpft. Etwas linkisch ging das vonstatten, offensichtlich wollte er zwischen sie und die Wand.

«Hey», sagte sie halblaut. «Spinnst du denn?»

«Sei leise», zischte er. «Fredersen macht Kontrolle. Der schläft wohl nie.» Cornelia, allmählich erst richtig wach, legte sich stumm auf die Seite. Sie verstand überhaupt nicht, was eigentlich los war, aber sie fühlte die Wärme des Jungenkörpers. Er lag eng an sie geschmiegt, sein schlaffer Pimmel drückte gegen ihren Po. War er nackt? Nein, sie spürte Stoff, demnach, ja natürlich, untenrum war sie nackt, hatte nur das hässliche Nachthemd an. Sie hatte keine Angst. Sie begann vielmehr das schöne Ziehen in der Leiste zu spüren, dass sie sich normalerweise nur allein verschaffen konnte.

Sie hörte, wie die Tür einen Spalt geöffnet wurde. Sah den Kegel einer schwachen Taschenlampe durchs Zimmer wandern. Fredersen. Sie kniff die Augen zu. Der Kegel wanderte über ihr Gesicht. Dann wurde die Tür wieder geschlossen.

«Warum bist du zu mir gekommen?», fragte sie leise. Ihre Stimme kam ihr unnatürlich hoch vor.

«Ist doch schön, oder?» Anatoli massierte sanft ihren Rücken.

«Das kannst du also auch noch», hörte sie sich sagen. Er lachte leise, antwortete nicht, seine Hände glitten tiefer, sie spürte, verrückt von tausend Gefühlen, dass er beiläufig, wie selbstverständlich ihren Po berührte. Sie drehte sich zu ihm. «Ich hab Angst. Mach nicht gleich mehr.»

«Wollt ich gar nicht. Ich geh jetzt auch zurück.»

«Hoffentlich kriegst du keine Probleme, wenn er dich nicht findet!»

«Ich pass auf, kein Problem.»

«Vielleicht morgen wieder?»

«Vielleicht.»

Als sie wieder alleine war, zitterte Cornelia am ganzen Leib. Es war das Unwirklichste und zugleich Echteste, dessen sie sich entsinnen konnte, was ihr da gerade widerfahren war. Sie streichelte sich selbst an den schönen Orten, die sie alle so hässlich fand, ließ es wieder. Sie schaute zur Uhr, halb fünf, an Schlaf nicht zu denken.

Theuer nutzte den Dreikönigstag für einige traurige Gänge. Das Grab von Werner Stern in Handschuhheim hatte er schon lange nicht mehr besucht, einfach, weil es so geschmacklos war. Er hasste diese auf Hochglanz polierten Granitplatten. Und dann war es der beschränkten Witwe nicht auszureden gewesen, «Hier ruht in Erde, aber auch Liebe ...» einmeißeln zu lassen. Wie immer brannte geradezu trotzig, halb vom Efeu überwuchert, ein kleines rotes Windlicht. Katholik Haffner hatte schon mehrfach versichert, das «lebenslang» durchzuziehen.

Theuer tat sich schwer mit solchen posthumen Gaben. Also blieb er einfach stehen und dachte an den anständigen jungen Mann, dessen Asche da im Boden lag. Versuchte sich an seine Stimme zu erinnern, sogar an seinen Geruch, obwohl ihm das ein wenig anstößig schien. Stern hatte ein billiges Rasierwasser verwendet, Stern war als Fußballer nie vom Platz gestellt worden, laut Trauerinserat seiner Mannschaft. Stern hätte gerne Kinder gehabt und wollte nicht bauen. Stern war einmalig gewesen, natürlich, und doch, ein paar Monate sind vorbei, und man denkt nicht mehr allzu oft an ihn.

Theuer ging weiter, drei Reihen links versetzt lag Ronja Deister, das Grab war ihm erst im Herbst aufgefallen. Ihren Mörder hatten sie gefasst und Stern dabei verloren.

Danach ein strammer Marsch durch die ganze Stadt. Er wollte unbedingt noch zum Bergfriedhof, wo seine Frau begraben war. Das hatte er Yildirim nicht erzählt, obwohl sie sicher nichts dagegen hätte. Es wurde schon wieder dunkel, als er das Grab endlich fand. Schnaufend schabte er ein paar Blätter zur Seite. Na ja, so besonders geschmackvoll hatte er damals auch nicht ausgewählt. Er dachte an diese fernen Zeiten, wo sich für ihn ein ganz normales Leben abzeichnete, Kinder, Karriere, Reihenhaus in – sagen wir Wieblingen … Dann war diese Lebensskizze einfach verschwunden. Das ging so leicht, dem Verschwinden war eine so fürchterliche Leichtigkeit eigen.

Auf dem Rückweg wurden seine Gedanken trivialer. Den armen Leidig hatte es getroffen, er war einer von denen, die bis morgen um sieben in der Früh das Telefon hüten mussten. Aber es waren ja ruhige Zeiten.

Inzwischen hatte Cornelia die Informationsblätter gelesen, noch vor dem Frühstück. Nach einem Gang durch Altstadt und Schloss war heute ein offizieller Besuch im Zoo anberaumt.

«Kinderkram.»

«Giovanni, du kannst ruhig mitgehen, hier kennt dich ja keiner. Muss dir nicht peinlich sein.»

Sie versuchte in Anatolis Nähe zu sein, aber das war nicht einfach, er hielt sich zwar abseits (für sie?), Fredersen jedoch war immer schneller als sie und holte ihn zur Gruppe zurück. Er schien irgendein Problem mit ihm zu haben, hoffentlich hatte er seinen nächtlichen Ausflug nicht doch bemerkt? Andererseits wäre Anatoli dann schon auf dem Heimweg.

«Fredersen ist schon cool.» Jörn hatte es natürlich nicht zu ihr gesagt, sondern zu Ole, der gerade neben ihr verbotenerweise die Panzer der Riesenschildkröten tätschelte.

«Wie kommst du drauf?», fragte er.

«Na, eigentlich macht er lauter Sachen, die ich blöd finde. Nimmt zwei Ferientage in die Klassenfahrt ...»

«Damit wir nicht zu viel Unterricht versäumen», beendete Ole ironisch den Satz.

«Zwingt uns in den Zoo, und eigentlich find ich's jetzt gut. Hat halt Autorität, meine ich.

Ey, König, so eine Schildkröte, das wär das richtige Haustier für dich. Das sähe doch mal gediegen aus, wenn du so eine an der Leine führen würdest.»

«Aber du müsstest aufpassen, dass sie dir nicht wegläuft.»

Lachend gingen die Jungs weiter.

Langsam ging sie zum Affenhaus. Im Gehege des Silberrückens standen zwei fluchende Arbeiter und hantierten an der Tür.

«Tolles neues System», sagte der eine. «Haben sie für die Tierpfleger eingebaut, lässt sich mit einem Sender ganz schnell öffnen und schließen. Funktioniert nur nicht.»

«He, junge Dame», wandte sich der andere ihr zu. «Wir sind keine Gorillas, hier gibt's jetzt nichts zu sehen.»

Sie ging weiter.

«Dann hat er halt Auslauf, bis die neue Tür da ist. Der geht schon nicht in die Kälte raus.»

«Sag das mal dem Direktor.»

«Nä, dem sag ich's net.»

# 3

Endlich war der Tag vorbei. Cornelia stand zitternd in ihrem Bad. Anatoli hatte ihr beim Abendessen zugezwinkert. Zumindest wollte sie das denken. Bestimmt hatte er gezwinkert. Oder?

Sie hatte auf jeden Fall geduscht, kein Wunder, dass sie sich letzte Nacht noch nicht geküsst hatten, sie musste es zugeben, das abendliche Zähneputzen war nicht so ihres, aber sie konnte, wenn sie wollte: Geradezu wüst schrubbte sie mit der Bürste in ihrem Mund herum, bis sie sicher war, das Menschenmögliche getan zu haben, um einen Kuss von einem kleinen, anscheinend verschlagenen Streber in Mamakindklamotten zu verdienen.

Sie ließ die Bürste sinken und versuchte, ihr Gesicht im Spiegel zu ertragen. Blass, flächig. Ihre Haare würden sich nie entscheiden, ob sie rot oder weißblond waren. Ketchup-Majo war sie in der Grundschule gerufen worden.

Sie wandte den Kopf und schielte nach ihrem Profil. Du hast keinen Unterbiss, sagte der Vater immer, und das stimmte, es sah allerdings so aus – der Oberkiefer war nicht mitgewachsen, ein paar Jahre, kein Problem. Jungs, die so was haben, lassen sich später einen Bart stehen. Kein wirkliches Problem also. Einfach eine seltene Laune der Natur, erklärte der Kieferorthopäde seinerzeit. Nur, dass Launen vergehen.

Er würde nicht kommen.
Er würde bestimmt kommen.
Kannte sie seine Handschrift?
Nein. Oder doch. Sie zog sich rasch an und kramte nach

den Heften in ihrer Tasche. Das Partnerdiktat im November, Fredersen war wer weiß wie stolz darauf gewesen, dass er so etwas Modernes mit ihnen machte. Da ergab es sich, kaum überraschend, dass sie das erste Mal nebeneinander saßen. Sie hatte es fast vergessen.

Anatoli schrieb klein. Seine Linien waren kräftig. Wenn man die Seite umblätterte, sah man die Schrift gespiegelt wie eingraviert.

Sie nahm einen Stift und versuchte es. Er machte keine i-Punkte, zumindest vergaß er sie oft. Vielleicht gab es die in der russischen Schrift nicht?

Nach ein paar Zeilen gelang es ihr ganz gut. Was würde er ihr schreiben?

Sie holte ihr Freundschaftsalbum heraus. Die Diddlmaus, grinsender Hintergrund jeder Seite, war längst aus der Mode, aber Cornelia spürte sofort den Schmerz von damals.

Schreib doch selber in dein Buch. Ich hab keine Lust, du Riesenkuh. Lass mich in Ruäääääää!

Ihr Herz klopfte. Sie hörte den Schlag in den Ohren, Backpfeifen in raschem Takt. Damals, in der Fünften, wollte nur Timo reinschreiben. Mit dem hatte sie ein wenig Freundschaft geschlossen, dann war seine Familie nach Kassel gezogen.

«Ein Rätsel für unser Mathegenie.» Die vorgegebenen Rubriken hatte er allesamt ignoriert, einfach die leeren Zeilen benutzt. «Du hast zwölf Kugeln. Eine von den zwölf ist entweder schwerer oder leichter. Was von beidem, das weißt du nicht. Und du darfst sie auf einer Balkenwaage …», sicherheitshalber hatte er eine nicht sehr begabt daneben gezeichnet, «nur dreimal wiegen und nur die zwölf Kugeln verwenden. Dann musst du wissen, ob die Kugel schwerer oder leichter ist, und natürlich, welche Kugel es ist, musst du dann wissen.»

Daneben stand ihre Lösung. Es war ihr nicht sonderlich schwer gefallen. Missmutig betrachtete sie ihre ordentlichen Bleistift-Druckbuchstaben: «Man wiegt die Kugeln 1, 2, 3, 4 mit 5, 6, 7 und 8. Vielleicht bewegt sich die Waage nicht. Dann wissen wir, dass die mit anderem Gewicht unter den Nummern 9, 10, 11, 12 zu suchen ist.

Wir nehmen nun drei der Kugeln, die wir schon gewogen haben, zum Beispiel die Nummern 1, 2, 3, und wiegen 1, 2, 3 mit 9, 10, 11. Passiert wieder nichts, ist 12 unsere Kugel, wir müssen sie beim dritten Mal nur nochmals mit einer neutralen wiegen. Bewegen sich aber 9, 10, 11, dann wissen wir, dass sich unter ihnen die gesuchte Kugel befindet, und wir wissen auch, ob sie leichter oder schwerer ist ...»

Sie schlug die Seite um. Wie viel Uhr war es? Zehn. Es war ja sowieso viel zu früh. Damals hatte sie damit angefangen, hatte Zettel vom Boden aufgelesen, weggeworfene Konzeptblätter aus dem Abfall gezogen, manchmal heimlich das Klassenbuch übers Wochenende mitgenommen und Handschriften geübt. So trugen sich also doch noch alle ein.

Sie blätterte durch: deine Anja, dein Schulfreund Giuseppe, deine Relilehrerin Frau Hansen ...

Wie viel Uhr? Fünf nach zehn.

Ganz hinten war noch Platz.

Sie fing an:

*Dein Name: Anatoli Schmidt.*

*Geburtstag?* Den wusste sie nicht. Sie schrieb: *geheim.*

*Deine Lieblingsmusik? Alles Mögliche, Pop, Hip-Hop.*

*Dein Lieblingsessen? Pizza.*

*Lieblingslehrer? Herr Fredersen.*

Der Stift flog durch die Zeilen, schon war Anatolis falsches Porträt fast vollständig. Die letzte Frage:

*Dein größter Wunsch?*

Sie zögerte, drei Zeilen Platz. «Mit dir zusammen sein», wollte sie schreiben, aber das ging nicht. Das war wie nackt über die Straße laufen. Sie ließ die Zeilen leer und unterzeichnete.

*Dein Freund Anatoli.* Das war schon aufregend genug. Halb elf.

Zwei Uhr. Im Haus war es ruhig geworden. Sie lag angekleidet im Bett, hatte bei Fredersens Kontrolle die Decke ganz hochgezogen. Es wäre ihr komisch erschienen, irgendwie nuttig, wenn sie Anatoli wieder im Nachthemd erwartete.
Heiß.
Sie schlug die Decke zurück und trat ans Fenster. Wenn sie schräg hinausschaute, sich gegen die Wand drückte, konnte sie die Büsche vor dem Trennzaun sehen. Sie fasste an die Scheibe, es war nicht mehr so kalt, trotzdem schön kühl.
Er würde nicht kommen.
Zwei Gestalten. Ja, nicht irgendwelche – Anatoli und Fredersen, sie gingen direkt in Richtung des Lochs im Zaun. Erschrocken wich sie vom Fenster zurück. Was bedeutete das?
Wahrscheinlich hatte Fredersen irgendwas davon spitzgekriegt und ließ es sich zeigen, um dann Anatoli heimzuschicken. Ohne zu zögern, hangelte sie nach ihren Schuhen. Sie würde sich stellen. Mit ihm heimfahren.
Leise ging sie durchs Haus, überlegte sich, warum, denn schließlich wollte sie ja erwischt werden, blieb aber vorsichtig. Wenn, dann nur mit Anatoli.
Unten saß niemand mehr, natürlich war die Tür abgeschlossen, nur erwachsene Gäste bekamen einen Schlüssel. An einem Fenster stand «Notausgang – alarmgesichert». Ihr Vater hatte ihr einmal erzählt, an den meisten Fenstern und Türen, wo so etwas stünde, sei das nur zur Abschreckung, an seiner Schule hing sogar ein Schild «videoüberwacht», damit die Penner das Klo nicht benutzten. Entschlossen öff-

nete sie das Fenster. Nichts. Leise stieg sie aus und ging in spitzen Schritten über den Kies zum Zoo.

Sie waren hineingegangen. Unschlüssig blieb sie stehen, es war dunkel, Wolken hatten sich vor den Mond geschoben. Vielleicht würde es gleich regnen. Musste er ihm auch das Affenhaus zeigen? Oder was fand da statt? Sie zwängte sich durch das Loch.

Sie ging den gleichen Weg wie gestern – und tatsächlich: Da am Affenhaus waren sie. Beide. Weiter wie gestern – in die Büsche.

«Da warst du also, mein kleiner Spatz? Das hättest du aber nicht tun sollen!» Was wurde denn das?

«Da musst du jetzt besonders lieb sein, das weißt du.»

Es war nur zu klar, was das wurde. Anatoli kniete sich nickend nieder, Fredersen öffnete seine Hose, holte seinen Schwanz heraus und drückte ihn Anatoli in den Mund. Und Anatoli tat es, rhythmisch, geradezu erfahren schien es ihr.

In der kurzen Zeit, die der Junge dem Lehrer zu Diensten war, fühlte Cornelia sich sterben. Sah sich von innen, eine riesige fleischfarbene Höhle, die jetzt ganz leer und verschlossen war, also leer bleiben würde. Es fing zu regnen an. Sie merkte es kaum.

Dann war es vorbei, keuchend wich Fredersen zurück, fummelte ein Papiertuch aus der Hosentasche und reichte es Anatoli. «War's schön, mein Kleiner?»

Anatoli nickte: «Ja, war schön.»

Cornelia stürmte ohne zu denken aus den Büschen. Die beiden fuhren herum.

«Cornelia? Was machst du hier?» Fredersen schaffte es so eben, nicht zu schreien.

Sie schaute zu Anatoli. «Aber du warst doch ...»

Der Junge stand auf und erwiderte ihren Blick kalt, auf seiner Wange glitzerte etwas, ach so, ja klar.

«Was denkst du?», fauchte er. «Was willst du?»

«Du warst bei mir im Bett», hörte sie sich sagen. «Das warst du doch!» Sie registrierte am Rand einen eifersüchtigen Blick des Lehrers, den auch Anatoli zu bemerken schien. Wütend ging er auf sie zu. «Halt den Mund. Glaubst du, ich will was von dir? Ich will doch nicht fette Kuh mit Riesenfuß!»

Ihre rechte Hand, so wie sie es im Training geübt hatte, mit Spannung und Konzentration, die man, wenn man es einmal gelernt hat, einfach abrufen kann.

Man muss sich vorstellen, durch den Gegner hindurchzuschlagen.

Geh ins Karate, hatte der Vater gemeint, das ist gut für dein Selbstbewusstsein.

Der Schlag traf Anatoli hinter dem linken Ohr, ein seltsames Knacken. Er fiel. Und lag.

Fredersen starrte sie an. «Was hast du getan?»

Cornelias Gedanken formten sich langsamer als sonst, aber sie waren klar, steinern mit scharfen Kanten. «Ihn geschlagen.»

Fredersen kniete vor Anatoli. «Du ...»

«Ich glaube, er ist tot», sagte sie.

«Ja ...» Fredersen erhob sich, nun auch ganz ruhig. Sah sie an.

«Er war bei mir, weil er gestern Nacht nicht ... wollte.» Sprechen kam ihr vor wie Kotzen. «Er war zärtlich, weil er es gewöhnt ist. Weil er immer zärtlich sein muss. Es gibt für jedes Rätsel eine Lösung.» Sie lachte und fühlte etwas Wildes: «Das Leben ist Mathe.»

Fredersen schüttelte den Kopf.

«Wollen Sie mich verhauen?», fuhr sie fort. «Umbringen? Als Doppelmörder in den Knast?»

«Da liegt ein Junge, tot. Hast du keine Gefühle?» Fredersen schrie beinahe.

Cornelia dachte nach, runzelte die Stirn, zog eine Schnute. «Nein!», entschied sie und spürte, dass sie Recht hatte, und ganz weit hinten spürte sie auch, dass damit das Fürchterlichste geschehen war. «Ich habe keine Gefühle.»

Der Regen, viel zu warm für die Jahreszeit, klebte ihnen die Haare an den Kopf. Sie standen einander gegenüber, stumm. Schließlich sagte Cornelia: «Aber ich kann Schriften.»

Das Telefon, Theuer riss die Augen auf, es war noch dunkel. Neben ihm grunzte man etwas Türkisches.

Er ging mit dem Hörer hinaus, kurz darauf war er schon wieder da und krustelte nach seinen Kleidern.

Yildirim machte Licht, blinzelte: «Was ist denn los?»

«Ich muss leider weg. Im Zoo, im Freigehege vom Affenhaus, liegt ein toter Junge.»

«Im Affengehege? Wie spät ist es denn?»

«Kurz nach sechs. Wären eh bald geweckt worden. Ich hass das, wenn ich nicht duschen kann ...»

«Im Affengehege. Und wie alt?»

«Ein Schüler», sagte er leise. «Achte Klasse, hat Leidig gesagt, also so ungefähr in Babetts Alter, aus einer Kieler Jugendgruppe, die in der Jugendherberge wohnt, das haben sie zumindest am Telefon so gesagt. Scheint aber nichts Kriminelles im Spiel, wir müssen's nur abklären. Aber ...»

«Ein Scheiß ist es schon», nickte Yildirim und griff nach Zigaretten und Asthmaspray.

Kiel – Ostsee ... War sicher kalt, die Ostsee, groß und grau, so stellte er sich das Meer vor, der Theuer, als er seinen Toyota mühselig aus dem Parkhaus fädelte. Wie nur allzu oft schrie er am Kassenhäuschen blöde «Ich bin Dauerparker», anstatt an das weiße Plastikkärtchen zu denken, das im Handschuhfach lag, wenn er es nicht gerade zerstreut spazieren trug und eine frustrierte Yildirim zur Platzmiete zusätzlich noch den Tageshöchstsatz berappte.

Er bog am Bismarckplatz ab, Richtung Neckar, zwischen Altstadt und Bergheim, rechts Barock und links eine normale Stadt, eine wie überall.

Im Grunde kannte er sein eigenes Land schlecht, war einmal nur in Kiel gewesen und hatte das Meer nicht gefunden, zum Beispiel. Der im Zoo, der kommt ja aus Kiel, oder sagt man da jetzt schon «kam»?

Theuer überquerte den Fluss, und plötzlich schlug ihm das Herz die Brust entzwei, jetzt wurde es erst wahr. Ein nervendes pubertäres Pickelmonster, ein Schwitzer und Stinker, Motzer, alles das vielleicht, und doch wohl sicher ein zärtlich geliebtes Kind – war weg.

Er ertappte sich neuerdings manchmal bei inneren Bildern – eine erblühte Babett, die einen jungen Mann heimbrachte, den er in sein Arbeitszimmer bat, um sich einen Eindruck zu verschaffen. (Er hatte zu Hause kein Arbeitszimmer.) Doch, gar nicht übel, könnte klappen.

Später spielen Kinder auf der Wiese und der Theuer säße in einem bequemen Campingstuhl unter einem Nussbaum, nuckelte an einer Weißweinschorle, und die Kinder würden «Opa» sagen, wenn er schon niemandes Papa gewesen war.

Am Mönchhofplatz bog er links ab. Haffner sei auch schon dort, hatte Leidig gesagt. Senf auch.

An der Shell-Tankstelle musste er rechts abbiegen und dann gleich wieder links, nicht wegträumen jetzt, sonst landete er in Handschuhsheim, da war es schön, aber alle würden ihn auslachen. Die Kinder würden ihn auslachen, dreizehn, vierzehn, fünfzehn Jahre, der Junge, ist man da noch ein Kind?

Was war das? Unglaublich, kein Benzin mehr. Stotternd erstarb der Motor, er konnte das Auto gerade noch parken.

Um Himmels willen, er würde zu spät kommen! Da vorne die Shell. Er rannte, kaufte einen roten Kanister, tankte fünf Liter und gab dem freundlichen jungen Mann an der Kasse seine Dienstmarke statt der Kreditkarte.

Zurück zum Auto, ein kleiner Disput mit dem Herrn, vor dessen Ausfahrt es stand. Tanken und weiter.

Und dann bog der Erste Hauptkommissar wirklich fast nicht ab, riss gerade noch das Steuer herum und kam so eben noch um die Kurve, jemand hupte, jemand schrie.

Angeblich ging es ja jetzt auch andersrum zum Zoo, durch das bunte, frische, architektonisch liebevoll konzipierte, geschmackvolle, mit Leid und strohblöden Ärzten bis zum Rand voll gestopfte Klinikviertel, das hatten welche gesagt. Aber Theuer misstraute der Nachricht, er kannte sich doch aus, also er kannte doch wohl Heidelberg, also Teile von Heidelberg, links ins eigentliche Neuenheimer Feld, Bauten der Siebziger, Achtziger, Neunziger und immer weniger grüne Flächen, auf denen sich im Sommer die faulen Studenten lümmelten.

Die Straße endete, durch das Fenster glaubte er einen Elefanten trompeten zu hören, vielleicht war auch ein nächtlicher Rugbystürmer unter fünf Abwehrspieler geraten, oder ein Vampir übte Trompete, oder er hatte selbst, seiner nicht bewusst, er, der Theuer, schnaufend Luft abgelassen. Nach links. Vorne sah er die großen Buchstaben: ZOO.

Heidelberg war nämlich mehr als Altstadt, Schloss und Universität. Heidelberg hatte alles: die besten deutschen Rugbyclubs, die besten deutschen Dichter, das beste deutsche Klima, den Fluss, Restaurants, SAP in Walldorf, das nehmen wir noch mit, SAS, die börsenstürmenden Juristenversicherer, jawohl, Chöre, Orchester, Forschung, Hurensöhne, Gangsterbräute, Schwarzfahrer, italienisches Klima, französische Küche, britische Würde, amerikanische Deppen …

Und heute, meine Damen und Herren, und heute etwas ganz Besonderes: einen toten Jungen.

Fast zum Jahrestag von Ronja. Er stieg aus.

Ein Mann kam auf ihn zu. «Kohlmann, ich bin der Direktor hier, der Zoodirektor. Wir sind alle fassungslos.»

Der Direktor war in etwa seinem Alter, aber hatte sich einen leidlich gelungenen Körper in die zweite Lebenshälfte gerettet. Wahrscheinlich, so riet der Ermittler Theuer vor sich hin, ließ der ständige Kontakt mit Tieren die ein oder andere Zivilisationskrankheit gar nicht erst entstehen, ein gleichsam unschuldiges, naturnahes Leben spränge heraus, wenn man Nashörner, Wölfe und Kamele zur Familie hatte. Zoologe hätte man werden sollen, dann wäre alles gut. Andererseits lief nun ein wie unter Gichtattacken gebeugter Tierpfleger herbei ...

«Herr Direktor, die Polizisten sagen, der Chef von denen, der heißt Theuer, der muss bald kommen, müsste eigentlich schon da sein, ob Sie ihn abfangen können, Herr Direktor?»

«Er ist da», sagte Kohlmann, «er steht da und schaut mich an.»

«Problem mit dem Benzin», entgegnete der schwere Ermittler grußlos. «Benzinproblem.»

Er kannte sich gut genug, er würde noch mehr Possen anstellen, um das Elend nicht die ganze Zeit an sich ranlassen zu müssen.

Das Affenhaus war ein ganzes Stück vom Eingangsbereich entfernt, aber er war orientiert. Manchmal kam er mit Yildirim hierher, verschämt, als täten sie etwas Albernes, denn Babett ging natürlich niemals mit. Zwei Erwachsene kinderlos im Zoo, was sollte das? Zumal ihm die Ziegen, wenn nicht sowieso die Bären vor dem Eingang schon, ihr die Käuze am besten gefielen.

Kohlmann hastete neben ihm her. Haffner kam entgegen, erfreulich trittsicher. «Schon klar, Sie wollen ihn nicht sehen», begann er grußlos, «er lag in dem Graben, da zwischen dem Gehege und dem Zuschauerbereich.» Er griff nach seinen Zigaretten.

«Ist er gestürzt?», fragte Theuer. Jetzt tauchte das Affenhaus hinter den Bäumen auf. Der Kommissar war am unschönen Ziel angelangt, brauchte alle Kraft, um den weichen Knien nicht nachzugeben, nicht einfach wegzusacken.

Der Junge lag, abnorm verkrümmt, auf einer Bahre. Der Notarzt stand daneben, kaute Kaugummi, die Hände in den Taschen – nichts mehr zu machen.

Ein junger Kollege trat hinzu, Theuer kannte ihn nicht. «Er war im Graben, wir haben alles fotografiert ...»

«Ich weiß, dass er da war. Aber ich weiß immer noch nicht, wie er dahin kam.»

Polizisten, weitere Notärzte, ja sogar die Feuerwehr – natürlich, man hatte ihn ja bergen müssen. Alle standen sich im Weg, und jede Menge Zooangestellte schauten zu, wahrscheinlich verhungerten am anderen Ende des Geländes die Piepmätze. Leidig trat blass aus der Menge, hatte also offensichtlich jemanden gefunden, der für ihn die Schicht zu Ende machte.

«Er ist nicht nur gefallen, der Schädel ist eingeschlagen, mit dem berühmten stumpfen Gegenstand oder ...» Leidig wies mit den Augen über den Graben: Auf dem kleinen Rasenstück saß der Silberrücken.

Ein grauer, kraftstrotzender Pelzkubus. Theuer hatte den Ranghöchsten der Gorillagruppe natürlich schon bei früheren Besuchen betrachtet – nicht so oft wie die Ziegen –, natürlich hatten ihn die Augen beeindruckt, die so wenig Tierisches hatten. Aber nun sah er die Arme, den gewaltigen Brustkasten, das ganze massige Muskelgewirk des Affen.

«Warum ist er hier?»

«Während der Bergung ...» Kohlmann trug eine halbe Brille, ganz ähnlich der, die Polizeidirektor Seltmann, Theuers Lieblingsfeind, trug, jetzt erst bemerkte es der Ermittler.

«Während der Bergung und der Sicherung der Spuren war er natürlich innen, im Haus. Aber Ihre Leute meinten, die Spuren wären nun alle zusammengetragen, und da haben wir ihn rausgelassen. Er muss sich das Gelände wieder zu Eigen machen. Er hat nichts verbrochen. Er ist ein Tier.»

Theuer, wie erwachend, blickte um sich: «Wer von euch war der hochprofessionellen Meinung, dass hier alle Spuren gesichert seien? Das kann doch jetzt einfach nicht wahr sein!», schrie er. «Mir geht einmal das Benzin aus, ich komme eine Viertelstunde zu spät, und in dieser Zeit triumphiert der blanke Wahnsinn! Und das ohne mich! Wir sperren tagelang das Sterbezimmer einer Hundertjährigen, wenn wir einen Zigarettenstummel mit Lippenstiftspuren in der Wohnung finden, und ihr lasst hier den Graupelz alle denkbaren Spuren zuscheißen!»

«Ehrlich gesagt, ich war das», sagte Leidig beklommen und griff in Haffners Brusttasche. «Schachtel ist leer», bellte dieser knapp.

«Sie hatten den Jungen bereits geborgen, als ich eingetroffen bin, ein Streifenpolizist ...», der junge Kollege von vorhin zeigte schülerhaft auf, «hat wenigstens Fotos gemacht, bis die Feuerwehr da war. Das Opfer hätte ja noch leben können. Na, und bei der Bergung wurde da drin alles vernichtet, was vielleicht eine Spur war ...»

Theuer nickte, es war schon richtig. «Und der stumpfe Gegenstand? Mit dem das Tier ...»

«Betrachten Sie sich seine Hände», unterbrach Kohlmann. «Der bräuchte keinen Gegenstand ...»

Theuer schaute wieder zum Gorilla, der, gleichsam paradox in der Rolle des Zuschauers, keine vier Meter entfernt ihm gegenübersaß.

«Eifersucht», flüsterte er zu sich. «So was tut man aus Eifersucht. Können Gorillas eifersüchtig sein?» Dann schwieg er, weil er sich furchtbar dumm vorkam, und beließ es dabei, den Affen zu betrachten.

Das Tier erwiderte seinen Blick und begann die Arme und Pranken eigentümlich zu bewegen.

«Gleich haut er sich auf die Brust, erschrecken Sie nicht», warnte der Zoodirektor, aber der Silberrücken blieb still, der milchig wolkenverhangene Morgenhimmel riss auf, und ein erster Hauch Morgenröte, kitschiger als der Mensch konnte es immer noch der liebe Gott, schoss direkt mitten unter sie. Was zum Schlimmsten beitrug, Anmut: Der gestikulierende Gorilla wirkte wie ein stummer Prediger, nicht wie eine gefährliche Urwaldkreatur.

«Wie heißt er?», fragte Theuer leise.

«Bohumil», sagte ein Pfleger. «Wir haben ihn im April aus Wien bekommen. Sein Vorgänger ist nach Manchester zur Zucht verkauft.»

Eigentlich hatte Theuer den Namen des Jungen gemeint. Er suchte nach Individualität in den schwarzen Augen und sah etwas glimmen. War es Angst? Er wusste nur zu gut, dass er im Begriff war, sein eigenes elendes Empfinden, die eigentümliche, grausige Verzauberung der Szene mit irgendeinem Sinn aufzuladen, und irgendein Sinn war meistens Unsinn.

«Was passiert mit ihm?», fragte er.

«Er ist ein Tier», wiederholte Kohlmann. «Kein Haustier. Oder wollen Sie ihn erschießen? Er muss sich fürchterlich erschrocken haben, Gorillas sind scheu. Ich denke, der Junge ist zu ihm hineingeklettert. Es hätte ja gar nicht passieren dürfen, normalerweise schlafen die Affen innen ...»

«Wir haben Fasern eines Bergsteigerseils geborgen», sagte Haffner, «aber kein Seil. Hab schon gedacht, das wär was, aber ...»

«Ja, das sollten Sie wissen», unterbrach Kohlmann. «Drei

amerikanische Studenten sind anscheinend vorgestern in den Zoo eingebrochen, haben den Zaun zerschnitten, und einer ist mit einem Seil hier ins Gehege. Die Burschen sind untröstlich. Sagen, sie wären breit gewesen, was auch immer sie damit meinen.»

«Und der, der rein ist.» Schon wieder ein Kollege, an dessen Namen sich Theuer nicht erinnern konnte. «Sagt, er habe aus Spaß an der Tür, die ins Innere führt, gerüttelt und die sei sofort aufgegangen. Dann haben sie's mit der Angst bekommen und sind stiften gegangen. Der, der rein ist, hat ein Seil verwendet. Wir prüfen das gerade, das Seil.»

Theuer versuchte, seine Gedanken zu sortieren. «Wie kommt es, dass diese drei Amis so früh schon untröstlich sind ... Ich meine», er schüttelte sich, «woher wissen die schon ...»

«Sirenen, Blaulicht, Geschrei, alles nebenan. Das weckt die härtesten Kneipengänger.» Haffner musste man das glauben.

«Und warum geht diese Tür so leicht auf?» Theuer bekam Kopfschmerzen und wusste, die würden über den Tag nicht weniger. Und der fing erst an, langsam war es hell.

«Ein neues System», antwortete Kohlmann kopfschüttelnd. «Ironischerweise auch aus den USA. Wenn es gefährlich werden sollte, halten die Pfleger nur kurz einen Sender ans Schloss, den sie wie eine Armbanduhr tragen, schon geht die Tür auf oder zu. Theoretisch ist das natürlich besser als ein unhandlicher Schlüsselbund.

Praktisch bleibt der Bolzen oft auf halber Strecke hängen, und mit einem Ruck kann man die Tür sehr wohl öffnen. Wahrscheinlich wollte Bohumil dem Eindringling einen Schlag zur Warnung versetzen, Gorillas haben einen harten Schädel ...»

«Ich warte seit zwanzig Minuten auf euch in der Jugendherberge.» Der dicke, freche Senf bog um die Ecke.

«Ich hab gedacht, ihr schaut mal nach den Leuten. Er war mit seiner Schulklasse da, seit zwei Tagen. Und eigentlich bleiben sie auch noch eine Woche. Aber jetzt wollen sie morgen heim oder am liebsten schon heute. Anatoli Schmidt hieß der Junge.» Senfs immer etwas wonnig quiekende Stimme verdüsterte sich. «Die Mutter ist alleine, zwei kleine Geschwister hat er noch.»

Endlich wandte Theuer dem Affen den Rücken zu, heftig, als sei er das dem Toten schuldig.

«Wunderbar, Senf, aber da ich gerade erst gekommen bin, konnte ich schlichtweg nicht gleichzeitig bei dir sein. Ich müsste mich verdoppeln, und das in meinem Alter! Die drei Amis will ich haben.»

«Die werden wir nicht brauchen», sagte Haffner, der nun in irgendeiner Manteltasche doch noch eine Schachtel Zigaretten gefunden hatte und etwas entspannter wirkte. «Die tolle Aktion haben die Boys, wie gesagt, vorletzte Nacht hingelegt, für gestern haben sie ein Bombenalibi, sind erst vor einer Stunde aus Mannheim zurückgekommen, mit der OEG. Wir überprüfen die Zeugen natürlich.»

«Wir haben das Loch im Zaun gestern nicht bemerkt», sagte Kohlmann. «Die Sache mit der Tür schon, aber die Mitarbeiter haben es nicht in den Griff bekommen und mich leider nicht informiert. Wobei ich nicht weiß, ob ich etwas unternommen hätte, er konnte ja nicht wirklich raus, nur auf den Rasen.»

«Wenn es ein Loch im Zaun gibt, dann muss es doch wenigstens Fußspuren geben», beharrte Theuer.

Senf hob resigniert die Arme. «Ein Tierpfleger hat den Jungen entdeckt und die Weltgeschichte zusammengebrüllt. Und danach – hat Haffner ja gesagt. Das Erste, was wir tun mussten, war, die halbe Jugendherberge zurückzutreiben ...»

«Durch das Loch im Zaun?», stöhnte Theuer.

«Nein, natürlich nicht, aber durch das waren sie gekommen, irgendeiner hatte es halt gekannt, ich glaube sogar einer dieser Amis. Dutzende kamen da, unter den Anführern war ein belgischer Priester ...»

Theuer hörte nicht weiter zu.

Manchmal konnte sein Beruf befriedigend sein, wenn am Ende die Puzzlestückchen passten, ein Bild entstanden war.

Diesmal schien es so, als ob ein blindwütiger Puzzler gleich zu Beginn die Teile so zusammengefügt hatte, dass da nur eine braune Fläche zu sehen war, die die Wahrheit für immer verschloss.

Konnten Affen puzzeln?

Er hatte in einem Statistikbuch für Laien einmal gelesen: Setzte man einen unsterblichen Schimpansen an eine Schreibmaschine und ließe ihn ewig tippen, irgendwann entstünde zwangsläufig das Neue Testament ohne auch nur einen Kommafehler. Dass ein Riesenaffe einmal verschreckt zuschlug, war ja dagegen geradezu nahe liegend. Wer sprach? Senf.

«Seine Mitschüler sagen, er war ein Tiernarr – und unter Menschen ein Einzelgänger, einsam ... Er ist vierzehn, vielleicht hat er sich so einen wilden Abgang vorgenommen ...»

Der Karlsruher schüttelte traurig den Kopf.

«Vielleicht kein Verbrechen.» Leidig seufzte. «Aber furchtbar traurig. War das ein Selbstmord oder mörderische Romantik, ich meine, hat es ihn zum Tier gezogen, es war eine schöne, klare Winternacht, die Kreatur ...» Dann wurde er rot.

«Die Klasse fährt heute und auch morgen noch nicht», hörte sich Theuer mit fester Stimme sagen. «Ich will alle auf dem Revier sehen, bestellt halt ein paar Psychologen zum Trösten. Und das Zimmer muss nach Spuren abgesucht werden, das ist ja klar ...» So einfach durfte es einfach nicht gehen.

Sie arbeiteten sich mühsam durch die hysterischen bis pseudocoolen Aussagen der Schüler, schon den zweiten Tag. Außerdem wurde ihnen immer wieder mitgeteilt, dass erboste Eltern aus Eckernförde anriefen, es Beschwerden an höhere Stellen gebe – man müsse die Kinder doch jetzt beraten und nicht verhören, eigentlich stimmte es ja. Und man solle aufhören, ständig von Kiel zu sprechen. Die Gruppe sei aus Eckernförde, die nächste Bucht nördlich der Kieler Förde, einen Atlas besäße man ja vielleicht auch im Binnenland.

Theuer hatte seinen beim Umzug ausgemustert, in Babetts Schulatlas machte er sich aber mit der Lage vertraut. Der Ort war ziemlich nahe an der dänischen Grenze, zumindest auf der großen Deutschlandkarte. Er fand auch Ærø, die Insel, auf der Yildirim und Babett letztes Jahr ihr Hororerlebnis hatten.

Der Ermittler war nicht abergläubisch, aber es irritierte ihn doch, dass der Norden ein zweites Mal Gegenstand beruflicher Aktivitäten wurde.

Hektischer Aktivitäten, denn seit er mit Yildirim lebte, durften sie nicht mehr zusammenarbeiten. Der Streber Mommsen hatte seitens der Staatsanwaltschaft den Fall und hielt wenig bis nichts von einem kriminellen Hintergrund.

«Natürlich müssen Sie das abklären, Herr Theuer», knödelte er ins Telefon. «Aber dann auch aufhören, es ist ja wohl schließlich ein Unglücksfall.»

«Ebendas will ich ja abklären.»

«Ja, prima, den Bericht dann möglichst bald, wiederhören.»

Einiges war ihnen schon durch die Lappen gegangen: Die Jugendherberge hatte mehrere Einzelreisende und Touristen seelenruhig abreisen lassen, ehe sie überprüft waren. Theuers Wutausbruch am Telefon war entgegnet worden, schließlich habe man Platz für die nächsten Gäste schaffen müssen.

Es war also eine Mühe für sich, mit diversen ausländischen Behörden zu korrespondieren oder – schlimmer – mit rumpeligem Schulenglisch fernmündlich zu verkehren.

Zwei Franzosen algerischer Abstammung waren wegen Drogenhandels vorbestraft und – aha! – waren tatsächlich auch die Dealer der drei Amis gewesen. Die wiederum entpuppten sich als fromme Christen, die hart bestraft werden wollten. Das Geld für die Reparatur des Zaunes überwies ein Reverend Schaffer, entsetzt über seinen Sprössling Dave Schaffer III, aus Texas.

Ansonsten waren die Franzosen und Amis aber aus dem Schneider, denn Erstere waren in der Tatnacht lange im Puff gewesen, die Überseeischen hatten eine Gebetsnacht zur orthodoxen Weihnacht in Mannheim besucht. Der Klettermaxe hieß James Gagarin und wollte seinen Kumpels die Wurzeln seiner Familie nahe bringen, nein, mit dem Kosmonauten war er nicht verwandt, zum Glück, der war ja ein Kommunist.

Am schwierigsten gestaltete sich die Suche nach einem italienischen Touristen, da Dr. Zerbi, den die Heidelberger Strafverfolgungsbehörden normalerweise als Dolmetscher beschäftigten, gerade ein blutiges Scheidungsdrama durchfocht und nur äußerst widerwillig zur Verfügung stand. Schließlich erfuhr man, die italienischen Kollegen hätten etwas missverstanden und den armen Herrn Benedetto nachts um zwei verhaftet. Bald kam die ergänzende Nachricht, er sei jetzt wieder auf freiem Fuß, da ihn sein norwegischer Zimmergenosse entlasten könne. Dieser war rasch gefunden und bestätigte, dass Benedetto entsetzlich schnarche und er deshalb garantieren könne, dass der Italiener die ganze Zeit da gewesen sei. Sein eigenes Alibi? Er leide an Muskelschwund und könnte keine Jungen irgendwohin schleifen, aufgrund seines Leidens plane er nicht mehr lange zu leben, man möge weitere Nachfragen also bald an ihn richten.

Eine zweite deutsche Schulklasse war da gewesen, die potenziellen Totschläger erwiesen sich als Drittklässler, was sie für alle außer Haffner unverdächtig machte.

(«Die Werte sind weg. Grundschüler haben heute eine Ethik wie die Waffen-SS.»

«Aber die Gravitation gibt es noch. Grundschüler können keinen 14-Jährigen herumtragen.»

«Viele Hunde sind des Hasen Tod, Senf!»)

Der belgische Priester, den Theuer einen Albtraum lang dieses Mordes und acht Dutzend weiterer Verbrechen überführt hatte, erwies sich als harmlos, da er nachweislich mit vollkommener Nachtblindheit geschlagen war.

Erste Ergebnisse der Spezialisten lagen vor: Die gefundenen Fasern stammten wie erwartet vom Seil der Amis. In der Jugendherberge waren keine Spuren zu finden. Alle Wege im Zoo waren durch die heftigen Regenfälle blitzblank geputzt, die Spuren in Nähe des illegalen Einstiegs waren tatsächlich zertrampelt.

Man konnte feststellen, dass irgendjemand und vielleicht Anatoli selbst am Fallrohr geklettert war, nur volljährige Besucher erhielten einen Schlüssel für den Haupteingang – je nach Tatzeit war das aber irrelevant, denn nach 2 Uhr war die Rezeption nicht mehr besetzt, und dann konnte jeder, der sich über das Verbot der Hausleitung hinwegsetzte, via Notausgang das Haus verlassen. Das war ein offenes Geheimnis und wurde von Schülergruppe zu Schülergruppe getragen. Die Hausleitung hatte es aufgegeben, dagegen vorzugehen, einen Notausgang musste es ja geben. Das falsche «alarmgesichert» half nichts.

Ja, die Kletterspuren waren irrelevant: Der Verdauungsgrad des Abendessens in Anatolis Magen grenzte die Tatzeit zwischen zwei und drei Uhr morgens ein.

Die Untersuchung der Wunde ließ nach wie vor auf keinen bestimmten Gegenstand schließen.

Irgendwann, Theuer hätte den Wochentag ohne Kalender nicht bestimmen können, brüteten er, Senf und Haffner über ihren Unterlagen. Leidig würde gleich kommen, er war mit der Vernehmung einer Schülerin noch nicht ganz durch.

«Alle bisher haben sie diesen Anatoli kaum gekannt, obwohl er seit zwei Jahren bei ihnen in der Klasse saß. Dass er verrückt nach Tieren war, das wussten sie. Und ich sehe leider nicht, warum sich ein einsamer Junge nicht in einen Naturwahn steigern sollte.» Senf streckte sich unter Mühen.

«Er wurde am und hinter dem Ohr getroffen. Schädelbasisbruch, er war sofort weg und schnell tot. Hatte schwache Knochen, wegen Mangelernährung in der Kindheit. Alle anderen Verletzungen hat er sich beim Sturz in den Graben zugezogen.» Haffner legte die Papiere weg und sah Theuer geradezu herausfordernd an. «Ich lasse schweren Herzens die Grundschulhypothese fallen, es war der Affe. Der Affenarsch.»

Theuer schlug gefrustet auf den Tisch. «Also, er springt mit schwachen Knochen in einen Graben und klettert hoch, oder hat ihn das Tier unten erwartet?»

«Der Zoodirektor meint», sagte Senf, «und das klingt ganz nachvollziehbar, der Graben sei gar nicht so tief; wenn man sich an der Kante runterhängen lässt, vielleicht noch zwei, drei Meter, das kann ohne Verletzung abgehen. Wo dann der Angriff erfolgte, werden wir nicht erfahren. Denken Sie an den Regen.»

Theuer schüttelte den Kopf. «Man lässt sich nicht nachts in einen schwarzen Graben fallen. Schwache Knochen, aber er bricht sich dabei nichts am Bein!»

«Ja.» Senf zog hilflos die Schultern hoch. «Das gibt es. Man hat schwache Knochen und bricht sich trotzdem nichts.»

Theuer schwieg trotzig.

Leidig kam herein. «Das war jetzt doch aufschlussreich.»

Er schien die Schritte zu seinem Schreibtisch zu genießen, eine, zwei, drei Sekunden gespannte Blicke, nur für ihn.

«Hier.» Er hielt ein kleines quadratisches Buch in die Höhe. «Ein Freundschaftsalbum, gehört einer Mitschülerin.»

«Die Diddlmaus», ergänzte Haffner zufrieden. «Die deutsche Antwort auf dieses Imperialistenschwein namens Disney.»

Vor zwei Jahren hätte Theuer noch erheblich zu fragen gehabt, um was es sich bei einem so genannten Freundschaftsbuch handelt, aber inzwischen hatte er bei Babett sogar schon eingetragen. Bei Lieblingsmusik «Bach» gelogen, um mit «Pop» nicht peinlich jugendbewegt zu wirken. Eigentlich hatte er nur gelogen, außer beim größten Wunsch:

«–»

«Anatoli hat da reingeschrieben», erklärte Leidig nun endlich. «War wohl wirklich ein ziemlicher Außenseiter, das Mädchen meinte, es sei ihr peinlich vor den Mitschülern, wir sollten es nicht erzählen. Müssen wir ja auch nicht, denn ...»

«Schon gut», unterbrach Theuer ungeduldig, «wir petzen nicht.»

«Ja, also, hört mal, was er als größten Wunsch geschrieben hat: ‹*Ich möchte irgendwann so ein mächtigen Gorilla ohne irgendein Gitter treffen. Für mich das ist faszinierendstes Tier. Bei Mensch sagt man kennen lernen, warum nicht bei so schöne Tier.*› Damals hat er natürlich noch nicht gut Deutsch gekonnt.»

Leidig schaute erwartungsvoll. Theuer suchte nach einer Entgegnung, aber ihm fiel nichts ein.

«Mal langsam, Leidig.» Haffner trank aus einer kleinen kupfernen Amphore irgendwas – es wurde ja immer raffinierter. «Wenn ich einen totschlage, dann schreib ich mir gerne in mein Freundschaftsbuch, dass er sich umgebracht hat, und setze seinen Namen darunter! Chef, das Mädchen war's!»

«Aber gewiss doch», nickte Theuer. «Was trinkst du?»

«‹As we get it›, das ist Malt mit 60 Prozent!» Haffner war offensichtlich stolz, sich weiter steigern zu können. «Das Girl ...»

«Haffner», sagte Leidig kalt. «Ich bin kein vollkommener Dilettant. Es ist seine Handschrift, wir haben ja seine Sachen hier, und die Schüler mussten Hefte mitbringen, dieser Lehrer ist ziemlich streng.»

«Allerdings», schwenkte Haffner verdrossen um, «das stimmt dann auch wieder. Die armen Kinder müssen sogar zwei Ferientage opfern. Und das, obwohl ihnen ein Mitschüler genommen wurde!»

Solche rabiaten Theoriestellungen und -verwerfungen bedeuteten nur eines: Der Kollege war dicht.

Theuer las Anatolis Eintrag, die Ankündigung seines Todes. Es reichte ihm für den Abend.

# 4

Die nächste Zeit bestätigte nur immer weiter die «Variante King Kong», der Ausdruck begann sich durchzusetzen: Mittlerweile war Anatolis Mutter von Kollegen im Norden – wie Theuer hoffte – taktvoll befragt worden: keine besonderen Erkenntnisse.

Nur noch wenige abschließende Befragungen blieben durchzuführen. Zunächst hatte sich Theuer vorgenommen, bei allen zugegen zu sein, aber die Koordination mit dem Ausland und Schleswig-Holstein, das für ihn nicht minder ausländisch war, beanspruchte ihn hinreichend. Haffner verhörte die Jungs; da die nach Aussagen der Mitschüler den unbeliebten Anatoli besonders auf dem Kieker gehabt hatten, verdienten die das vielleicht. Theuer, der, gerade zum Büro zurückkehrend, ein Fax eines ägyptischen Amtsbruders entzifferte, begann daran zu zweifeln. Man hörte seinen Wilden schon von weitem. Die paar letzten Schüler und der Lehrer saßen eingeschüchtert auf dem Gang. Der schwere Ermittler ging rasch an ihnen vorbei und hinein ins Elend.

«Hör zu!», schrie Haffner auch schon wieder. «Mir gefällt nicht, wie du deinen Kaugummi sabberst, mir gefällt nicht, dass du einen Schädel wie eine Billardkugel hast! Ich mag dich überhaupt nicht, und jetzt erfahre ich also, dass du Franco heißt, und das kotzt mich gleich noch mehr an. Denn ein Mann namens Franco hat den Sozialismus bekämpft, wenn auch nicht besiegt, frag mal deinen Geschichtslehrer!»

«Ich hab gesagt, Mann, dass ich nix mit dem Anatoli zu tun gehabt hab. Keiner, nö, hat mit dem was zu tun gehabt. Der hat sich voll scheiße angezogen und ... darf ich hier 'n bisschen rauchen, Chef?»

«Hier wird nicht geraucht!», kreischte Haffner. «Die anderen sagen, du hast ihn gequält und geplagt, du Tomatenkönig! Er war kleiner als du und kein guter Fußballer. Und du hast ihn abgeschossen, ja? Stimmt doch? Immer auf die Eier gezielt, sagen sie.»

«Wer ist ‹sie›?», fragte Franco desinteressiert. Er sah aus wie einem Poster an Babetts Zimmerwand entstiegen. Als Hip-Hopper gab's halt ab und zu Stress mit den Cops, da galt es cool zu bleiben.

«Wer SIND sie!», schrie Haffner. «So muss es heißen! Pisa-Arsch! Ich war im Rugby, da hätte einer wie du keinen Stich gemacht! Da reißt man sich das Herz aus der Brust, aber die Eier sind tabu!»

Man wusste einfach nicht, wie er es machte.

Theuer traute seinem Chef, dem umstrittenen Dr. Ralf Seltmann, eigentlich immer nur noch weniger zu, aber die gelegentlich ausgeübte Fähigkeit, sich unbemerkt zu materialisieren, die musste man ihm schon lassen. Demnach war der Direktor, wegen erotischer und verbaler Entgleisungen in den letzten zwei Jahren in Nähe der Frühpensionierung geschlittert, also wieder da. Komisch, dass er das nicht komischer fand, aber komisch war es schon. Zumal: Seltmann war nicht allein.

«Das ist ja alles höchst dubios und diffizil, Herr Theuer, die Herren! Ich bin in den Kasus nicht eingeweiht, dabei doch immerhin immer noch und teilweise wieder Polizeidirektor dieser Stadt, jawohl! Sozusagen seit heute, heute geht es los, und schon ist es also wieder so, dass bereits etwas los ist. Gerne spräche ich jetzt von einem Neubeginn ohne Altlasten, freilich, Last ist Last, und auch eine neue ist eine, da ist die Last, die Neulast. Der Fall, der Affe und was nun mit dem Fall geschieht, den Affen lasse ich außen vor, ich bitte Sie, ein Affe ist kein Mensch im menschlichen Sinne.» Neben dem dahinfaselnden Seltmann stand ein Schwarzer. Was hatte nun das zu bedeuten? Wollte Seltmann prahlerisch mit dem FBI kooperieren? Das war denkbar, aber wie verrottet musste es ins Bushs Amerika zugehen, wenn die das mitmachten?

Franco saß abgestumpft auf seinem Stuhl, hatte nicht einmal nach den Eintretenden geschaut. Auch Haffner schien grußlos weitermachen zu wollen.

«Du Depp hast das Zimmer neben Anatoli gehabt, zusammen mit drei anderen Knallköpfen, du Riesenarsch, was hast du eigentlich für ein beschissenes Bild auf deinem noch viel beschisseneren T-Shirt?»

«Das Zimmer, Mann, war überm Gang, nebendran war das von Fredersen.»

«Und wer ist das, du skandinavischer Trottelini?»

«Der Lehrer», seufzte Senf. «Das weißt du doch.»

«Was ich weiß, weiß höchstens ich», schrie Haffner. «Wie gesagt, Scheiß-T-Shirt!»

«Auf mein Shirt, das is Ozzy $O^2$, ey, ihr habt keine Ahnung, das ist der coolste ...»

«Mir scheißegal, wie dein Bimbo heißt», grölte Haffner, immerhin, oder vielleicht doch noch schlimmer, wandte er sich dann Seltmanns Begleiter zu: «Nothing against you, my friend.»

«Sprechen Sie ruhig deutsch mit mir, Dr. Magenreuter, vom Innenministerium. Ihre rassistische Bemerkung ist nicht unbedingt der beste Anfang unserer dienstlichen Beziehung.»

Francos Verhör wurde unterbrochen, in swingendem Ghettoschritt, gleichgültig wie die ganze Zeit, trabte er hinaus.

Dr. Magenreuter, dies sei eine Maßnahme im Rahmen der beamtenrechtlichen Fürsorgepflicht, war als zeitweiliger Berater von Polizeidirektor Seltmann eingesetzt, der diesem, nach einzuräumenden Verfehlungen in der Vergangenheit, einen voll rehabilitierten Wiedereinstieg in sein Aufgabenfeld ermöglichen solle. Heute erst gekommen, waren ihnen beiden, die sie nun sozusagen eine zeitweilige Doppelspitze bildeten, schon diverse Klagen zu Ohren gekommen: Kinder, die bei einem traurigen Vorfall, der allerhöchstens bezüglich seines Unfalls- oder Suizidalcharakters noch einer Klärung bedürfe, ihren Mitschüler verloren haben, werden an der Heimfahrt gehindert, verhört, ja, man habe es eben erlebt, gekränkt, möglicherweise traumatisiert. So gehe es nicht.

«Kollege Magenreuter ist für mich gleichsam das dritte Auge», glossolierte Seltmann weiter, «und ein immer offenes Ohr. Ich habe gefehlt, meine Herren, aber wer da ohne Schuld ist, der werfe den ersten Stein ...»

Senf schnippte unauffällig einen winzigen Kiesel über seine Schreibtischkante auf den Boden, da musste Theuer dann doch fast lachen. Wo hatte der freche Mann den her?

«Ich wollt nicht ‹Bimbo› sagen», jammerte Haffner. «Ich wollte Arsch sagen, aber ich hatte gerade erst Arschloch zu der blöden Sau gesagt, und da wollte ich einfach die Wortwiederholung vermeiden ...»

Magenreuter winkte verächtlich ab. «Ich wäre eher daran interessiert, ob Ihre bisherigen Ergebnisse irgendetwas erbracht haben, was gegen einen Unfall spricht.»

Senf ergriff das Wort: «Nein. Immer wieder rufen Zoologen an und mailen und sind ziemlich genau abwechselnd der Meinung, es sei unwahrscheinlich oder gut möglich, dass ein Gorilla so eine Verletzung zufügt.»

«Demnach aber nicht ausgeschlossen?», fragte Magenreuter.

«Genau», bestätigte Senf. «Der hiesige Zoodirektor glaubt auch, King Kong, also dass der Affe ... Aber der Zoodirektor hat andererseits über Seeschnecken promoviert.» Senf zuckte mit den Schultern.

«Seeschnecken, haha», winselte Seltmann und knuffte seinen hiervon keineswegs entzückten Begleiter, der aber auf einen Kommentar verzichtete. «Ich dachte übrigens, Sie seien zu viert?», fragte er stattdessen.

«Sind sie», versetzte Seltmann eilig. «Und einer ist sogar schon tot.»

Haffner, infolge seiner Entgleisung etwas kleinlaut, gelang trotzdem ein respektabler Killerblick.

«Warum bekamen Sie eigentlich den Fall übertragen, in meiner *absentia privatis*?» Seltmann mühte sich um einen strengen Blick.

«Leidig hatte das Telefon in der Nacht.» Theuer konnte ihn nicht anschauen, es war einfach zu übel.

«Außerdem», Magenreuter schaute tief betrübt aus, «sind Sie ja die Besten.»

Theuer glaubte sich verhört zu haben. «Bestien?»

Magenreuter überging den Zwischenruf: «Sie haben hier alle spektakulären Sachen in den letzten Jahren gehabt. Sie haben die Fälle gelöst. In einer Art und Weise, die man an der Polizeihochschule besser verschweigt, aber in der Öffentlichkeit gelten Sie als Heidelbergs beste Polizisten.»

«Vergessen Sie nicht Gerlach!», rief Seltmann dazwischen.

«Gerlach ist ein Vollidiot», beschied ihn Magenreuter. «Genau, Sie sprachen gerade vom Kollegen Leidig, der ist wohl nicht hier?»

«Leidig ist bestimmt im Haus unterwegs», sagte Theuer. «Vorhin hat jemand angerufen, und dann ist er raus.»

«Und was wollten Sie bei dem jungen Mann eigentlich erfahren?», wandte sich Magenreuter an Haffner.

«Ja, liebe Zeit.» Zerknirscht blickte der Kommissar auf die Spitzen seiner Cowboystiefel. «Ich bin ein bisschen nervös. Hab Leidig gesimst, er soll mir Kippen mitbringen, und der Esel kommt nicht bei.»

«Ach, Herr Seltmann?» Magenreuter lächelte wie unter Schmerzen. «Sie wären vielleicht so freundlich, mal zu schauen, wo sich der Herr Leidig aufhält? Ich würde mich gerne noch ein wenig mit diesem Team vertraut machen.»

Seltmann zuckte, wie von einem Hieb getroffen. «Nun, nun, wenn ich die Hierarchien kenne, und ich kenne sie, dann ist es nicht Sache des Direktors einer Behörde, einer behördlichen Einheit, solche Mache zu dingen, Dinge zu machen!»

«Bitte!», flötete Magenreuter. «Ich kenn mich doch noch nicht aus.»

«Das wiederum», ächzte Seltmann, «ist natürlich wahr. Volles Rohr, wie die im Raume nicht anwesende Jugend sagen würde.» Der Direktor erhob sich und taumelte senil zur Tür.

«Ich überlasse es Ihrem investigativen Scharfsinn, wie lange Herr Seltmann sich noch Illusionen auf seinen Posten machen kann.» Magenreuter schüttelte den Kopf. «Das Ministerium will ihm noch einen ehrenvollen Abgang ermöglichen, beziehungsweise er soll selbst gehen. Normalerweise kommt jetzt die Stelle, wo man ‹Sagen Sie es nicht weiter› sagt. Aber sagen Sie es ruhig weiter, es ist ja eh nicht zu verheimlichen.»

«Was hat er eigentlich?», fragte Theuer. «Ich meine, er war immer … Na ja, gut, das muss ich nicht sagen … Aber jetzt?»

Magenreuter hob hilflos die Hände. «Sicherlich hat ihn die Sache vor zwei Jahren traumatisiert, seine Verletzung. Und die Familie fällt auseinander, die Kinder halten zur

Mutter. Am schlimmsten scheint für ihn zu sein, dass ihn der Lions Club Bruchsal rausgeworfen hat. Sein Schwiegervater ist dort ziemlich einflussreich.»

«Er hätte halt nicht nebenraus bumsen sollen», diagnostizierte Haffner schlicht.

«Er ist in Behandlung», sagte Magenreuter, «vielleicht fängt er sich wieder ein Stück weit. Seien Sie ein bisschen barmherzig. Aber ich will alles wissen, was Sie vorhaben. Es geht alles über mich.

Ist denn, von einigen fernmündlichen Zweifeln abgesehen, noch etwas unglaubwürdig an der Affengeschichte?»

«Also für mich eigentlich nichts, sorry, Chef.» Haffner nahm Theuers bitteren Blick demütig an. «Aber der Chef zweifelt, und dann zweifle ich selbstverständlich mit.»

«Für mich ist in der Tat einiges merkwürdig», ergriff Theuer dann auch das Wort. «Anatoli war ein Tiernarr, aber will man dann von einem Tier erschlagen werden?»

«Das hat er ja wohl nicht gewollt», mischte sich Senf ein. «Es war sein größter Wunsch …»

«Du vergisst, dass er das laut Freundschaftsbuch vor anderthalb Jahren geschrieben hat!» Theuer wurde lauter. «Als Kind, da wollte ich Astronaut werden. In der Pubertät war ich dann schon schlau genug, im Leben nicht in eine dieser Bomben zu steigen.»

«Aber das sind reine Spekulationen», unterbrach ihn Magenreuter. «Wir können speziell die Schulklasse nicht ewig hier behalten. Die sind vielleicht keine Kinder mehr, aber minderjährig, Herr Theuer!»

Der Teamchef schaute dumpf auf das ägyptische Fax. Ein Herr Raschid gab an, die ganze Nacht gelesen zu haben. Bezeugen könne das wahrscheinlich ein junger Mann aus der Schweiz mit Namen Mutzenbacher. Den hatten sie schon überprüft, er hatte Herrn Raschid als Alibi benannt, mit dem er bis fünf «geknutscht» habe.

«Also gut», seufzte er. «Ein braunes Puzzle, eines für Blinde ... ja, das versteht man jetzt nicht, auch egal. Wir befragen noch die restlichen Schüler und den Lehrer. Dann können sie fahren.»

Seltmann stürmte herein. «Meine Herren, meiner Treu! Potzblitz und zugenäht! Man stelle sich vor! Ein Kommissar unseres Hauses randaliert in Schwetzingen! Schockschwerenot!»

«Wieso?», sagte Haffner verblüfft. «Ich bin doch da!», griff sich aber wie prüfend an die linke Schulter.

«Aber nicht doch, nicht doch Sie, Sie, sondern er. Der.»

«Wer?», fragte Theuer und wurde rasend, sich mit Seltmann nun auch noch zu reimen.

«Leidig. Man hat ihn gehen sehen, und der Kollege an der Pforte hat mir rapportiert, was ja SEINE PFLICHT IST, der gute Leidig – wenn er denn nur mal kein Schlechter ist – habe schier geweint. Schier gar!

Und ehe ich das so richtig verstanden und mitgefühlt hatte, kommt ein Anruf des Schwetzinger Altenpflegeheims, wo anscheinend seine verehrte, liebe Frau Mutter ...»

«Gegen die Godzilla ein Kuscheltier ist», erläuterte Haffner in Magenreuters Richtung.

«Herr Leidig ist dort fixiert, sozusagen, um Schlimmeres zu verhüten!»

Theuer kannte das Heim, er hatte dort einmal einen kleptomanen Greis verhaftet. Ohne viel zu denken, verfügte er rasch, sie sollten die restlichen Schüler abarbeiten, «viele sind es ja nicht mehr», der Lehrer möge warten, dann war er unterwegs. Magenreuter schien nichts dagegen zu haben. Zumindest schoss er ihm nicht in den Rücken. Radau war ja nichts Neues, aber Leidig? Das konnte doch überhaupt nicht sein.

Höhe Sandhausen überlegte er, ob ihn Haffners immense

Kollegialität in ihrer Hartnäckigkeit allmählich in die Knie zwang – verhielt er sich doch mittlerweile blindlings nach dessen einzigem ethischem Gebot: «Team ist Team.»

Leidig saß zitternd im leeren Gymnastikraum des Pflegeheims. Ein Zivi war zu seiner Bewachung abgestellt worden, der vermutlich keinen Wellensittich hätte einfangen können.

«Ich habe nicht randaliert.» Leidigs Stimme drang dumpf zu Theuer, der sich neben ihn auf eine dieser Holzbänke gesetzt hatte, die lebenslang an die Schrecknisse schulischen Sportunterrichts erinnern.

«Er hat gebrüllt und mit der Faust auf die Empfangstheke gehauen», mischte sich der Zivi ein. «Gewalt beginnt mit Aggressionen.» Selbstgefällig strich sich der Knabe eine grüne Strähne seiner ansonsten anachronistischen Matte aus dem Gesicht.

«Richtig», sagte Theuer. «Also raus, du Sack. Ich werde nämlich gerade aggressiv.»

Gekränkt, aber zügig schlurfte der junge Mann davon.

«Da», sagte Leidig tonlos und reichte Theuer einen Brief.

«Dieses Schreiben richtet sich an die Öffentlichkeit des Rhein-Neckar-Kreises. Ich wurde die vergangenen zwei Jahre von meinem Sohn Simon Leidig gegen meinen Willen in einem Pflegeheim festgehalten ...», las Theuer halblaut vor. «Ist sie denn entmündigt?»

Leidig nickte. «Das war privat das einzig Mutige, das ich je getan habe. Hab ich's nicht erzählt?»

Theuer verneinte.

«Sie hat den Postboten mit der Handtasche geschlagen, weil er auf einer Unterschrift bestand. In Ostpreußen habe der gute Name genügt. Der Postbote musste am Auge operiert werden, eine Lederschlaufe hat die Hornhaut verletzt. Das war mein Glück.»

«Ist Leidig so ein guter Name?», entfuhr es Theuer.

«Nein, aber ‹von Durckhoff› hatte wohl Klang.»

Theuer brauchte einen Moment: «Du bist adlig? Also teilweise?»

Leidig nickte. «Ich habe eine genetische Disposition zu Bluthochdruck, Rheuma und Lebensmittelallergien. Ich bin adlig.

Nach dem Krieg war sie arm, nur deshalb hat sie meinen einigermaßen vermögenden Vater geheiratet.»

«Dann bist du auch noch reich?»

Leidig zuckte mit den Schultern. «Na, wohlhabend würde ich sagen. Aber was soll's ...»

Theuer dachte an die Monatsmiete, die er Leidig entrichtete, sagte aber nichts. Stattdessen las er weiter:

«‹Nun ertrage ich, nach einem schweren Leben, in dem die Vertreibung aus dem Osten, der Tod meines Mannes und der Verrat meines Sohnes keineswegs mein gesamtes erlittenes Leid darstellen, das harte Erdenlos nicht mehr. Ich habe diese Einrichtung verlassen, um meinem Leben ein Ende zu setzen. Schuld daran trägt allein mein Sohn ...› Wie konnte sie denn hier heraus?»

«Das war es ja.» Leidig vergrub den Kopf in den Händen. «Deshalb bin ich ja kurz aus der Rolle gefallen. Und das nutzen die jetzt aus und bauschen es auf – damit ich ihnen nicht an den Karren fahren kann ... Eigentlich können sie ja nichts dafür. Meine Mutter behauptet seit Monaten, zu laufen bereite ihr unerträgliche Schmerzen. Irgendwann lässt natürlich die Wachsamkeit nach. Sie ist wohl einfach in einem unbeobachteten Moment rausspaziert.»

Theuer nickte. Etwas linkisch legte er Leidig die Hand aufs Knie. «Wir lassen sie suchen. Den Brief behalten Sie. Ich glaube nicht, dass sich so eine Frau gleich umbringt.»

«Und warum nicht?» Leidig schaute auf, seine Augen waren nass.

«Weil sie dann nicht mehr gemein sein kann.»

Sein gebeutelter Kommissar musste lächeln.

Die Tür ging auf. Theuer sah aus dem Augenwinkel einen weißen Kittel, das reichte ihm schon. Kampfeslustig fuhr er herum.

«Verstärkung?», schnarrte der Arzt. «Das ist keine Kantine hier!»

Selten hatte sich Theuer so den Haffner an seiner Seite gewünscht.

«Erster Hauptkommissar Theuer», stellte er sich knapp vor. «Und Sie?»

«Dr. Hartgen. Ich bin der medizinische Leiter des Hauses.» Kühl musterten sich die Herren. Endlich mal einer aus Theuers Alter, der mitgenommener aussah als er. Der Kommissar begriff: «Sie haben Frau Leidig gefunden?»

«Gewiss. Man hat uns vom Bahnhof aus verständigt. Eine alte Dame verlangte eine Fahrkarte nach Königsberg und bestand auf einer im Design der siebziger Jahre. Sie erinnern sich, die aus gelber Pappe.»

Er sah sie sofort vor sich: Kleine Karten waren das damals, in die Löcher gezwickt wurden. Er fühlte Rührung. Gleichzeitig ahnte er aber auch den Irrsinn, dass er jetzt einen schlaffgesichtigen, fast kahlen Arzt anbetteln musste, seinen jungen Kommissar gehen zu lassen, anstatt dass er im Revier einen Affen überführte.

«Sie sagen nichts», hauchte der Arzt schwächlich.

«Sie auch nicht», konterte Theuer.

«Wie könnte ich, ich habe gerade Frau Leidig vom Bahnhof abgeholt.»

«Als Beifahrerin schafft sie es, dass man sich nach fünf Minuten wie in der zweiten Fahrstunde fühlt.» Leidig klang sehr müde.

«O ja!», bestätigte Hartgen. «Mit Donald Rumsfeld als Fahrlehrer.»

«Lassen Sie mich Herrn Leidig mitnehmen und die Sache vergessen. Wenn einer meiner Mitarbeiter kein Randalierer ist ...»

«Gehen Sie!» Hartgen nickte entschlossen. «Aber, Herr Leidig, es reicht uns bald. Wir können nicht mehr.»

Es war acht, als Theuer seinen Geheimadligen schließlich zu Hause abgesetzt hatte und Richtung Revier fuhr. Der etwas gereizt konversierende Magenreuter war für den Moment beruhigt. Ja, der Lehrer sei bereit zu warten, ein gutes Bild gebe das nicht ab, seine Männer seien nach Hause, aber Senf komme nochmal, Schlüssel vergessen.

Damit war ja alles geregelt. Er stand am Bismarckplatz, ließ die aus dem unterirdischen Parkhaus gebotswidrig nicht einfädeln und überlegte, warum er unbedingt selbst den Lehrer verhören wollte.

Unschönerweise musste er in Betracht ziehen, dass es einfach Chefgehabe war: Die Jungen verhören die Kleinen und er den Großen. Machotum. Die Ampel schaltete auf Grün, er blieb stehen, ließ sich geduldig anhupen: Machotum – Yildirim musste ihn schon lange erwarten! Er fuhr an, würgte den Motor ab, Rot.

In Höhe der Stadtbücherei, abgeschüttelt waren die vielen Mittelfinger im Rückspiegel, hielt er an und wählte tapsig.

Schon nach wenigen Worten unterbrach ihn seine Freundin: «Ja, es ist schon gut. Wenn du mal irgendwann deine Mailbox abhörst, wirst du feststellen, dass sie voll ist. Aber bitte erzähl mir ein andermal, warum das Team diesmal wichtiger ist. Babett geht es total schlecht. Sie hat so heftig gehustet, dass sie sich übergeben hat. Der Lungenarzt rät dringend zu einer Kur, aber sie will nicht alleine. Der liebe

Riesenstaatsanwalt Wernz ist verwundert, dass diese und jene Akten noch nicht bearbeitet sind … Wann kommst du heim?»

«Weiß ich noch nicht genau …», grummelte Theuer zerknirscht. «Ich muss noch den Lehrer befragen, dann, bald, Leidig …»

«Wie gesagt, Theuer. Leidigs Leid ein andermal. Bis später.»

Müde erklomm Theuer die Treppe. Den Lift ignorierte er, aus dem diffusen Gefühl heraus, er verdiene gerade keinen Komfort. Diesem freilich entstieg entspannt Senf, als der schwere Ermittler keuchend oben anlangte.

«Ohne Haustürschlüssel geht es eben nicht», quiekte der Karlsruher, «wo ich mich schon so auf meine Gesangsstunde gefreut habe.»

Theuer wusste inzwischen, dass Senf so etwas vor sich hin log, und überging es, aber seine Selbstkritik, die immerhin einen kurzzeitigen Verkehrsinfarkt in der Heidelberger Innenstadt verursacht hatte, lag ihm noch auf der Seele.

«Bleibst du dabei, wenn ich mit dem Lehrer spreche?»

Senf nickte gleichmütig. «Wird wohl leider nicht mehr viel herauskommen. Die Mitschüler jedenfalls hatten nichts beizusteuern. Unfall, wenn auch ein sehr seltsamer …»

Vor dem Büro saß der Lehrer.

«Wir haben Sie sehr lange warten lassen, das tut mir Leid.» Theuer schüttelte ihm die Hand, kräftiger Druck, selbstbewusst. «Ich bin Hauptkommissar Theuer, mein Kollege Senf, Sie sind Herr …»

«Fredersen, guten Abend.» Der Lehrer erhob sich. Er sah erschöpft aus, natürlich. Braune kurze Locken, ein angenehmes Profil, klarer Blick, sportlicher Körperbau, nicht zuletzt eine sonore nordische Stimme. Theuer schloss das Büro auf.

Senfs Schlüssel lag auf dem Tisch, eine kleine Stoffsau schmückte den Bund. Als erriete der Kollege Theuers Gedanken, murmelte er, auch ihm sei unklar, wie man so etwas Schönes übersehen konnte. Sie setzten sich.

«Ich wundere mich», begann Theuer und verkniff sich wie unter Schmerzen den Zusatz: Das kann ich nämlich am besten. «Warum hatte Anatoli ein Einzelzimmer, als Einziger?»

«Er war eben sehr isoliert», sagte Fredersen. «Ich wollte ihn ein Stück weit vor dem Rest der Klasse schützen – es hat sich erwiesen, dass das wohl falsch war.» Er hatte Tränen in den Augen. «Er wollte gar nicht mit auf die Klassenfahrt, die Mutter war bei mir und hat mir das gesagt. Ich dachte, es geht um das Geld. Ich habe ausgeholfen, ich kann das ja.

Ach, wissen Sie, vieles, was wir machen, ich meine, wir Menschen allgemein, das können wir ja erst im Nachhinein einschätzen. Ich sage meinen Schülern immer», er schaute zur Wand, «das Leben lebt man vorwärts und begreift man rückwärts.»

Der schwere Ermittler seufzte inwendig – auch im Schmerz bleibt man ein Lehrer.

«Ich hatte eben zunehmend ein komisches Gefühl bei der Sache.» Theuer suchte nach Worten. «Vielleicht am ehesten, weil ich mir keinen etwas klein geratenen Vierzehnjährigen vorstellen kann, der sich nachts im Winter in den tiefen Graben eines Gorillageheges fallen lässt. Schließlich konnte er doch gar nicht wissen, dass die Tür zum Innenraum kaputt war. Oder doch? War der Affe draußen? Wir werden das nie erfahren. Und wenn er so isoliert war, wenn er darüber verzweifelt war … Er durfte doch immerhin in ein Freundschaftsbuch schreiben, allerdings ist das schon eine Weile her … Ja», der schwere Ermittler seufzte, «mehr als ein Gefühl war das nicht. Es tut mir Leid, dass Sie und Ihre Gruppe bei uns eventuell (er dachte an Haffner und strich das letzte Wort im Stillen) schlecht behandelt wurden. Sagen Sie trotzdem noch alles, was Sie über Anatoli wissen. Vielleicht ist es ja doch wichtig.»

Senf saß starr da und schaute gebannt auf Fredersen, in einer Weise, wie das Theuer noch nie bei ihm gesehen hatte.

Der Lehrer erzählte mit großer Wärme. Normalerweise kämen jetzt nur noch die Aussiedler, die den großen Boom in den Neunzigern verpasst hatten, was ja manchmal den einen oder anderen Rückschluss auf deren Intelligenz nahe lege.

«Aber die Familie Schmidt ist anders. Die Mutter hat den Ausreiseantrag für die Zukunft ihrer Kinder gestellt. Sie selbst war als Veterinärin in Russland zuletzt gut integriert, im Übrigen ist sie Russin. Der Vater, der die Familie im Stich gelassen, jeden Kontakt abgebrochen hat, der hatte deutsche Vorfahren. Eine Zeit lang müssen sie regelrecht gehungert haben.» Theuer dachte an Anatolis schwache Knochen, auch das stimmte also. Natürlich stimmte es. «Wenn man anschaut, wie rasant die alle Deutsch gelernt haben, die Schmidts, wie die sich bemühen, hier Schritt zu halten, in den schwierigen Zeiten, in denen dieses Land steckt ...»

Nein, einen Lehrervortrag zur ach so entsetzlichen Krise des quasi versteppenden Exportweltmeisters Deutschland wollte Theuer nicht hören, aber Fredersen kriegte die Kurve: «Sie haben ein Freundschaftsbuch erwähnt. Demnach hat er da schon auf Deutsch geschrieben?» Theuer nickte. «Da sehen Sie es ja – was man eben dann nicht gleich lernt, ist, welche Hosen man anziehen muss, um cool auszusehen, welche Musik einen akzeptabel macht und mit welcher man sich blamiert. Anatoli hat gerne klassische Musik gehört, mein Gott, was haben ihn da die anderen fertig gemacht ... Ich weiß nicht, wie ich in dieser Klasse weiter unterrichten soll, auch nicht eine Woche. Er war in den meisten Fächern schon Klassenbester, sogar in Deutsch, zumindest mündlich schon wirklich gut – die Mutter wollte die Schule wechseln, wegen seiner sozialen Probleme, und ich habe geraten, noch zu warten, ach hätte ich doch ...» Fredersen schlug die Augen nieder. «Im Sommer wäre er gegangen, deshalb habe ich die Klassenfahrt auf den Winter gelegt, er hatte es verdient, eine Reise zu machen. Hätte ich es doch nicht getan.»

Theuer «sah» Anatoli. Da er sein Gesicht nie angeschaut hatte, war es ein grausiges Bild, ein Kind mit einer weißen augenlosen Maske. Die anderen um ihn herum, lachend. Er still in der letzten Bank, über *Brehms Tierleben* brütend. Sie bewarfen ihn mit Alubällen, Kreide, er selbst war unter den anderen, der stämmige Johannes, nicht besonders gut, nicht besonders schlecht, einigermaßen beliebt. Er entsann sich zahlloser kindlicher Grausamkeiten, die auf sein Konto gingen und mit denen er heute ohne Probleme lebte. Er erinnerte sich, wie sie damals einen Jungen in die Klasse bekommen hatten, der als Adventist vorgestellt worden war. Er sah nicht anders aus als die anderen, war aber samstags nie in der Schule, weil Adventisten dieses gesetzliche Recht hatten, wie es sein Klassenlehrer damals formulierte. Und eines schönen Tages saß der kräftige Johannes Theuer auf dem niedergerungenen Adventisten und gab ihm Ohrfeigen, einfach so, weil der ein Adventist war, er wusste bis heute nicht genau, für was das Wort eigentlich stand. Aber trotzdem, etwas stimmte nicht.

Er hatte wohl lange geschwiegen – immerhin nicht gesungen oder sonstige Irrsinnigkeiten verübt.

«Ja, wie gesagt», kam es dem Ermittler schal über die Lippen, «es war ein Dienstag, als ich den Adventisten, fragen Sie mich nicht, was das ist, als ich ihn ... es kann jeden Tag zu viel werden. Es ist vorbei.»

Fredersen fragte nicht nach, ging bald.

# 5

In der Presse galt der Fall als abgehakt, die Kollegen im Norden hatten das Material dankend erhalten, Theuer gewährte Kieler und Eckernförder Medien noch einige längere Telefoninterviews, hoffentlich schrieben sie es nicht zu blöd zusammen.

Der Zoo hatte Rekordbesucherzahlen, alle wollten den wüsten Bohumil sehen. Theuer und Yildirim allerdings hatten sich wortlos darauf verständigt, vorerst andere Sonntagsziele anzusteuern.

Vor allem Senf aber ging die Sache sichtlich an die Nieren, mehr als während der konkreten Ermittlungen. Kaum dass der Karlsruher zu seinen badisch-gemütlichen Frechheiten fand, übernächtigt sah er aus, jeden Tag, sodass es bald kaum noch auffiel.

Die Staatsanwältin Bahar Yildirim ärgerte sich allerdings zunehmend, dass der verehrte Erste Hauptkommissar Theuer, Löser der letzten Heidelberger Mordrätsel, offensichtlich vergessen hatte, dass auch sie berufstätig war, und der Krankheit des gemeinsamen Mündels darüber hinaus überhaupt keine Beachtung schenkte. Es war anscheinend klar, dass sie alleine mit Babett ans Meer sollte. Nur warum?

«Kann ja sein, dass ich etwas abwesend bin. Die Version mit dem Affen behagt mir nicht.»

«Und deshalb vergisst du mehr oder weniger, dass wir so eine Art Familie sind?»

«Ja.»

«Prima.»

«Ja.»

Verdrossen gingen sie ihren Obliegenheiten nach, es wurde Februar.

Montag, nicht irgendeiner.

«Es ist Elternabend», sagte Yildirim knapp. «Schon der zweite, seit wir zusammenwohnen. Ich weiß, dass du nicht mitwillst, aber du musst. Ich brauche vier Wochen Unterrichtsbefreiung, damit ich mit Babett wegfahren kann, und da werden wir mustergültig auftreten, nicht wahr?»

Schlachtviehhaft, mit gesenktem Kopf trottete der schwere Ermittler neben seiner kühl durch die Altstadt stechenden Freundin her. Er konnte noch nicht einmal sagen, was ihn so belämmerte, schließlich hatte er keine Kinder, bis eben jetzt, zum Klassensprecher war er nie gewählt worden, der wurde ja manchmal hinzugebeten – ja, ihm wurde klar, dass er tatsächlich nie auf einem Elternabend gewesen war. Dennoch war er sich sicher: Das würde nichts werden. Er solle sich vorher rasieren, hatten die Damen gesagt, beide. Da ging's ja schon los.

Märzgasse, Hauptstraße überqueren, Ziegelgasse, unten am Fluss links.

Das KFG, Kurfürst-Friedrich-Gymnasium, hatte er noch nie betreten, ein schönes altes Gebäude, burgenähnlich, ein wenig wie der Altbau der Pädagogischen Hochschule, in dem er immer eine Wut bekam, noch ein schlechtes Omen.

Den ganzen Weg hatten sie nicht gesprochen. Jetzt allerdings wandte sich Yildirim an ihn, zog sogar ein bisschen an seinem Kragen: «Ich habe begriffen, dass du ungern mitkommst. Kannst du jetzt bitte aufhören?»

«Mit was denn?» Theuer erschrak.

«Du willst mir nicht sagen, dass du seit zehn Minuten, ohne es selbst zu merken, diese Anfangsmelodie von ‹Spiel mir das Lied vom Tod› pfeifst, übrigens auch ziemlich falsch?»

«Nein», entgegnete Theuer mürbe, «will ich nicht.»

«Du hast es also absichtlich getan?»

«Nein, ich will es nur nicht sagen müssen.»

Er sah in ihre Augen. Müde waren die, und ein paar Furchen führten von den Mundwinkeln zum Kinn, die ihm noch nie aufgefallen waren.

«Nicht mehr so gut mit mir, was?», fragte er leise, und eine große Trauer entwuchs seinem Innersten.

«Du bist ja nicht schuld», sagte Yildirim leise und drückte die Stirn gegen seine Brust. «Aber du bist so ...»

«Weg», ergänzte er. Er wusste es ja irgendwie.

Yildirim begann zu weinen und klammerte sich an ihn, was mochten die Leute denken, sah man sie? Sie standen immerhin ein wenig im Eck, es war dunkel, und so was sollte man nicht denken, sondern der Frau helfen, sanft und doch täppisch strich er über ihren Hinterkopf.

«Ich bin noch ziemlich jung, Jockel. Dreiunddreißig, eigentlich zu jung für eine Teenytochter. Ich habe auch Schwierigkeiten mit dem Leben als pseudonormale Familie, aber man merkt nur immer, dass du großmütig ein bisschen so tust, als gehörst du dazu. Ich bin eigentlich noch im Discoalter, nicht mehr lange, aber es wäre noch nicht peinlich.»

«Ich bin dir peinlich.» Theuer wurde es kalt.

«Das habe ich nicht gesagt. Ist das Make-up verschmiert?»

«Nein, nein ... Jockel hast du mich lang nicht mehr genannt.»

Sie lächelte und drückte seine Hand so fest, dass es fast wehtat.

Im Treppenhaus versuchte er es noch einmal: «Hör her, Bahar, wir können doch statt dem Scheiß hier in die Stadt gehen, Disco muss es ja vielleicht nicht sein, aber auch kein

Tanztee für Rentner, ich bin rasiert, das könnten wir ausnützen.»

Sie schüttelte den Kopf: «Ich muss sogar bis zum Schluss bleiben, mit dem Klassenlehrer sprechen. Das weißt du doch!»

«Man kann ihn doch anrufen.»

Sie schaute ihn an, ihre Augen blitzten: «Ich will, dass wir das machen wie alle anderen. Wie die, die verheiratet sind, das Kind auf die Welt gebracht und deutsche Nazis als Großeltern haben.»

«Teilweise sind wir so. Mein Opa war ...»

«Du kommst jetzt mit.»

Cornelia und ihr Vater aßen zu Abend. Schwarzbrot, Butter, roher Schinken, Gurken, dazu Tee. Sie hasste jedes einzelne Nahrungsmittel. Das sah man ihr an.

«Ich weiß, dass du das nicht magst. Aber ich bin nicht zu mehr gekommen. Konnte nur noch schnell zum Fleischer und zum Bäcker.» Sie sagte nichts.

«Na, wir haben das ja ausgemacht ...»

«Ja», sagte sie. «Morgen bin ich dran.»

König lächelte etwas bemüht. «Und was kocht mir dann meine große Tochter?»

«Rührei.»

«Wie letzte Woche?»

«Genau.»

Sein Blick verfinsterte sich. «Und nächste Woche?»

«Rührei.»

«Heute war ein Bericht in der Zeitung, zu Anatolis Unfall.»

Corinna zerschnitt ihre Gurke in immer kleinere Teile.

«Hat in ein Freundschaftsbuch geschrieben, dass er mal zu 'nem Gorilla will oder so ähnlich ...» König machte eine Pause. «Das war aber nicht zufällig deines?»

Sie lachte auf: «Wie kommst du darauf?»

«Weil es heute geschickt wurde.» Sein Blick wurde grimmiger. Er deutete auf ein geöffnetes Päckchen neben der Spüle, ein Klebeband hing über die Kante und kräuselte sich in der warmen Luft der Heizung. «Von der Polizei.»

«Kann sein», sagte Corinna und schaute ihn an. «Das habe ich dann eben vergessen zu sagen, also dir zu sagen.»

«Ich geh nachher noch weg.»

«Ich weiß.»

«Was machst du?»

«Mal sehen!» Sie hatte geschrien; selbst davon überrascht, hielt sie die Hand vor den Mund.

Auch ihr Vater schrie jetzt: «Was ist mit dir los? Dir geht es doch nicht gut. Also noch schlechter als sonst ...»

«Nett», unterbrach sie. «Einfühlsam.»

«Ich fahre ja am Montag auf Klassenfahrt, nur drei Tage. Ich nehm dich mit. Ich frag Fredersen und nehm dich mit. Ich hab kein gutes Gefühl, wenn du alleine bist. Du bist zu viel alleine. Ich nehm dich mit.»

«Ich will nicht.» Cornelia merkte, wie sie am ganzen Leib zu zittern begann. Sie stand auf. «Ich geh in mein Zimmer!», rannte die Treppe hoch und schloss ab.

Schritte auf der Treppe.

Ihr Vater stand vor der Tür. Sie hörte ihn sogar atmen. Er wartete. Das war zu beneiden, denn sie wartete nicht mehr, nie mehr.

«Redest du mit mir?», fragte er schließlich.

«Vielleicht morgen wieder», antwortete sie. Der Satz dröhnte ihr im Kopf.


Theuer entspannte sich. Es ging ja – eben hatte sich die Religionslehrerin vorgestellt, eventuell die evangelische, so genau verfolgte er es dann auch wieder nicht, der Klassenlehrer, dessen Namen ihm entfallen war, wollte zum Schluss sprechen, demnach sollte das Ganze ein Ende finden, war ja alles zu ertragen, durchhalten, bissel dösen ...

Da ging die Tür auf:

Wolfram Ratzer betrat den Raum. Wie immer in Trachtenweste, Kniebundhosen, heute gar orangen Strümpfen und Birkenstocksandalen. Ein Mann, der Theuers Weg mehr als einmal gekreuzt und den der Polizist eigenhändig verhauen und einer Haftstrafe zugeführt hatte, aber die hatte der wahnsinnige Theologiestudent im schätzungsweise achthundertsten Semester offensichtlich robust abgesessen, munter streckte der sein Knebelbärtchen vor.

«Guten Abend!», rief er, griff sich einen Stuhl, strich unfassbarerweise Theuer im Vorübergehen fast zärtlich über die Schulter und positionierte sich inmitten des Raums. Gleichzeitig schrie er, man möge fortfahren, man entschuldige seine Verspätung, aber er sei eben erst mit der Selbstgeißelung für heute «zu einem sinnvollen Ende» gelangt.

Eltern und Lehrer schienen ein wenig verwirrt über diesen Besuch, und Theuer konnte sich beim besten Willen nicht erinnern, dass Ratzer ein Kind gehabt hätte, aber vorläufig ging es nach Plan weiter.

Der Biologielehrer berichtete von einem insgesamt erfreulich verlaufenen Schuljahr, Brunnenvergifter gebe es in jeder Klasse, in dieser freilich mehr als sonst, und obwohl das Jahr erfreulich verlaufen sei, bliebe es bei dem, was er gleich zu Beginn des Jahres gesagt habe. Dies sei die schlechteste Klasse im schlechtesten Jahrgang seiner fünfundzwanzig Jahre im Hause.

Die Eltern hörten sich diese und andere Verdammungen ihrer Nachkommenschaft höflich und ergeben an, wahrscheinlich vernahm man so etwas als regelmäßiger Teilnehmer zweimal im Jahr und war es gewohnt.

Ein flott gekleideter Vater, Typ stinkreicher Heidelberger Stadtadeliger mit neoliberalen Visionen für Sozialhilfeempfänger, spielte sogar lächelnd mit seinem weinroten Binder und erwähnte, der Biolehrer sei schon zu seiner Schulzeit «eine Legende» gewesen.

Aber da war ja noch Ratzer: «Sie unterrichten also Biologie, den Bios, das Leben, das ontologische Geheimnis, und verlassen sich dabei auf Bücher, geschrieben von Menschen, die sich ihrerseits auf Bücher verlassen!

Haha!

Somit entsteht ein zwiefacher Spalt zwischen Existenz und Metaexistenz, eine Schlucht gleichsam, in der der Bios, um den es gehen soll, verschlungen wird und somit als Nicht-mehr-da-Seiender wahrhaft tot ist und nicht nur drei Tage wie unser liebes Jesulein, der Herr, oha!

Toter Bios! Das bedeutet: Sie erschaffen eine paradoxe Hydra, deren beide Köpfe sich gegenseitig verschlingen, wodurch nichts von dem geschieht, was als Geschehen Sie eben behaupteten! Denn das Nichts ist kein Geschehen!

Haha!

«Wenn ich Sie recht verstehe», bellte der Biologielehrer kampferprobt zurück, «wünschen Sie mehr Exkursionen. Die Schavan hat unser Deputat erhöht, vergessen Sie's!»

«Hahaha», höhnte Ratzer und schlug sich begeistert auf die krachledernen Schenkel. «Da haben wir die Dialektik am Wickel! Tun und Unterlassen in eins gewirkt, ja, Unterlassung als Tun! Das lähmt die Jugend, meine Damen und Herren, das ist das schwarze Loch der postreligiösen Epoche, die als postreligiöse natürlich gar keine mehr ist! Einzig und allein ein vom heiligen Terror einer protestantischen Innerlichkeit Getriebener kann dem Schlund entkommen, alsdann: hin zum Omega-Punkt, Gottes keuschem Orgasmus, der unser einziger sein sollte. Amen.»

«Ratzer», schrie Theuer, «halt's Maul!» Alle erschraken, er selbst erschrak, aber der Student war entzückt.

«Jajaja, Herr Hauptkommissar Theuer, wir zwei kennen

uns!» Wahrhaftig, er drohte ihm mit dem Zeigefinger. «Wir zwei kennen uns», wandte er sich nun wieder an die gesamte verdatterte Zuhörerschaft: «Zweimal trafen sich unsere Bestimmungslinien in punkthaften Verdichtungen, die ja nun sowieso der Beweis sind, dass sich meine Überlegungen zur finalen Gegenentropie durchsetzen werden und das letzte Mal», jetzt kreischte er plötzlich in echtem Zorn, «hat er mir furchtbar auf die Brust gehauen!»

Alle starrten Theuer an, nur Yildirim schaute zu Boden, also war er jetzt doch peinlich, wegen diesem Sack da, er wurde ungeheuer wütend.

«Ratzer, du Dummschwätzer und Pseudoseppel hast doch überhaupt kein Kind, erzähl mir doch keinen Scheiß.»

«Vulgär! Vulgär!», höhnte der Student und lächelte Einverständnis voraussetzend in die Runde. «Ich habe niemals behauptet, meinen Lenden sei ein Christenkind entwachsen! O nein! Ich nehme mir die Freiheit und besuche Elternabende in der ganzen Stadt, um das meinige dazu beizutragen, einer Jugend in Finsternis, den Eltern ohne Mut, Kraft und Gebetsquell zu sein, einen Weg ins Licht zu bahnen. Ja, zu spuren! Er aber», pathetisch deutete der Student in Theuers Richtung, «schlüge neuerdings Tiere in Eisen, wären sie nicht schon eingekerkert, um die Sünde eines Knaben zu verschleiern, der sich nahm, was er nicht geben kann – das Leben!»

Theuer stand auf, packte ihn und warf ihn schwungvoll aus dem Zimmer.

«Das wird Folgen haben», jaulte der Student. «Für diese Stadt!»

Theuer schloss die Tür. Das Schluchzen des Gedemütigten wurde rasch leiser. Der Ermittler setzte sich manierlich und richtete sich den Kragen, sah aus dem Augenwinkel, dass Yildirim den Kopf schüttelte.

«Ja wollt ihr euch so einen Scheiß anhören!», platzte es aus ihm heraus. «Ihr redet doch selber genug Scheiß!»

Niemand sagte etwas, die Staatsanwältin griff nach dem Cortisonspray.

Eine (weitere) Stunde war vergangen. Inzwischen begründete der Sportlehrer der Jungs ausführlich, warum er allen Eltern im Raum und natürlich erst recht denen, die nicht da waren, komplettes Versagen auf dem Gebiet der «körperlichen» Erziehung ihrer Kinder bescheinigen müsse. Ausdrücklich beziehe er diejenigen Herren und Damen, die Töchter hätten, in diese harte, aber gerechte Kritik ein – die Kollegin Sportlehrerin werde es bald bestätigen.

Theuers Handy klingelte.

«Ausmachen!», brüllte Lateinlehrer Ranft, der noch in der Warteschlange zum Pult stand. «Sofort! Schluss mit der Lümmelei!»

Es war in der Hosentasche irgendwie verwickelt, Theuer musste aufstehen, es blickten sowieso erneut alle kritisch in seine Richtung. «Ja. Was? Verdammt! Klar. Tschüs.»

«Ich sagte ausmachen, nicht sprechen, wenn schon das Deutsche nicht mehr verstanden wird, dann ist es kein Wunder, dass ein simpler ACI ...»

«Kuckt nicht so!», schrie Theuer verzweifelt. «Ich geh jetzt auch. Weil wir wieder ein Problem in dem verdammten Zoo haben ... Ich kann doch nichts dafür.»

Diesen letzten Satz hatte er in Yildirims Richtung gesprochen, aber sie reagierte nicht. Endlich wortlos, verließ er den Raum. Dass er nichts für das alles konnte – das ließ sich in der Folge nicht ganz aufrechterhalten.

«Das einzig Gute ist», raunte Kohlmann dem fassungslosen Theuer zu, «dass die Tür repariert wurde, Bohumil kann nicht raus.»

In der Tat, das war gut. Denn stud. theol. Wolfram Ratzer hatte sich im Außengelände des Silberrückens mit einer

Handschelle an die Gittertür gefesselt. Die Jungs waren da, einige vom Zoo und der Jugendherberge – und leider die *Rhein-Neckar-Zeitung* in Gestalt zweier junger Herren: Es wurde kräftig geknipst und notiert.

«Warum hast du die nicht davongejagt?», zischte Theuer in Haffners Richtung, wandte sich aber sogleich wieder ab. Sein haltloser Adept war derartig aberwitzig betrunken, dass er beim Versuch zu sprechen wahrscheinlich umfallen würde. «Wie sind Sie hier hereingekommen?», bellte Theuer also stattdessen in Richtung der Journalisten.

«Loch im Zaun der Jugendherberge», konterte der Fotograf frech. «Weiß man doch seit Ihrem letzten Triumph.»

Theuer machte einen zornigen Schritt auf die beiden zu, Blitzlicht. «Er hat uns bedroht, ich hab's im Kasten.» Der Schreiber nickte zufrieden.

Der Ermittler spürte Migränewellen anbranden: «Warum haben Sie das Loch nicht zugemacht, nach all den Wochen?» In Kohlmanns Richtung – ungefähr.

«Es ist ein neues», stöhnte der Direktor und deutete auf Ratzer, der triumphierend eine Zange in den Nachthimmel stemmte.

«Schon länger habe ich es vorgehabt und alle Vorbereitungen getroffen.» Er wies mit der Zange auf die Handschelle. «Der moralische Bankrott zeigt sich in der Versklavung der Schöpfung! So ist es meine Christenpflicht, mich dem Bruder Tier gleichzustellen, und heute ist der rechte Tag dafür. Denn dieser Mann», er wies emphatisch in Theuers Richtung, «hat mich wie ein Tier behandelt!»

Theuer spürte schon wieder alle Blicke auf sich gerichtet. «Er hat einen Elternabend gestört», wand er sich, «das tut man nicht, sonst tät ich's auch …»

«Ich werde nun also», schrie der Student weiter, «hier bleiben und notfalls sterben (das ist dann kein Selbstmord, sondern ein Martyrium), wenn nicht diese Kreatur, Bruder

Bohumil, freigelassen wird, wie es Gottes Wille für eine jede Kreatur ist!»

Senf trat neben Theuer. «Leidig hat mir erzählt, dass ihr den kennt. Ihr Ärmsten. Also, er verlangt wirklich, dass der Gorilla freigelassen wird und er an seiner statt im Käfig leben darf. Ansonsten will er angekettet bleiben, bis er erfroren oder verhungert ist.»

«Verdursten geht schneller!», lallte Haffner aus der Ferne.

«Wie ist er rübergekommen?»

«Er hat wohl bei dem Nordseehaus, das wird gerade gestrichen, ein Brett geklaut, es liegt jetzt hier im Graben.» Kohlmann seufzte. «Der Mann kann nicht im Zoo bleiben. Wir sind darauf nicht eingerichtet.»

«Er wird auch nicht im Zoo bleiben, was sind Sie denn so schicksalsergeben?» Theuer merkte, wie sich erneut eine gewaltige Wut in seinem Inneren zusammenbraute.

«Ach, seit der Sache im Januar ...» Der Direktor tupfte sich die Augen.

Ein Streifenbeamter trat zu ihnen. «Ein Polizeipsychologe ist auf dem Weg. Man soll nichts machen, sagt er. Er wird versuchen, dem Mann die Angst zu nehmen.»

«Ich finde, diesem Mann muss keineswegs die Angst genommen werden», grollte Theuer. «Er soll vielmehr nur immer mehr Angst bekommen! Wer holt bitte wegen dieser, übrigens vorbestraften, Jammergestalt einen Psychologen?»

«Das habe ich getan, ich war auf einer Schulung ...»

«Holen Sie mir lieber ein Brett.» Theuer fixierte Ratzer, der mit einem ausdünnenden Lächeln und immerhin leiser werdend Psalmen betete.

«Bitte?» Dem Kollegen entgleisten die Gesichtszüge.

«Beim Nordseehaus. Das ist in der Nähe des Eingangs, gar nicht weit von den Ziegen ...»

«Oh, das ist schon ein Stück von den Ziegen! Welche meinen Sie überhaupt? Wir haben afrikanische ...» Kohlmann kam nicht weiter.

«Ein langes Brett!», brüllte Theuer. «Sofort!»

Haffner trat zu ihm. «Chef, das, das wäre der Job für mich, wir wissen es beide. Aber ich kann über kein Brett laufen. Bin zu blau.»

Theuer nickte.

«Weil nämlich.» Haffner wandte sich zu den Journalisten um. «Ich bin der fürs Grobe, aber jetzt geht es nicht, weil ich auf einer kleinen Feier war. Alleine. Zu Hause. Aber mein Chef macht es auch.»

Theuer schaute zu Senf und Leidig, beide schienen unbeteiligt. Das minderte seinen Zorn keineswegs. Die versuchten, nicht in die Zeitung zu kommen. Feiglinge. Aber auch er malte sich lieber nicht aus, was zu lesen sein würde.

Das Brett war da. Stumm und beleidigt half ihm der Streifenkollege, es über den Graben zu schieben.

«Ratzer», sagte Theuer ruhig und fest. «Ich komme und verhau dich.»

«Nun gut», piepste der Theologe, fummelte einen Schlüssel aus der Hosentasche und wutzelte ihn zittrig ins Schloss seiner Handfessel. «So geht es natürlich auch. Aber es ist nicht elegant. Es wird nicht in die Geschichte eingehen. Nun gut! Und pfui.»

Babett musste Mitschülern, Lehrern, ja sogar Eltern von Mitschülern tagelang erklären, dass ihr Ziehvater eigentlich ganz normal sei, Yildirim brauchte ebenso lange, bis ihr Hörgeräusch wieder abnahm, das während Theuers Tirade schrill aufgeheult hatte.

Immerhin war der Klassenlehrer am Ende sofort mit Unterrichtsbefreiung einverstanden gewesen, auch der Direktor stimmte zu, vier Wochen, kein Problem, schließe ja die Faschingsferien ein, also quasi optimal. Er gab noch den Hinweis, dass sie wegen solch eines nachvollziehbaren Anliegens doch nicht zu zweit zur Klassenpflegschaft hätten kommen müssen, das Mädchen belle wie eine Robbe, er habe es selbst gehört. Der Lebensgefährte sei wohl sehr überlastet?

Theuer kaufte jeden Tag die *Rhein-Neckar-Zeitung*. Als Ende der Woche noch kein Artikel erschienen war, schöpfte er Hoffnung.

Kühl konzipierte derweil die Staatsanwältin die Fahrt, kühl bewilligte der leitende Oberstaatsanwalt Wernz den recht kurzfristig anberaumten Urlaub; seit sie mit Theuer offen liiert lebte, war seine mehrjährige Geilheit einer deutlichen Enttäuschung gewichen.

An der Nordsee war alles Erschwingliche ausgebucht, blieb also die Ostsee. Das war gleich mehrfach nicht so toll, die Erlebnisse auf Ærø im Vorjahr, die Jugendgruppe aus Kiel, Entschuldigung, diesem anderen Ort eben, und wenn sie weiter in den Osten müssten, war Yildirim unwohl, daran denkend, wie man dort gelegentlich mit Ausländern umsprang.

Schließlich war es ein Apartmenthotel in Wismar, das noch Platz hatte und bezahlbar schien. Theuer gab sich Mühe. Das merkte sie und nun, am Vorabend der Abreise, spürte sie durchaus, dass auch er sich nach Nähe zwischen ihnen sehnte. Aber sie wollte nicht, war nachtragend und wollte auch das nicht sein, war es aber doch. Nein, ich hab ein Taxi bestellt, bemüh dich nicht, natürlich ruf ich an, ja, es ist gut, doch, wirklich, ich brauch jetzt bloß mal ein bisschen Abstand, komm, Babett, tschüs ihr beiden, tschüs du einer, Lieber, ich ruf an, ja.

Theuer ging mit unterirdisch schlechter Laune ins Büro und bemerkte erst dort wieder, dass Samstag war.

# 6

Nacht. Theuer saß an Babetts Computer, dem besten, den sie besaßen, und googelte dumm vor sich hin. Er kritisierte sich dafür im Geiste, und eine im Chor seiner inneren Stimmen faselte irgendwas in Richtung: An solchen Abenden habe man früher gelesen, was natürlich Unsinn war, am ehesten schaute man früher fern, und das war auch vor den bösen Privatsendern oftmals nicht gerade Labsal und Erquickung gewesen.

Labsal. Suchen. Jede Menge Christenseiten. Erquickung. Dito.

Eckernförde, nein, zurück: Wismar: Treffer 1–10 von 7820000, planlos klickte er auf die siebente Seite, die siebzehnte, die siebenundzwanzigste, die hundertsiebente, und plötzlich schwang ein ganzer Torflügel, gut verschlossen seit längerem in der düsteren Burg seiner Erinnerungen, auf. (Er sah die Burg und wunderte sich kurz, dass sie aus Backsteinen errichtet schien – dann, ach so, ist ja der Norden.)

Universität Rostock … Abteilung für Deutsche Sprache und ihre Didaktik … Professor Haase, Zimmer … Adresse privat … Professorin Renate Hornung, Zimmer 473, Durchwahl 474, Adresse privat, **Wismar**, Am Ziegenmarkt 10, Telefon …

Er hatte seit der Trennung überhaupt keinen Kontakt mehr mit der Hornung gehabt, nichts. Einzig und allein aus der Tatsache, dass sie sich in der Stadt niemals mehr begegnet waren, hatte er geschlossen, ihre Bewerbung nach Rostock oder eben woandershin müsste geklappt haben.

Er fühlte sich mit einem Mal ziemlich schlecht, dass er

so selten an sie gedacht hatte, und fühlte sich gleichzeitig schlecht bei dem Gedanken, was es bedeutet hätte, wenn er mehr an sie gedacht hätte. Also doppelt schlecht plus allein, er ging zum Kühlschrank und öffnete einen Liter Pfälzer.

Eric Clapton unplugged, mal gerade so laut, dass die Altbaunachbarn nicht die Polizei rufen würden. Heute war so ein Tag, da markierte der erste Flaschenboden nicht unbedingt die Bettschwere, allzu viel war nicht mehr übrig. Er stand vom Sofa auf, drehte die Musik leiser und griff nach dem Telefon. Griff ins Leere. Wieder einmal hatten es die Frauen nicht ordnungsgemäß auf die Station gestellt! (Ihm unterlief diese Lässlichkeit mindestens genauso oft.) Nach längerem, zunehmend von halblautem Gefluche untermaltem Suchen fand er es schließlich auf dem Boden unter Babetts Hochbett, wobei diese Bezeichnung relativ zu verstehen war, denn im Aufrichten stieß er sich den Kopf ganz erheblich an.

Das rote Lämpchen blinkte, drei Anrufe von Yildirim, Eric Clapton war schuld, ohne abzuhören wählte er ihre Nummer – nur die Mailbox. Also abhören: Sie waren da. Das Hotel, Alter Speicher hieß es, war ganz schön. Wismar war sehr schön. Leider aber war bei der Buchung ein Fehler passiert, sie konnten nur vier Tage bleiben, ob er vielleicht im Netz nach einer weiteren Bleibe suchen könne?

Anruf 2: Yildirim reichlich aufgelöst. Abendessen in der Stadt beschissen. Einer hat Kanake zu ihr gesagt, ein Tourist, hessischer Akzent. «Bitte ruf doch zurück, dein Handy ist auch aus, wo bist du denn?»

Dritter Anruf: «Es ist jetzt elf. Du willst nicht mit mir sprechen, dabei bräuchte ich dich heute wirklich. Ich bin fix und fertig. Geh doch bitte ran. Babett kann nicht schlafen, weil die neben uns so laut fernsehen und ich …» Offenbar war sie zum Telefonieren rausgegangen, denn man hörte eine trunkene Männerstimme irgendwelche Anzüglichkeiten über die Straße pöbeln. «Arschloch!» Abbruch. Hatte sie ihn gemeint? Er rief zurück – das Handy war aus. Die Mailbox – aber er wusste nichts zu sagen.

Blick zur Uhr. Viertel nach elf. Knapp vorbei ist auch daneben, gut gemacht, Theuer. Er hatte den PC nicht ausgemacht, war ja egal, Flatrate. Er wählte ohne zu denken Hornungs Nummer.

Schlaftrunken: «Renate Hornung?» Er legte auf.

Er träumte von Hornung und Yildirim. Sie gingen Hand in Hand.

Das Telefon klingelte. In wenig koordinierten Schritten tappte er durch die Wohnung, fand es erst nach dem sechsten schrecklich lauten Signal.

«Ja, Theuer!»

«Ich wollte eigentlich nur wissen, welcher Idiot aus Heidelberg mich letzte Nacht geweckt hat. Also du hast mal mindestens eine neue Nummer.»

«Datenschutz!», schrie Theuer panisch.

«Du solltest der Telekom mitteilen, dass du anonym Damen belästigen willst, derzeit erscheint dein Anschluss auf dem Display. Mit 1 fängt's an – sag bloß, du bist in die Altstadt gezogen.»

Die Hornung. Theuer hatte 287 Gefühle auf einmal.

Nein, der Mord am Schloss war nicht bis in den Nordosten gedrungen. Diese seltsame Zoogeschichte schon.

Ja, sie könne ihn sich sehr wohl als so eine Art Vater vorstellen, allerdings als Vater eines Autisten oder Kalmaren.

Ob er jetzt auch auf Elternabende gehe? Aha, niemals wieder.

«Und du? Hast du einen ... Freund?», fragte er vorsichtig.

Hornung lachte: «Theuer, wir beide sind ein Alter. Aber ich bin eine Frau, was du ja mitunter vergessen hast. Also, ich habe keinen knackigen Türken Anfang dreißig. Hab ich dir damals schon geweissagt. Im Moment ist liebestechnisch Ruhe.»

«Schön», sagte Theuer dumm.

«Ja, sehr schön.»

Jetzt erst, in die ziemlich lange Pause hinein, die er erst am Abend, beim nochmaligen Meditieren des Gesprächs, schamesrot begreifen sollte, erzählte Theuer, dass Yildirim und Babett in Wismar waren beziehungsweise praktisch schon wieder weg.

«Ach so.» Hornung lachte. «Strohwitwer, da aktiviert man mal die alten Adressen!»

«Aber so ist das doch überhaupt nicht!», entgegnete er und ahnte: Es war genau so.

«Keine Angst, so klein ist die Stadt nicht. Und wenn ich die beiden sehe, werde ich vornehm die Straßenseite wechseln. Sie wird mich nicht erkennen, ich töne nicht mehr, ich habe jetzt fast weiße Haare ...»

Erschrocken registrierte Theuer, dass ihm die Vorstellung einer nackten Renate Hornung mit weißen Haaren leichte Vibrationen im Schritt verursachte.

«Also steht da immer noch meine Adresse», hörte er sie sagen. «Die sollen das endlich mal ändern.»

«Jaja», faselte er.

«Schreib mir mal eine Karte, Theuer. Oder komm vorbei, es ist schön hier. Ich werde dich anschauen und daran denken, wie oft ich dich angeschaut und gewartet habe, dass du etwas sagst. Irgendwas. Und wenn es ‹Piep› gewesen wäre.»

«Piep», sagte der Ermittler.

«Tschüs, mein Lieber.»

«Tschüs.»

Nach dem Gespräch packte den Polizisten ein geradezu grausamer Geschlechtstrieb. Ein sofort auf Abfuhr drängendes Lendenbersten, dessen Farbe er präzise mit Magenta hätte beschreiben können, wenn er wenigstens von Farben etwas verstünde. Verschämt zog er sich ins Bad zurück, schloss sogar ab, bevor er sich, ganz Sklave des Onan, beidhändig malträtierte. Das Telefon, schon wieder, nein, geht gerade nicht. Oder doch, vielleicht Yildirim, herrje. Nackt rannte er aus dem Bad. Es war Leidig.

Yildirim und ihr Mündel saßen auf dem Bett und wussten überhaupt nicht, was sie tun sollten. Es regnete, gegenüber wurde lautstark eine Wohnung renoviert. Es roch nach Duftbäumchen, nicht nach würziger Seeluft, die ganze Reise drohte ein komplettes Desaster zu werden.

«Wir könnten essen gehen», schlug Babett vor.

Yildirim schaute auf ihre Armbanduhr. «Wir haben vor eineinhalb Stunden gefrühstückt.»

Babett zuckte mit den Schultern. «Fernsehen?»

«Ich hab den Fernseher gestern probiert, da stimmt was nicht, da kommt nur ein dänischer Sender rein.»

Babett legte den Kopf auf Yildirims Schulter. Solche Signale der Nähe rührten die Staatsanwältin eigentlich geradezu automatisch, aber heute hatte sie Schmerzen in der Schulter, das Bett war zu weich, das Zimmer zu dunkel. Der Frühstücksraum zu hell. Das Meer zu weit weg. Alles das war ungerecht. Dann war es eben ungerecht. Sie hatte so schlechte Laune, dass sie kaum etwas sagen konnte.

«Hat denn der Theuer angerufen?», fragte das Mädchen, was zur Folge hatte, dass sich Yildirim mit der flachen Hand auf die Stirn schlug, selbst das misslang, sie schlug zu hart und hatte vergessen, dass sie ja seit dem letzten Heidelberger Herbst-Flohmarkt einen Riesenring trug.

«Gibt eine Beule.»

«Ach, ich dumme Kuh. Ich verfluche den armen Theuer den ganzen Tag und hab das Handy nicht an.»

«Gibt eine Beule, ich seh's schon schwellen.»

«Ist gut, Babett.
Besetzt. Arschloch.»

«Haben Sie schon die *Rhein-Neckar-Zeitung* vom Samstag gelesen?»
«Warum?»
«Nur so.»
«Dann hole ich mir jetzt wohl am Bahnhof mal eine Zeitung?»
«Ja. Das ist besser.»
«Ich hab aber noch nix an.»
«Bitte?»
«Ich meine: Bis morgen dann.»
«Ich könnte mir vorstellen, dass wir uns heute noch sehen.»

«Jetzt ist frei, aber er geht nicht dran. Das gibt's doch einfach nicht.» Yildirim warf das Handy aufs Bett. «Ich verstehe das alles nicht ...»
Babett hustete.
Sie saßen auf dem Bett, der Regen schlug ans Fenster.
«Im Hotel ist ein Schwimmbad», versuchte es die Anklägerin, während sie einen kompletten, ruinierenden Koller in sich herankeimen spürte. Sie würde durchdrehen. Schreiend Handtücher auf den Flur werfen, das Mädchen peitschen, den Rezeptionisten vergewaltigen und in irgendeiner Backsteinpsychiatrie ihre Tage mit Haferschleim und Makramee beschließen.
«Hör mal, Mama, ich bin krank, und ich hab sowieso keinen Bock auf Rentnerpisse.»
Dauerregen, Bronchitis und nun auch noch freche Widerworte, man war ja vierzehn.
«Babett, wir müssen hier weg. Es ist wunderschön hier, aber es regnet, und was du einatmest, ist höchstens Staub

von der Baustelle gegenüber. Wir fahren morgen, wir finden was.»

«Gehen wir jetzt essen?»

«Wie viel Uhr ist es?»

«Zwölf.»

«Na, dann ist es doch höchste Zeit. Ich lass das Handy an, bis wir was gefunden haben, dann mach ich's aus, leck mich, Theuer.»

Liebe Leserinnen und Leser der RNZ, wie angekündigt heute der erste Teil unserer neuen Serie: **BREITSEITE** – **Nachwuchsjournalisten** unterwegs. Den Anfang machen Olaf Theobald und Roland Vielgang, 23 und 24 Jahre alt. Beide studieren Germanistik in Heidelberg, wobei der gebürtige Marburger Theobald diesmal seinem Kommilitonen aus Basel den schreibenden Vortritt lässt und als begeisterter Hobbyfotograf für die Bilder verantwortlich zeichnet.

# BREITSEITE

*heute von Olaf Theobald und Roland Vielgang*

## «Ich komme und verhau dich!»

Letztlich harmloser Vorfall im sorgengeplagten Zoo überschattet von fragwürdigen Methoden bekannter Heidelberger Polizisten.

Man muss sich schon fragen, ob es richtig ist, einem offensichtlich verwirrten Studenten, der sich im mittlerweile berühmt-berüchtigten Außenbereich des Gorillageheges im Heidelberger Tierpark vor Wochenfrist angekettet hat, Prügel anzudrohen. Man kann sich weiter fragen, ob es sich für einen Polizisten schickt, selbst wenn er aus dem Feierabend gerufen wird, in höchst angetrunkenem Zustand sich selbst als «Mann fürs Grobe» zu preisen.

Aber der Reihe nach: Gegen 22 Uhr bemerkte Zooaufseher Ümit Dursun – frisch eingestellt nach dem tragischen Unfall im Januar – einen ungewöhnlichen Gast im Gehege des Silberrückens. Der vorbestrafte Theologiestudent Wolfram R. hatte sich mithilfe eines entwendeten Bretts Zugang verschafft. «Glücklicherweise ist die defekte Tür zum Innenraum längst repariert», so Zoodirektor Dr. Werner Kohlmann, dem der Schrecken dieses vergangenen Montags auch nach Tagen noch anzusehen ist.

«Und der Kommissar Theuer hat das ja dann auch gut gelöst», so Kohlmann weiter. Bei allem Respekt, hat er das wirklich? Ein Polizeipsychologe war von Obermeister Gert Teufel, der als Erster am Ort des Geschehens eingetroffen war, schon angefordert.

«Für mich ist es immer wieder höchst frustrierend», so Dr. Pfandmeier, der nur noch die temporäre Einweisung des kranken Täters unterschreiben konnte, «wenn Polizeibeamte unsere Tätigkeit als lästig und verzichtbar einstufen. Herr R. ist wahrscheinlich krank. Und ein kranker Mensch hat Anspruch auf seine vollen Menschenrechte.» Das findet auch Obermeister Teufel: «Hierarchien dürften in so einem Fall keine Rolle spielen. Ist ein betrunkener Kommissar besser als ein nüchterner Polizeiobermeister?» In der Tat, das ist zu fragen ...

Ursprünglich hatten die Bubis Gäste der Jugendherberge interviewen wollen. Irgendwie fand Theuer, dass er ziemlich Pech hatte.

Er massierte sich die Schläfen, griff blind nach seinem Kaffee, trat seinen Küchentisch und versuchte sich einzureden, dass der Artikel kaum Aufsehen erregen dürfte.

Auf dem Foto allerdings sah er tatsächlich wie ein Tobsüchtiger aus.

Auch Senf und Leidig waren fotografiert worden, wie sie, einträchtig aufs Geländer gelehnt, zu Haffner schauten.

Sehen so Einsatzkräfte aus, die eine gefährliche Situation entschärfen wollen?

Er las den Hauptartikel ein zweites Mal und bewunderte sich fast selbst für seine Verdrängungsfähigkeiten.

*Der Vierte im Bunde ist seit dem tragischen Tod des wirklich unbescholtenen Werner Stern im vergangenen Jahr ein gewisser Dieter Senf, der via Strafversetzung von der Fächerstadt Karlsruhe nach Heidelberg kam ...*

*Herr Theuer war vor zwei Jahren an einer Rauferei mit einem Blinden (!) beteiligt. Nur der Umstand, dass er in Zeitnähe eine – zugegebenermaßen schlimme – Mordserie beenden konnte ...*

*Der, sagen wir es vorsichtig, nicht selten indisponierte Kommissar Thomas Haffner hat nach unseren Nachfragen in mindestens drei Pfaffengründer Kneipen Lokalverbot ...*

*Den unscheinbar und fast jungenhaft wirkenden Simon Leidig nimmt das unwürdige Dahinsiechen seiner alten Mutter offensichtlich nicht sonderlich mit ... ‹Er war mein Freier›, sagt die Rohrbacher Prostituierte Simone G. ...*

Alles das hatte Theuer beim ersten Mal überlesen. Und alles stimmte ja. Er war sogar dabei gewesen, wie Leidig nach diesem ersten und vermutlich bisher letzten Geschlechtsverkehr einen Piccolo getrunken hatte.

Ein kleiner Kasten unten rechts, den hatte er übersehen:

*«Er hat mich Sack genannt!» Was der Zivildienst Leistende Florian Hirth mit dem Rüpelkommissar erleben musste.*

Eines musste man den Bubis schon lassen – sie hatten gründlich recherchiert. Vielleicht war es wirklich keine schlechte Idee, sich heute noch zu treffen.

Ach, und hier: *Es gibt nicht wenige Menschen in dieser Stadt, die die Erfolge des Ersten Hauptkommissars eher dem Zufall als seinem kriminalistischen Scharfsinn zuschreiben. Ja, sein hochbetagter früherer Mathematiklehrer Rauber bescheinigt ihm eine «allenfalls durchschnittliche Intelligenz».*

«Rauber», wie lange war es ihm wenigstens vergönnt gewesen, an diesen Höllenkerl nicht mehr zu denken? Der schwere Ermittler seufzte bitterlich. Was war zu tun? Die Jungs anrufen – nein, Yildirim würde er anrufen, und er würde mitteilen müssen, dass er noch kein Quartier für sie gefunden, da er auch noch gar nicht gesucht hatte.

«Du beschissener Esel, einer Eselsfamilie entstammend, die sich mit Schweinen gekreuzt, und ich bin keines davon!» Aber man hörte es, Yildirim war erleichtert, dass sie sich endlich erreichten. «Wir stehen hier im Regen. Kannst du nachher anrufen? Wir müssten jetzt weiter, ein Lokal suchen.»

«Nachher ist schlecht, ich muss ins Büro, da ist eine dumme Geschichte …»

«Hast du schon was für uns gesucht?»

«Nein, ich, ich … Ach, erzähl mir doch was! Wo seid ihr denn gerade?»

«Kennst du dich denn hier aus? Am Ziegenmarkt …»

«Ja, da wohnt doch …»

«Wer?»

«Niemand.»

«Wer, Theuer.»

«Die Hornung.»

Mit einer herrischen Gebärde schickte Yildirim Babett fünf Meter weiter in den Regen, das gelang ihr so überzeugend, dass das pubertierende Wesen sofort gehorchte.

«Seit wann hast du wieder mit der Hornung Kontakt?»
«Nicht», keuchte Theuer verzweifelt.
«Sprich in ganzen Sätzen und schön deutlich, ich bin Ausländerin», schrie Yildirim.
«Nicht, nicht Ausländerin.»
«Aber bald, weil ich mir einen Taliban schnappen werde, um in Afghanistan ein gottesfürchtiges Leben zu führen. Aber vorher wird er dich hängen! Okay.» Yildirim starrte in den eisgrauen Himmel und fühlte seine Kälte in sich dringen, wie Wasser in einen Schwamm, da war nichts mehr, was schützte. «Okay, Schluss mit den Witzen. Ich sitze hier fest. Du suchst mir kein Quartier, und jetzt wirst du mir die Wahrheit sagen, was diese Zusatzkatastrophe betrifft. Auf der Stelle.»

Ergeben berichtete der Kommissar von seiner gestrigen Recherche, die ja noch nicht einmal zu Yildirims Gunsten gewesen war. Es sei halt so irgendwie zu einem harmlosen Telefonat gekommen. Seine autosexuelle Eruption unterschlug er. Auf dem Klo war er dann gewesen, stimmte ja.

«Ich glaub dir das nicht. Du hast mich bestimmt mal mit ihr betrogen.»

«Nur ganz am Anfang.» Theuer dachte noch, der müsse dumm sein, der das jetzt beichtet, der Ich. «Da waren wir noch gar nicht richtig zusammen, das war, bevor du den gelben Bikini anhattest, gelb war das Auto, in dem meine Frau gestorben ist. Das ist die Farbe ...»

«Ja.» Ihre Stimme klang leise, er hörte den Regen auf dem Asphalt. «Das ist die Farbe, die man auch als Zeitangabe benutzen kann. Wir wollten heiraten, Theuer. Wir reden seit Monaten nicht mehr davon. Und das ist offensichtlich sehr gut gewesen.» Sie legte auf, schaute zu Babett.

«Ist was?»
«Nein, nichts, das aber richtig.»

Theuer bekam sofort Migräne, eine Art Turboanfall, wie er ihn noch nie erlebt hatte. Die linke Seite der Welt war weg, war weder zu sehen, noch konnte sie gedacht werden, rechts drückten tausend Dämonen glühende Hufeisen direkt in seinen Kopf. Weitere tausend sorgten dafür, dass alles in seinem Leib entweder nach oben oder unten befördert wurde, schön fair in der Mitte geteilt, aber auf jeden Fall wollte es raus. Den Putzeimer schier zärtlich umarmend saß er auf dem Klo und war nicht ganz in der Lage zu begreifen, was geschah, da hörte es wieder auf. Der Schmerz zog ab wie Frühjahrsnebel, die halbe Welt wurde zur ganzen. Ihm war seltsam leicht, und was war das? Hunger. Er hatte Hunger und schrecklichen Liebeskummer und überhaupt einen Haufen Probleme.

Er duschte ein zweites Mal, befahl Leidig, die Jungs zusammenzutrommeln. Holte das Auto aus der Tiefgarage und fuhr ins Revier.

«Ich habe mal gelesen», Haffner blies den Rauch depressiv nach unten, «es gibt keine schlechte Presse.»

«Das gilt für Boxenluder und nicht für Bullen», entgegnete Senf matt.

«Der herzlose Sohn mit Bild in der Zeitung. Am liebsten wäre ich weit weg.» Leidig schnorrte bereits die dritte von Haffners Höllenrevals.

Senf sah müde zu Theuer: «Sie haben zwölf Kugeln. Eine der zwölf ist entweder schwerer oder leichter, was von beidem, das wissen Sie nicht, Sie wissen nur, dass sie im Gewicht verschieden sind. Und nun dürfen Sie auf einer Balkenwaage nur dreimal wiegen und nur die zwölf Kugeln verwenden. Dann müssen Sie wissen, ob die Kugel schwerer oder leichter ist und natürlich, welche Kugel es ist.»

Theuer verstand noch nicht einmal die Aufgabenstellung so ganz.

«Was fragst du mich denn das?»

«Wollte nur schauen, ob Sie vielleicht doch nicht so dumm sind, wie in der Zeitung steht. Mein Lieblingsrätsel, war vor Jahren mal in der ZEIT. Ich habe es rausgekriegt. Nach drei Tagen. Seitdem ist es mein Lieblingsrätsel.» Dieser Versuch Senf'scher Frechheit war lange nicht so schmissig wie in guten alten Zeiten, als Gorillas noch unbescholtene Kurpfälzer gewesen waren.

Aber war der Fall nicht so ähnlich wie das Kugelrätsel? Mal dachte man, das eine wiege schwer, dann das andere, oder war es nur so, dass etwas schwerwiegend erschien, weil drum herum eine gasige Leichtigkeit herrschte?

# 7

«Dacht ich mir's doch. Wenn Sie alle nicht zu Hause sind, dann sind Sie wohl hier.» Ohne zu klopfen, war Magenreuter eingetreten und beendete vorerst Theuers driftende Gedanken.

Erregt ging der Regierungsemissär auf und ab.

«Ich habe es gestern nicht gelesen. Meine Mutter hat mich angerufen, weil sie von einer Freundin aus Neckargemünd alarmiert worden war. Man macht sich Sorgen um meine weitere Karriere.»

Theuer bot Magenreuter stumm den Gästestuhl an; erkennbar blass unter der dunklen Farbe, fiel der neue Chef mehr auf das Möbel, als dass er sich setzte.

«Sie haben es alle gesagt. Sie haben gesagt, lass die Finger von Heidelberg. Die schaffen dich. Seltmann ist innerhalb von drei Jahren zum Kretin degeneriert, Schildknecht hat sich nach ein paar Monaten aufgegeben. Da gibt es einen, der heißt Theuer, und der arbeitet mit dreien zusammen – gegen diese vier hilft nur der finale Rettungsschuss. Glaub bloß nicht, dass die sich an irgendwas halten ...»

Er entnahm seiner Jacketttasche einige zerknitterte Papiere: «Haffner: 1990 wurden Sie angeklagt, Sie hatten alkoholisiert einen jungen Mann geschlagen.»

«Das war auf der Handschuhsheimer Kerwe», rief Haffner fast vergnügt. «Ein Neonazi, ja, dem habe ich eine gelangt. In meiner Freizeit. Und auf der Kerwe ist jeder alkoholisiert! Das ist eine kulturelle Sache.»

«Der Neonazi war bei der Jungen Union.»

«Umso schlimmer.»

«Schweigen Sie. Schweigen Sie alle vier und hören Sie zu!»

Ja, es ließ sich nicht leugnen, Haffner hatte eine Menge auf dem Kerbholz.

Theuer vernahm überrascht, dass der bodenständige Polizist sich durchaus auch für höhere Aufgaben interessierte, gar ein Studium der Jurisprudenz an der Fernuni Hagen begonnen hatte, dieses aber wegen eines telefonischen Fehlverhaltens wieder aufgeben musste. Nicht minder überraschend, ja eigentlich sensationell war, dass Haffner, den man sich eigentlich kaum länger als tageweise außerhalb des Heidelberger Stadtbezirks vorstellen konnte, nach der Wende freiwillig in den Osten gegangen war.

Theuer, der ihn damals, lange vor Seltmanns Teambildung, kaum gekannt hatte, versuchte sich zu erinnern, aber das war gar nicht nötig. Der Heidelberger war bereits nach zwei Wochen heimgekehrt, da er einen westdeutschen Burschenschafter auf Osttour getreten und eine sächsische Reichsbahnschaffnerin in den Po gezwickt hatte.

«Sie hat gelacht», beschwichtigte Haffner.

Dem Polizisten drohte darüber hinaus, sollte er jemals die Niederlande betreten («will ich gar nicht!»), mittlerweile eine Haftstrafe, da er sich seit 1989 weigerte, ein Strafmandat für drei Geschwindigkeitsüberschreitungen im Großraum Amsterdam zu bezahlen. Seine aberwitzigen Trinkereien und sein asoziales Dauergerauche verdienten ohnehin keine kommentierenden Worte.

Weiter ging es. Senf war nicht nur wegen des im Kollegenkreis berühmten Furzkissens versetzt worden. Die erste Abmahnung hatte ihm das mehrfache Versiegeln einer Stechuhr mit Sekundenkleber eingebracht, die man in Karlsruhe versuchsweise eingeführt hatte. Außerdem soll Senf seinem ehemaligen Vermieter drei ererbte Gartenzwerge gesprengt haben, gewiss, das wurde nie bewiesen.

Aber diverse Lächerlichkeiten, Juckpulver, Spritzblumen, linksdrehende Korkenzieher bei offiziellen Umtrünken, Tellerwackler in der Kantine, alles das sei aktenkundig. Theuer wurde klar, wie sehr sich der Karlsruher zusammennahm, seit er bei ihnen war.

Dann war er an der Reihe, aber das kannte er ja alles, beziehungsweise dass auch er ein Lokalverbot auf dem Buckel hatte, sogar im berühmten Weinloch in der Unteren Straße, hatte er vergessen. Klar doch, dieser amerikanische Tourist und ihre unterschiedliche Auffassung über den damaligen Präsidenten Reagan, ja, ja, er erinnerte sich wieder. So gut hatten die Jungjournalisten demnach doch nicht nachgeforscht.

Leidig wurde von der Standpauke ausgenommen, aber das war kein Kompliment, sondern eher ein Widerschein der Tragik seines Lebens – noch nicht einmal jetzt war er richtig präsent. Theuer sah ihm an, dass er selbst so etwas Ähnliches dachte.

«Pro Sieben hat angerufen.» Magenreuter vergrub den Kopf in den Händen. «Sie wollen einen Bericht machen. Ihr müsst verschwinden.»

«Wie?», fragte Theuer beinahe erfreut. «Werden wir entlassen?»

«Das wäre schön – aber Beamte entlassen ist nicht so leicht, gell? Ich weiß, dass Seltmann das auch schon mal mit Ihnen gemacht hat. Zwangsurlaub. Es geht also los, ich werde wie er. O Gott. Sie haben zwei Wochen Urlaub. Alle. Oder drei. Egal. Herr Senf hat schon vor einiger Zeit für nächste Woche seinen Antrag gestellt. Seltmann hat ihn nicht bearbeitet, weil er offensichtlich nicht mehr weiß, wie man so was macht.» Magenreuter schüttelte sich wie ein nasser Hund. Theuer schaute aus dem Fenster. Man sah den Häusern an, dass es kalt und feucht war, fand er. Sie schienen irgendwie näher zusammengerückt.

«Jeder weiß, dass Sie letztes Jahr einen Kollegen verloren haben», fuhr Magenreuter fort. «Das ist tragisch, aber ich habe ihn nicht gekannt, also gestehen Sie mir zu, die Sache aus einem anderen Blickwinkel zu sehen.

Sie, Senf, sind nachgerückt. Sie und der verstorbene Kollege sollen so gut wie nichts gemeinsam haben – aber als Team funktionieren Sie genauso wie vorher, nämlich nicht und irgendwie doch. Wie geht das? Ich verstehe das nicht.»

«Das Wunderbare beginnt dort, wo das Verstehen endet. Begriffen sein heißt auch benutzt sein. Was wir bestaunen, dem nähern wir uns mit gesenktem Haupt, und also kann es uns nur erheben.» Alle schauten zu Leidig.

«Von mir.» Der Polizist errötete heftig.

«Wie gesagt. Bitte verreisen Sie.» Gebeugt verließ der neue Chef das Zimmer.

Theuer rekapitulierte sekundenschnell seine derzeitige Verortung im Leben, alle Dämme knarrten, brachen.

«Na und?», knurrte Haffner. «Dann eben Urlaub. Solange wir keine anderen Probleme haben! Wie wär's, wir gehen heute Abend nach Mannheim, sollen ja die Stadt verlassen. Mannheim ist zwar ein Scheißpuff, aber in der Schwetzinger Vorstadt gibt's die Bierakademie …»

«Ich habe sehr wohl andere Probleme.» Theuers Stimme überschlug sich. Ihm wurde schwindelig. Und es geschah: Er kotzte sein Elend heraus. «Ich hab es alles falsch gemacht, das sollte ich doch gewohnt sein, aber noch nicht einmal das klappt! Warum habe ich die Hornung angerufen? Sag's mir, Leidig. Sag's mir doch einfach!»

«Die Yildirim meinen Sie doch, oder?»

«Nein.» Theuer drehte eine fürchterliche Pirouette. «Die Hornung.»

«Hornung?»

«Später Senf, insgesamt aber auch eigentlich früher, Senf.»

Ruhiger jetzt, erzählte Theuer offen über die nachgrade sagenhaft blöde Geschichte, ersparte sich und den Seinen noch nicht einmal seine autosexuelle Heftigkeit, während Leidig sich die Augen zuhielt.

«Und jetzt ist es aus. Schwachsinn alles. Ich schaff es nicht, einen Affen richtig zu überführen, ich schaff es nicht, für ein krankes Mädchen einen Kurort aufzutun, Duncans Auftraggeber habe ich damals nicht gefunden, ich habe meine Frau verloren, die Hornung, und jetzt verliere ich sie, die Yildirim, die mich genommen hat, mich altes, dummes Zeug.»

«Wir hätten, denke ich, alle einen Grund zu verzweifeln», sagte Senf gelassen. «Niemand hat das Unglück gepachtet, es gehört wirklich allen Menschen.»

Theuer nickte und schämte sich. «Ich kann Ihrer Freundin ein Haus besorgen», sagte Senf zögerlich. «Ich meine, am Meer. Ich hatte eines gemietet, ein sehr schönes, in Eckernförde allerdings. Der Ort ist ja vielleicht belastet ...»

«Und du?», fragte Theuer in Zweifel und Hoffen.

«Ach, ich gehe dann ins Hotel, da ist untendran ein Hotel, Siegfriedwerft, da war auch noch was frei.»

«Ja, dann können die beiden doch auch ins Hotel», warf Leidig ein.

«Oder das», nickte Senf, «aber ich dachte, das Mädchen erholt sich in einem Haus besser ... aber noch was, Herr Theuer – das Haus ist nicht so ganz vollständig ausgestattet, Sie müssten den beiden was nachbringen, das wäre doch vielleicht eine gute Idee, ich meine, es könnte doch nicht schaden, wenn Sie ein bisschen den Fürsorglichen raushängen, sozusagen ...»

«Das heißt, das halbe Team ist dann weg», nörgelte Haffner. «Gerade jetzt unter feindlichem Beschuss. Sollen Leidig und ich uns im Keller verstecken?»

«Ich gehe auch mit», sagte Leidig mit fester Stimme.

«Wie bitte?» Theuer war regelrecht erschrocken.

«Ich war kaum je am Meer, ich meine, wenn Sie natürlich sagen, dass ich, dass ich nicht darf ... Ich wäre ja auch nur im Hotel ... Aber wenn ich nicht darf ...»

«Doch, doch», stammelte der übertölpelte Teamleiter. «Natürlich darfst du.»

«Womit eines absolut klar ist.» Zufrieden entzündete Haffner ein Zigarettchen und entnahm seiner Schreibtischschublade zwei kleine Underberg. «Ich bin natürlich auch dabei. Ich sag immer ...»

«Team ist Team», ergänzte Theuer besiegt.

Schon im Gehen begriffen, wandte er sich nochmals an Senf: «Warum weiß ich eigentlich nichts von deinem Urlaubsantrag?»

«Hab's vergessen, hätt's gesagt», antwortete der Karlsruher.

«Und warum mietest du dir ein ganzes Haus?»

«Weil ich Hotelzimmer hasse.»

«Aber jetzt gehst du doch ins Hotel.»

«Jetzt gehe ich doch ins Hotel.»

«Und warum?»

«Weil es jetzt so ist.»

«Und warum, Senf, verdammt», Senf wich Theuers Blick aus, «bist nicht mehr so frech? Ist denn was?»

Senf antwortete nicht.

Es war spät. Theuer saß zerschlagen im Wohnzimmer. Was würde das? Ausgerechnet in die Stadt des toten Jungen, alle zusammen und er trotzdem sehr allein.

Er telefonierte mit Senf wegen der näheren Einzelheiten, sprach Yildirim wirr aufs Handy. Er schaute sein Musiksortiment durch und entschied sich für Maroon 5, Songs about Jane. Er musste mal wieder Platten kaufen. Mochten alle von CDs reden, er würde weiter Platten sagen.

Speziell Song Nummer zwei liebte er, «This love», und dann noch die Nummer acht, «Sunday Morning». Warum hörte er eigentlich kaum mehr Musik zu Hause? Wahrscheinlich weil er sich vor Babett schämte, als alter Sack noch bei so jungem Zeug mitzuwippen.

This love, ja, diese Liebe, vielleicht müsste er sich ja bald nicht mehr genieren.

Er drückte sechsmal auf den Pfeil nach rechts und sah dabei seinen Daumen als rammelndes Kleintier: hektisch, autonom, wehrlos. Es erklangen die ersten Takte von «Sunday Morning». Entspanntes Schlagzeug, lockere Pianoakkorde und die swingende Stimme, grummelnder Bass, leise Stimmen von hinten. Reduzierte Klänge, im Schwebezustand zwischen Melancholie und Hoffnung, kristallene Streicher und eine brodelnde Orgel, nur in kleinen, knarzigen, rhythmischen Einsprengseln meldete sich die Gitarre, härtere Rhythmen, und für Sekunden öffnete sich die Szenerie ins Prächtige, wurde der Raum riesig und golden. Mehrstimmig jetzt, wurde es ein Fest des Sonntags, und Theuer verstand «flower in her hair», sonst nichts. Das Schlagzeug feierte mit Wirbeln und saftigen Beckenklängen, das Lied verklang.

«Du willst morgen also definitiv nicht mit. Gut. Ich kann nur hoffen, dass es dir bald besser geht.» König hatte schon seine Jacke an. Er fasste Cornelia bei den Schultern. Sie sah, wie traurig er war, und dachte, früher, vorher, hätte sie das gerührt.

«Mir geht's gut. Wirklich. Geh ruhig zu deiner Freundin.»

Der Vater nickte, schien noch etwas sagen zu wollen – dann langte er nach der Baskenmütze, die sie abscheulich fand, und griff nach seiner Reisetasche.

«Ich bleib aber auch da, wenn du willst.

Ich sag alles ab. Ich sag die Klassenfahrt ab.»

«Ach, weißt du.» Cornelia gähnte. «Einmal hab ich geheult, weil sie mich wieder fette Kuh oder so genannt hatten.»

«Und ich bin weggefahren, ich erinnere mich. Es war eine Fortbildung, du musst doch verstehen ...»

«Ja. Ich muss verstehen. Ich verstehe auch alles. Wie in Mathe. Alles ist Mathe.»

Warten, sein frustriertes Ausatmen.

«Manchmal bist du zum Fürchten kalt.»

Sie nickte und schloss die Augen, wartete.

Die Haustür.

Sie schaute auf den Boden, aber da sah sie ihre Füße, sie schaute hoch, sie schaute nirgendwohin.

«*Ich mag große Füße.*»

Sie rannte auf die Toilette und erbrach sich. Dann ging sie ins Wohnzimmer.

«*War's schön?*»

Erinnerungsfetzen durchbohrten ihr Hirn.

Sie griff nach dem Telefon, die Nummer kannte sie auswendig.

«Fredersen?»

«Ich lass uns hochgehen, Drecksau.»

Sie legte auf, zog den Stecker aus der Wand. Sollten sich doch alle totwählen.

Elf Uhr. Yildirim fühlte die Stirn des schlafenden Mädchens, ja, das war unleugbar Fieber, was ja auch nicht so sonderlich überraschte, wenn man sich eine Viertelstunde in Wind und Regen von einer Dauerbronchitis zu kurieren versucht.

Schließlich waren sie in einem chinesischen Lokal untergekommen, so musste man das nennen. Drei Tische weiter saßen drei ungemein friedliche Skinheads, die allerdings, sie hatte furchtsam mitgezählt, innerhalb einer Stunde 21

Flaschen Bier verkosteten. Das wusste sie noch, aber was sie gegessen hatte, wusste sie nicht mehr. Wahrscheinlich Pudel süß-sauer. Sie schrieb Babett einen Zettel und ging in die hoteleigene Bar. Sie wählte Merlot und schaute den beiden jungen Keepern hinter dem Tresen zu. Eine eigenartige Besetzung: der eine dunkel, mit schickem Pferdeschwanz, der andere semmelblond gescheitelt, mit Dissidentenbrille. Der alte und der neue Osten, was wäre die Westbesetzung? Ein hohlschädeliger Schönling mit akademischem Habitus, Hobbytriathlet – und ein dummer Türke mit Oberarmen in dreistelligem Umfang.

Außer ihr saßen zwei ältere dänische Ehepaare an der langen halbrunden Theke, die von einem angetrunkenen grau melierten Herrn aus dem Rheinland in nölendem Englisch belehrt wurden, dass Deutschland zweimal wieder aufgebaut werden musste. Erst im Westen, dann im Osten.

Sie nahm einen tiefen Schluck. War es das mit dem Theuer? Sie erinnerte sich durchaus an seinen Besuch damals, der gelbe Bikini taugte leider wirklich als Zeitangabe, denn es war ihr, obwohl sie da schon miteinander geschlafen hatten, ein bisschen peinlich gewesen, ihn so zu empfangen. Und es stimmte, sie waren einander damals noch in keiner Weise versprochen.

Aber es kotzte sie trotzdem an. Bestimmt hatte er mit der Schlampe Telefonsex. Sie bestellte sich ein zweites Glas.

Nun hatte einer der dänischen Gatten mit dem rheinischen Ochsenkopf gleichgezogen und fing an zu schreien, für Yildirim hörte es sich an wie:

«Rööööööööööööööre!»

Was konnte sie jetzt machen? Was mit Babett, dem Theuer und sich? Gut, Kiel ist eine große Stadt, dahin würde sie einen Zug bekommen, und dann würde eben das Geld rausgehauen, irgendein teures Hotel, bis die Kleine ohne Fieber war ... Und dann nach Hause, und was dann würde ...

«Batt nau ...!» Aha, der Osten war immer noch teuer. Wer hätte das gedacht.

Yildirim trank sofort den großen Rest des zweiten Glases in einem Zug und bestellte mit einer etwas fahrigen Handbewegung noch einen, der Geschwänzte nickte lächelnd, sie lächelte, voller Bitterkeit gegen Theuer, zurück.

«Rööööööööööööööre!»

Sie zahlte und nahm den Wein ohne zu fragen mit. Im Fahrstuhl tat sie einen einsamen traurigen Schluck. Wenn jetzt auf der Mailbox der Theuer war und eine Bleibe für sie besorgt hatte, dann könnte es noch was werden. Diese kleine Wette wollte sie noch eingehen, ansonsten, wenn gar nichts mehr kam? Der Fahrstuhl hielt, Rotwein spritzte ihr ins Gesicht. Sie kippte den Rest in einen Gummibaum im Flur, stellte das Glas auf irgendeine Kommode und strebte möglichst souverän ihrem Zimmer zu.

Babett war nicht aufgewacht, die Stirn war nass geschwitzt, aber kühler. Ohne die geringste Erwartung schaltete Yildirim ihr Handy ein:

«Ja, Bahar, ich bin's, der Theuer ... also, es tut mir Leid, das ist gar kein Ausdruck ... aber ich habe ein Haus für euch, in Eckernförde nur leider, also, ich hoffe, das ist jetzt für euch kein schlechtes Omen, soll sehr schön sein. Richtig Meeresblick ... und so ... Also, ich hoffe, das ist was für euch. Ab überübermorgen allerdings erst und, ja, ich komme dann auch und erkläre alles. Der Senf hat grade angerufen, die Vermieter akzeptieren die Anreise ab Donnerstag, sind vorher selbst drin. Also, der Senf hat geholfen, wie gesagt, ich erkläre alles. Dir. Dem Kind. Meiner Familie. Und mir selbst. Senf schickt dir eine SMS mit den Einzelheiten.»

Verdattert ließ sie den Hörer sinken. Gemischt gestimmt ging sie ins Bad, pinkelte, putzte sich die Zähne. Es war ja rührend, aber eigentlich wollte sie nicht, dass er kam. Das bestürzte sie. Wieso Senf jetzt anscheinend so eine Art Privatsekretär geworden war, vermochte sie daneben kaum zu beschäftigen. Sie ging ins Bett. Das war so unfreundlich, sich gehörig zu drehen. Es war bestimmt nach eins, als sie einschlief.

Cornelia lag im Bett. Ihr Herz schlug wie besessen. Immer wenn sie im Begriff war einzuschlafen, fühlte sie seine Wärme im Rücken, schrak hoch und fror, weil sie nass geschwitzt war.

1, 2, 4, 8, 16, 32, 64, 128, 256, 512, 1024, 2048, 4096 … Zahlen waren kalt. 8192, 16384, 32768, Quersumme 24, im Quadrat 576, minus 512 ergibt 64, Quersumme 10, im Quadrat 100 … Sie sank weg.

*Das hättest du aber nicht tun sollen! Da warst du also, mein kleiner Spatz?*

Wach. Sie sprang aus dem Bett, rannte die Treppe hinunter, blind, stieß sich, steckte das Telefon wieder ein, riss den Hörer ans Ohr.

«Anatoli? Bin ich deine kleine Spatzenfrau?»

Am nächsten Morgen, Theuer hatte Irrwitzigkeiten geträumt und trotzdem das Gefühl, kaum geschlafen zu haben, galt es zunächst einmal, Senfs umfangreiche Einkaufsliste abzuarbeiten. Der todmüde Ermittler betrat mehrfach falsche Geschäfte und hätte ums Haar Dinge erworben, die er ohnehin besaß.

Zunächst gefiel Cornelia die Zeit ohne ihren Vater – zu ihrer Verwunderung. Nicht dass sie gedacht hätte, sie würde ihn vermissen. Nein, dass ihr noch einmal etwas gefallen würde, wenn es auch nur allenfalls die Freude eines Farbenblinden an der Malerei war, das erstaunte sie. Sie schwänzte die Schule, verbrachte die Stunden damit, Briefe von Anatoli zu schreiben, setzte sich dazu ins Wohnzimmer, bequem, musste nicht aufpassen, dass plötzlich jemand kam. Sie konnte lange vergessen, was passiert war, und von Montag auf Dienstag sogar gut schlafen. Was, wenn das Wunder vielleicht nochmal geschähe? Auf der Welt könnte es noch jemanden geben, der sie irgendwann in den Arm nehmen würde.

Am Dienstag rief Fredersen an.

«Cornelia, ich habe gerade erfahren, dass dein Vater bis Donnerstag verreist ist.»

«Klassenfahrt, kennt man ja. Von wem haben Sie das erfahren?»

«Das Kind meiner Nachbarin ist bei ihm in der Klasse.

Cornelia, ich fände es gut, wenn wir reden könnten, geht es bei dir heute Abend?»

«Wer von uns beiden kann dem anderen die Termine diktieren?», fragte sie zurück. Jetzt war Anatoli wieder das Bündel, das Fredersen sanft in den Graben hatte gleiten lassen. Bis er ihn ganz aus den Händen geben musste und man das Aufklatschen unten hörte. Jetzt war er wieder die spermabespritzte Fratze, die ihr die fürchterlichen Worte zugerufen hatte.

«Wir können uns gegenseitig vernichten», sagte Fredersen gepresst. «Ich will keinen Termin diktieren. Ich frage dich. Geht es heute?»

«Vielleicht morgen?» Sie hörte den Hohn in ihrer Stimme, das Gift, das sie ausspie, wenn sie diesen Satz sagte, der leicht abgewandelt aus vierundzwanzig Stunden ein ganzes Leben gemacht hatte – eines, das vorbei war.

«Gut. Morgen Abend, zwanzig Uhr.»

«Zwanzig Uhr.»

Sie verbrannte die falschen Briefe im Kachelofen.

Schon am Mittwoch war Theuer geradezu perfekt für die Reise gerüstet. Eingeschüchtert hielt er sich hauptsächlich im Haus auf. Immerhin war bisher keine weitere Medienkatastrophe geschehen. Und Yildirim hatte sein Angebot angenommen. Ob denn alles gut würde?

Fredersen saß Cornelia im Wohnzimmer gegenüber.
«Du hast gesagt, du willst uns hochgehen lassen.»
Sie antwortete nicht.
«Weißt du, was passiert, wenn du in den Knast kommst? Weißt du, was die Medien anstellen werden? Ein Mädchen erschlägt einen Jungen. Das gibt es nicht alle Tage. Und dein Vater? Wie wird das denn für ihn?»
«Hören Sie auf», sagte sie kalt. «Was ist mit Ihnen, darum geht es doch. Sie werden doch irgendwann weitermachen wollen? Oder war Anatoli die letzte ...» Sie musste das Wort hervorwürgen, «Liebe Ihres Lebens?»
Fredersen seufzte und ließ die Fingerknöchel knacken, Cornelia hasste das Geräusch. «Ich werde wohl zumindest lange Zeit sehr vorsichtig sein müssen. Ich stelle nächstes Jahr einen Versetzungsantrag, ich gehe hier weg, und eure Klasse gebe ich ab. Wir müssen nur bis Sommer durchhalten.»
«Mein Freundschaftsbuch ist wieder da», hörte sich Cornelia sagen, eisig fühlte sie, dass sie Komplizen wurden. «Sie haben es geglaubt.»
«Gut», nickte Fredersen. Dann: «Ich hasse dich.»
Ja, natürlich. Er hasste sie. Sie hatte ihm Anatoli genommen. Cornelia starrte ihn an. Würde er sie vielleicht töten? Rache, und die Mitwisserin war weg, er hatte zwei gute Gründe. Sie merkte, dass sie Angst hatte. Demnach wollte sie leben. «Ich komm wieder in die Schule. Es wird alles ganz unauffällig sein.»
«Das muss auch sein», bestätigte Fredersen. «Aber wir

müssen auch Vorkehrungen treffen, falls uns jemand nachspioniert.»

«Wer sollte das?»

«Ich hatte nicht den Eindruck, dass der Kommissar sehr zufrieden mit der Ermittlung war.»

# 8

Donnerstagmorgen, seit zehn Minuten.

Senf saß in seinem grauen Sessel. Er hatte alle Fenster geschlossen. Die Müdigkeit, die ihn nun schon seit Wochen begleitete, tat mittlerweile weh. Wenn er an die lange Fahrt dachte, an das enge Hotelzimmer, wurde ihm schlecht. Wie sollte er das durchstehen?

Auch er hatte schon seit Tagen gepackt, das Schlafmittel als Erstes. Normalerweise schluckte er eine pro Woche, da ihm der Arzt eingeschärft hatte, anderenfalls drohe Abhängigkeit, diesmal aber würde er es öfter nehmen, es ging nicht anders.

Versuchsweise legte er sich auf sein Bett, schloss die Augen. Wolken, Blitze, er kannte das, Übererregtheit, das Gehirn selbst schickte die Bilder, wenn er die äußeren bannte. Er knipste die Nachttischlampe an und schloss wieder die Augen, rosa schimmerte das Licht jetzt durch seine geschlossenen Lider, wie Fleisch.

Sein Herz raste, er setzte sich wieder auf. Was für die Tabletten galt, galt auch für den Alkohol. Nur in Notfällen als Hilfe einsetzen und eigentlich auch das nicht, hatte der Arzt gesagt: «Gibt es denn etwas, was Sie besonders bedrückt, Herr Senf?»

«Nein, nein.»

Die Kollegen hatten ihn zu Weihnachten beschenkt, Haffner hatte das übernommen, und seitdem besaß Senf also eine sehr kleine Hausbar. Ab zwei Sorten konnte man das doch sagen? Ausgerechnet Whiskey, als gäbe es da einen Strippenzieher, der sich einen Spaß mit seinem Leid machte.

Daneben stand der Armagnac, den mochte er und kaufte ihn im Elsass. Aber er schraubte den Whiskey auf, sein hundertster Versuch, die Dämonen zu bannen. Der Geruch, er konnte die Flasche gerade noch abstellen und schaffte es zum Waschbecken.

Gegen fünf Uhr am Morgen fiel er in einen unruhigen Schlaf, Schreie, inwendige Schreie, die nicht nach draußen dringen konnten, natürlich nicht, Zittern, das Gefühl, inmitten einer Explosion zu sein, die alles ausfüllte, alles, was da war, zerblies, alles Zukünftige mit.

Der Wecker: sechs Uhr. Um sieben waren sie verabredet. Er musste sich an der Duschstange festhalten, um nicht zu stürzen, duschte, unterdrückt wimmernd, kalt.

Dann schaute er in den Spiegel. Das gelbe, zerfurchte müde Gesicht erschreckte ihn, aber es gelang ihm wenigstens leidlich, das zu tun, was er seit langer Zeit geübt hatte. Sein Alltagsgesicht über das eigentliche zu ziehen, die Züge zu straffen, die Augen blitzen zu lassen, wenigstens ein wenig der freche Senf zu sein.

Pfefferspray, das Jagdmesser, die Gaspistole, alles, was er so gerade noch bekommen hatte.

Er schaute sich um, bevor er die Haustür schloss. Es konnte alles schief gehen, und dann käme er als Nichts zurück oder, besser noch, verhasst und gefeuert, und vielleicht hatte er Recht, aber dann wusste er auch nicht, wie er es überstehen sollte.

Er schloss die Tür, ging ins Freie, zielstrebig und plötzlich hellwach zum Parkplatz.

## II.
Im glücklicheren Fall
bewegt sich die Waage
nicht. Dann wissen
wir, dass die mit
abweichendem Gewicht
unter den Nummern 9, 10,
11, 12 zu suchen ist.

# 9

Babetts Fieber war nicht wiedergekommen, aber das Mädchen hatte sich die letzten Tage schwach gefühlt und war schon im Bett.

Yildirim saß auf der braunen Ledercouch im Erdgeschoss und versuchte ihre Gedanken zu ordnen:

Also. Die Tage in Kiel zur Überbrückung. Besser gesagt im angrenzenden Kronshagen. Hotel Buche, Martenshofweg, das klang nach nordischer Klarheit und schlechtem Essen.

Manchmal ist es so, wie es klingt.

Sie lauschte auf die Geräusche des Hauses: Knarren im oberen Stockwerk, aha, Babett ging aufs Klo, Dielenknarren. Brummen, der Kühlschrank hatte sich eingeschaltet, das hörte man also auch im Wohnzimmer, genau, die Durchreiche war offen.

Das Mädchen war so weit gesund gewesen, dass sie eine Stadtrundfahrt durch Kiel machen konnten. Die Förde, die war ganz hübsch – warum beließ man es nicht dabei und karrte die armen Touristen einfach nur dorthin? Stattdessen wurde ihnen tatsächlich ein rotbrauner Backsteinquader als «Schloss» vorgestellt. Babett war richtig arrogant geworden und hatte Heidelberger Lokalpatriotismen durch den halb leeren Bus posaunt, bis sie von einem Rentnerpaar ermahnt wurden.

Aber das war alles nichts gegen das Desaster heute Morgen: Am Kieler Bahnhof Theuers überraschende Mitteilung, er könne sie nicht abholen, da sein gesamtes (!) Team mitgekommen sei, aber – keine Angst – ein Hotel in der Nähe beziehe.

«Also, ich kann dich schon holen, aber erst muss ich die Jungs abladen.»

«Was läuft denn da für eine Scheiße?»

«Nichts! Ich erklär's dir später. Also, ich fahr jetzt die Jungs, aber dann kann ich ...»

«Bemüh dich nicht, Vollidiot! Ich nehm den Zug. Bin ja am Bahnhof.»

«Richtig, da fahren Züge ... am Bahnhof ...»

(Stimme von Haffner, schleppend artikuliert: «Wo, wo fahren Züge? Ich seh keine Züge ...»)

Um 14 Uhr waren sie angekommen, die müde Yildirim mit zünftigem Ohrentrillern und kranker Babett, kein Empfangskomitee, klar, aber auch kein Taxi.

Bis sie Mensch und Material zum Haus geschleift hatte, war es fast drei, und sie fühlte sich wund an Leib und Seele – und wütend.

Es war ruck, zuck zu einer Riesenbrüllerei gekommen, mit Theuers melodramatischem «Dann ziehe ich eben auch ins Hotel!» als lächerlichem Höhepunkt.

«Allerdings, und zwar bitte bald!»

Yildirim ging in die Küche, auch dort dominierte helles Holzfurnier, was ihr eigentlich nicht gefiel. Ansonsten war das Haus schön: alt, Backstein mit einem breiten Giebeldach. Ein kleiner Garten war dabei, so eingewachsen, dass man von Fußweg und Straße, deren spitzer Kreuzungswinkel die Grundstücksgrenze markierte, nicht gesehen werden konnte, eine Dachterrasse, ein kleiner Hof, und man sah von vorne über den alten Hafen die weitgehend erhaltene Innenstadt und die Bucht.

Was sie aber überhaupt nicht begreifen konnte, war Senfs angebliche Mängelliste, nach der Theuer – über die Maßen stolz auf seine soziale Tat – einen Waschkorb voll Haushaltsutensilien mitgebracht hatte.

Kaum zu glauben, dass es im letzten Sommer zum Beispiel keine Tassen gegeben habe. Das schien auch Theuer zu beschäftigen, nur war nicht viel Zeit zum Reden gewesen. Und ungeachtet seines dahingestammelten Versprechens, die Jungs würden sozusagen unsichtbar im Hotel residieren, ungeachtet der Tatsache, dass dieses Hotel namens *Siegfriedwerft* sein warmes Schwedenrot vom drei Minuten entfernten Hafenbecken erstrahlen ließ, lagen nicht drei, sondern sechs Henkelbecher im sinnlosen Überlebenskorb, hatte Haffner den Kühlschrank mit Alkoholika nach seinem Geschmack bis an die Grenze des Stapelbaren gefüllt. Wenigstens dagegen würde sie jetzt etwas tun. Flensburger Pils, Bügelflasche, plopp. Sie öffnete die Tür zum Hof und zündete sich eine Zigarette an.

Die Jungs würden die ganze Zeit da sein.

Theuer war genauso einer wie die übrigen Männer. Zu Hause, das ist Essen, Trinken, Ficken, und das echte Privatleben spielt sich in Männerrunden ab.

Sie wusste, dass sie möglicherweise ungerecht war, fürchtete, es nicht zu sein. Und nun stand also eine abendliche Aussprache an.

Sie schaute zur Uhr, jetzt müsste er kommen, tatsächlich, der Theuer war pünktlich, es klopfte.

Sie saßen nebeneinander, aber sie berührten sich nicht. Auch Theuer hatte sich ein Bier genommen, rauchte eine von ihren Zigaretten.

«Es tut mir wirklich Leid», sagte er zum vierten Mal. «Es ging alles so wahnsinnig schnell. Plötzlich schien es total logisch, dass wir alle hierher fahren. Und jetzt habe ich den Eindruck, dass wir alle gar nicht wissen, was wir hier sollen.»

Yildirim seufzte. «Ich weiß es eigentlich schon, Theuer. Ich möchte, dass es Babett endlich wieder gut geht. Du kannst mir im Übrigen nicht erzählen, du könntest vergessen, dass der Junge von hier stammte. Aber ich habe dafür jetzt keinen Nerv.»

Theuer starrte traurig zu Boden. «Das nennt man doch professionelle Deformation. Du hast natürlich Recht – ich habe mir die Adresse von Anatolis Mutter aufgeschrieben. Ich will kondolieren ...»

«Das verstehe ich, aber, wie gesagt, ich will nichts damit zu tun haben.»

«Und das versteh wieder ich.» Theuer griff nach ihrer Hand. «Demnach verstehen wir uns doch!»

«Da traust du dem Wort ein bisschen viel zu.» Sie ließ ihn ihre Hand halten, den Druck erwiderte sie kaum.

Er tat so, als merkte er es nicht: «Was mich aber am meisten beschäftigt, ist Senf.» Er erzählte von dessen seltsamem Verhalten, auch von der – im Abstand betrachtet – eigenartigen Urlaubsplanung.

«Du meinst, Senf wollte euch hierher bringen?»

«Scheint fast so. Und dann ginge es eben wohl doch um den Fall. Aber wenn er etwas weiß oder ahnt, warum sagt er es dann nicht?»

«Siehst du, Theuer, es geht schon los. Wir reden nicht über uns, sondern über einen Fall.»

«Ach, Mann. Was soll ich denn machen?» Theuer hatte sein Bier leer und holte sich ein neues. «Ich werd dem Haffner sagen, dass er seinen Alk woanders bunkern soll ... Ja, und seit wir da sind, ist er verschwunden, also ich rede jetzt wieder von Senf. Spazieren hat er gesagt, seit Stunden, bei Nacht und Kälte ...»

Yildirims Gesicht verschloss sich.

Theuer merkte es wenigstens. «Ich gehe dann mal ins Hotel.»

Er schien zu hoffen, dass sie ihn zurückhielt, irgendwie hoffte sie es selbst, aber sie tat es nicht.

Dann trank sie Bier, Korn, heulte ein bisschen, brach ein weiteres Mal den Schwur, nur im Freien zu rauchen beziehungsweise so gut wie gar nicht. Das Telefon klingelte, erschrocken nahm sie ab, es war Theuer.
«Ich bin dann also hier unten», sagte er.
«Wir reden morgen, Jockel, okay? Ich kann nicht mehr.»
«Jaja, schlaf gut.»
«Du auch.»

Es war ein herrlicher Tag, blauer Himmel, kaum Wind. Eckernförde hatte eine richtige Altstadt, kleine Gässchen geduckter Häuser, aber auch herrschaftliche Kontore im Zentrum. Yildirim musste es zugeben, die Stadt gefiel ihr. Sie waren die ganze Promenade hinunterspaziert, ließen sich nicht dadurch stören, dass man letztlich, wenn man immer weiter am Strand ging und nicht – so hatte sich Theuer ausgedrückt – «höllisch» aufpasste, direkt in den Stacheldraht eines Marinestützpunktes lief. Kehrt marsch und zurück durchs Zentrum. Gut, ein paar Bausünden, aber ohne die ging es ja anscheinend nirgends. Gerührt registrierte Yildirim, dass der einzige Dönerladen, den sie gesehen hatte, gerade erst eröffnet worden war. Am alten Hafen rasteten sie in stummer Eintracht bei einem kleinen Pavillon, um Krabbenbrötchen zu essen, und dann gingen sie nochmals zum Strand, umkreist und angeschrien von Möwen, richtig im Norden. Die Haut begann zu prickeln, nasser Sand glänzte auf ihren Stiefeln, sie setzten sich auf eine Bank und schauten den kleinen Kuttern zu.

«Ob man hier im Sommer baden kann?» Theuer klang entspannt, ja schläfrig.

«Natürlich kann man hier baden», lachte sie und schob sich an ihn. «Wir sind nicht in Island!»

Dem schweren Ermittler tat es wohl, dass endlich wieder ein wenig Heiterkeit zwischen ihnen war.

«Im Ruhestand könnten wir doch in den Norden ziehen», schlug er vor und streichelte ihren Kopf.

«Theuer, bis ich im Ruhestand bin, bist du siebenundachtzig.»

Er nahm die Hand weg und verkniff sich fast unter Schmerzen, wieder von Senf zu reden. Beim Frühstück war der Karlsruher eisern dabeigeblieben, einfach die Wege des letzten Sommers noch einmal abgelaufen zu sein.

Yildirim las eifrig in einem Faltblatt der Kurverwaltung, das im Haus stapelweise auslag. «Also, der Ortsteil, in dem wir wohnen, heißt Borby.» Sie räkelte sich. «War früher ein eigener Ort. Und Eckernförde war auch zeitweise dänisch, es gibt immer noch eine dänische Schule und eine dänische Kirche ... Da bin ich aber ganz froh, dass es das nicht mehr ist. Nach der Geschichte letztes Jahr ...»

Theuers Blick fiel auf ein Paar, das heftig gestikulierend am Strand entlangging. «Kuck mal», grunzte er behaglich, «die haben noch mehr Krach als wir.»

Yildirim kniff die Augen zusammen: «Die haben keinen Streit, mach dir keine Hoffnungen. Die lachen doch! Das ist Gebärdensprache.»

«Du meinst, sie sind taub?» Theuer empfand ein plötzliches tiefes Mitleid, weil diese Menschen ja dann sozusagen nie Popmusik würden hören können.

Yildirim kicherte: «Na, mindestens einer davon. Oder es sind Sonderschullehrer, die trainieren. Ich finde die Sprache faszinierend.»

In der Tat war auch Theuer von der stillen, temperamentvollen Choreographie der beiden Spaziergänger gepackt. Es war ein junges Paar, das so gar nicht den Eindruck machte, in einer öden, stillen Welt zu leben.

«Blindheit entfernt einen von den Dingen, Taubheit von den Menschen, habe ich mal gelesen», sagte Yildirim. «Aber so stimmt das nicht. Zumindest nicht immer.»

Ein Gedanke, nein die Vorstufe eines Gedankens, ein kleiner neuronaler Strudel schraubte sich in Theuers Kopf. Etwas an den Bewegungen der beiden kam ihm bekannt vor, und es rührte an einen schmerzenden Punkt.

«Ich hatte neulich eine gehörlose Zeugin, da habe ich eine Dolmetscherin kommen lassen, die Zeugin war vielleicht sauer!» Yildirim wurstelte sich eine Zigarette aus der zerknitterten Packung. «Tolle Frau, kann Lippenlesen und Gebärden und bestand darauf, ohne Übersetzerin auszukommen, daher weiß ich jetzt ein bisschen darüber Bescheid. Wir waren nach der Verhandlung noch einen Kaffee trinken. Mit der hätte ich gerne Kontakt.»

«Du hast ja eigentlich wenige Freundinnen, oder?»

Der charmante Hauptkommissar wollte sie in diesem Moment nackt ausziehen und in ein großes Schaumbad legen.

«Eine persönliche Frage, das ist doch mal was!», antwortete seine Begehrte kühl. «Wenn auch keine sehr freundliche.»

Maßstabgetreu, aber unverkennbar trieb ein Eisberg in der Badewanne, das lustvolle Bild war zerstört. Das fröhliche Paar entschwand seinen Blicken hinter einem hölzernen Spielschiff für Kinder am Anfang der Promenade, oder war es das Ende? Und was war mit diesen Bewegungen?

«... immer wieder war das so, ich habe jemanden kennen gelernt, und dann ist sie oder er weggezogen. Ich hätte sehr gerne einen größeren Freundeskreis, aber wann komme ich denn unter Leute? Mit Claudia ...»

«Welche Claudia?»

«Die, von der ich gerade erzählt habe, meine Kollegin im Referendariat, die tödlich verunglückt ist, ach, vergiss es doch.» Zornig und enttäuscht warf sie ihre Zigarette weg.

«Nein, der Satz, den ich vorhin gesagt habe und den ich aus gewissen Gründen jetzt noch einmal wiederhole: ‹Taubheit trennt von Menschen›, ist zumindest nicht erschöpfend. Menschen trennen von Menschen, sich und andere. Ich gehe hoch zum Haus.»

Theuer saß und saß, er war sich selbst zu schwer. Warum machte er denn immer alles falsch? Immer. Alles. Das war ja sogar noch so eine Art umgekehrter Größenwahn. Ach, dass man sich nicht einfach abwerfen kann, als scheuender Gaul den ganzen Mist wegschleudern. Die paar netten Sachen behalten. Seine Laune stürzte allmählich ins Bodenlose.

Neuer Versuch: zurück zum Petersberg hoch. Als er ankam, traten Yildirim und Babett gerade ins Freie.

«Sie hat Blut gespuckt.» Yildirims Stimme klang angespannt. «Ich glaub langsam nicht mehr, dass das einfach eine Bronchitis ist. Da unten», sie deutete vage nach links, «gibt's so eine Art Ärztehaus, ich geh jetzt mal mit ihr hin.»

«Wie geht es dir?», fragte Theuer hölzern in Babetts Richtung.

«Na prima, hast du doch gehört», entgegnete die blasse Göre.

«Soll ich mit?», wieder zu Yildirim.

«Ach Theuer», sagte sie. «Wir werden bald mal einen heben, wenn die Kleine gesund ist, ja?»

Also gut. Er würde jetzt erst mal die Sache mit Senf klären. Beleidigt wandte er sich um und stapfte zum Hotel.

Er wählte Senfs Nummer. Niemand nahm ab. Gut oder vielmehr gar nicht gut, beschissen, na ja, Zeit, die hatte er ja im Moment. Er würde warten, bis er den kaum noch frechen Kollegen zu fassen kriegte.

Er rief bei der Rezeption an und bat, man möge Herrn Senf, wenn er denn zurückkehrte, mitteilen … ach so, der hatte seinen Schlüssel dabei. Dann würde er also gar nicht vorbeikommen. Schönen Tag noch.

Theuer hatte im Hotelrestaurant etwas gegessen und wusste bereits beim Verlassen des Lokals nicht mehr, was. Er war in den tiefsten Gedanken gefangen. Aus diesem Ort war der Junge gekommen, was hatte ihn jetzt hierher gespült, was passierte denn um Himmels willen, während scheinbar gar nichts passierte? Er sah aus dem rechten Augenwinkel Senf über die Zugbrücke Richtung Altstadt gehen. Ohne zu überlegen, nahm er die Verfolgung auf.

Senf entdeckte ihn am Strand und wartete ruhig, bis ihn Theuer eingeholt hatte.

«Fredersen springt in Höhe der Jugendherberge bei jedem Wetter mittags um drei ins Meer. Das will ich mir anschauen.»

«Woher weißt du das?», fragte Theuer und versuchte ruhig zu bleiben.

«Spricht sich rum.» Senf ging weiter.

«Stopp!»

Senf schaute spöttisch über die Schulter. «Bin ich verhaftet?»

«Sozusagen.» Da aber Senf ruhig weiterging, blieb Theuer nichts anderes übrig, als ihm zu folgen. Wortlos, was sein Gefühl von Unwirklichkeit verstärkte.

Irgendwann blieb Senf dann stehen, demnach war man jetzt da. Senf hatte es geschafft, wenn das sein Ziel gewesen sein sollte. Der Ermittler nahm Witterung auf: Fredersen, was sollte mit ihm sein?

Und da war er. Tatsächlich, Fredersen. Er schaute direkt in ihre Richtung. Ob er sie erkannte? Es schien fast so. Trotzdem, allenfalls nachdenklich verlangsamt zog der Lehrer seinen Pullover aus, entstieg Schuhen und Hose. Eine Hand voll Jungs kam aus der Jugendherberge gelaufen.

«Kinderfreund, nicht wahr?», sagte Senf. Auch Theuer gefiel die Nähe des Pädagogen zu den Jugendlichen nicht. Einer rief mit gezückter Digitalkamera: «Fredi, deine Mailadresse. Ich schick dir dann deinen Sprung!»

Der Lehrer, schon in der Badehose, schrieb linkshändig in ein Notizbuch.

«Ist beliebt bei der Jugend», fuhr Senf fort. «Allein stehend. Seine Nachbarin hat mir erzählt, dass er früher gerne auch mal Partys mit jungen Leuten gefeiert hat. Aber als es Gerede gab, hat er damit aufgehört.»

«Du ermittelst tatsächlich. Warum reden die Leute überhaupt mit dir?»

«Ich zeig meine Marke.»

Theuer schaute Senf an, als lernte er ihn ein zweites Mal kennen. Das sonst oft verschmitzte Gesicht des Karlsruhers sah müde aus und – hart, fast tödlich entschlossen.

«Er wird das mitkriegen.»

«Das ist unter anderem der Zweck der Übung.»

«Und uns hast du reingezogen.» Theuer wurde zornig.

«Ey, der macht das wirklich», rief einer der Jungs. Fredersen sprang ins Wasser.

«Gut», sagte Senf. «Er hat uns gesehen, der harte Fördeschwimmer. Gut, dass Sie dabei waren. Ich gehe.»

Theuer packte ihn grob am Arm und riss ihn herum. «Was soll das, verdammt? Ich bin sehr ungern jemandes Marionette! Warum sind wir hier? Du hältst ihn für …»

Senf machte sich, unpassend zur gezeigten Entschlossenheit, fast weibisch los. «Ich gehe jetzt zu Anatolis Mutter. Kommen Sie mit?»

«Da wirst du nicht hingehen.»

«Doch!»

«Nein, und zwar …» Theuer hob verzweifelt die Hände. «Weil ich heute Abend hingehe. Und deshalb tust du es nicht, du mutest der Frau nicht den Schmerz eines zweiten Polizeibesuchs am selben Tag zu.»

«Gut», sagte Senf, immer noch in diesem fast schläfrigen Ton, der Theuer zunehmend rasend machte. «Dann eben Sie.»

«Und Folgendes, Senf.» Fredersen entstieg dem Wasser, Theuer senkte die Stimme.

«Wir treffen uns nach meinem Besuch bei Yildirim. Ich will die Sache besprechen. Ich kann dir nur raten zu kommen, und du wirst es den Jungs ausrichten. Um halb zehn, dass das klar ist!»

Senf nickte, Theuer ließ ihn stehen.

Rasch zurückgehend, tippte er Yildirims Nummer.

«Na, Theuer?»

«Hör zu, ich habe ... Ich meine, wie geht es Babett?»

«Sie hat tatsächlich eine Lungenentzündung. Wir mussten ins Krankenhaus zum Röntgen. Sie kriegt jetzt ein Hammerantibiotikum, das nimmt man nur einmal, und dann müsste man morgen schon eine Besserung feststellen ...»

«Jajaja, wunderbar», unterbrach Theuer. «Ich gehe jetzt hier zur Polizei. Da ist was mit Fredersen und Senf ...»

«Was? Wer ist denn nochmal Fredersen?»

«Ach später, tschüs. Nein! Halt! Übrigens, ich hoffe, das ist dir recht, ich habe die Jungs zu dir bestellt um halb zehn, und dann wird Senf mal erklären, was das alles soll ... Es ist dir nicht recht ...»

«Nein.» Ihre Stimme hätte eine dicke Rübe schockfrosten können. «Das ist mir überhaupt nicht recht.»

Er schaltete sein Handy ab.

Die «Polizeizentralstation», so nannte man das also hier, fand er frivolerweise in Nähe einer Straße, die den Namen Reeperbahn trug. Nach einigem Hin und Her konnte er schließlich einen Hauptkommissar Bongartz sprechen, blond, blauäugig, breitschultrig, fast hätte Theuer zur Begrüßung salutiert.

«Nehmen Sie Platz.» Bongartz wies ihm lässig einen Stuhl zu.

Theuer begann ziemlich ungeordnet, entschuldigte sich

hierfür dämlicherweise mit dem Reizklima an der See, was Bongartz mit hochgezogenen Brauen abnickte, rang sich aber allmählich zu einer seiner Meinung nach schlüssigen Darstellung durch.

Als er geendet hatte, bot ihm der Kollege freundlich Kaffee an, den er dankend annahm.

«Also», sagte Bongartz und nippte seinerseits an einem mit Seemannsknoten gemusterten Henkelbecher. «Sie sind hier in Urlaub, und ich soll wegen Ihnen oder wegen Ihres Kollegen, der hier auch Urlaub macht, jemanden unter die Lupe nehmen?»

«Das habe ich doch nicht gesagt», seufzte Theuer. «Doch, das habe ich gesagt.»

«Ich sollte vielleicht besser Ihren Kollegen beobachten, wenn der hier auf eigene Faust die Leute irremacht, oder? Sind noch mehr Heidelberger da?»

Theuer starrte in den Kaffee. «Wir sind zu viert. Unser Kollege hat uns herbeschissen.»

«Geht mich mal nicht so sonderlich viel an, nö?»

«Was Sie etwas angehen könnte.» Theuer gab sich einen Ruck, so schnell wollte er jetzt auch wieder nicht der Depp sein. «Ob es in der Vergangenheit des Lehrers Fredersen – dunkle, dunkle Flecken gibt.»

Bongartz lächelte dünn.

«Ich behaupte nicht, dass ich mehr als eine vage Idee hätte.» Theuer fühlte eine große Blamage aufziehen.

«Wie fänden Sie das, wenn in Heidelberg plötzlich ein paar Nordlichter auftauchen und Ihnen wirres Zeug über einen Fall erzählen, den sie angeblich schon vor geraumer Zeit gelöst haben? Sie tauchen hier auf und stehlen meine Zeit, weil ein Kollege Sie anscheinend verarscht hat. Wie gesagt: Wie fänden Sie das umgekehrt?»

«Fänd ich richtig scheiße», bellte Theuer, «aber das kann nicht passieren, die bekämen ja schon mal kein Visum.»

Erbittert strich der schwere Ermittler durch die Stadt, ging irgendwo Kaffee trinken, aß irgendwo eine Wurst. Es war dunkel, aber noch zu früh für seinen Besuch. Scheiß Senf, genau, das sollte man mal untersuchen, er rief Leidig an. Ja, der würde sich darum kümmern.

Er ging wieder Kaffee trinken, zählte die Schläge seines aufgepeitschten Herzens und wartete.

«König?»

«Was ist?»

«Ach, Cornelia, ich habe dich gar nicht runterkommen sehen. Da hat gerade jemand angerufen und gleich wieder aufgelegt. Was ist, was stehst du so da?»

«Vielleicht ruft er gleich nochmal an.» Sie ging zum Telefon.

Ihr Vater wich ein paar Schritte zurück, setzte sich auf die Truhe. «Du bist manchmal zum Fürchten. Wie du gerade gegangen bist, wie eine Blinde.»

Das Telefon. Cornelia nahm ab.

«Ja?»

«Fredersen. Die Heidelberger Polizisten sind da, die sind hinter mir her. Du machst es wie besprochen.»

«Ja.» Sie legte auf. Sie mühte sich an einem Lächeln, aber da sie nie lächelte, stimmte das ihren Vater keineswegs milde.

«Was ist?»

«Ich muss weg, Vati. Es kann spät werden.»

«Du gehst nicht weg.» König stand auf. «Wo willst du denn um diese Zeit noch hin? Alleine, du bist noch fast ein Kind.»

«Ich nehm dein Auto.» Sie merkte, dass es fast Spaß machte, ihn immer weiter zu reizen.

«Wie bitte? Du würdest ohne zu fragen einfach mein Auto ...»

«Ich kann fahren, du hast mir in Dänemark ...»

König knetete hysterisch seinen Vollbart. «Es geht nicht darum, dass du dich beim Fahren dort ganz geschickt angestellt hast! Es geht darum, dass du noch nicht fahren darfst!»

«Dort durfte man auch nicht.»

«Das war eine menschenleere Insel, Cornelia, was ist denn nur los? Was sind das für Zettel, die ich in der Asche gefunden habe? Wer hat da geschrieben, das ist doch nicht deine Schrift!»

Zum ersten Mal, keine ganze Sekunde, fühlte Cornelia das Bedürfnis zu reden. Ja, ich war es. Deine Kartoffelsack-Tochter war es. «Ich ...» Den Rest behielt sie, fast hätte sie sich den Hals zugedrückt. «Ich gehe. Morgen bin ich irgendwann wieder da.»

«Du gehst nicht.» König stellte sich tatsächlich zwischen sie und die Tür. «Noch kann ich dir das verbieten. Wer hat da angerufen?»

«Lass mich durch.»

«Wer hat was aufgeschrieben, was man verbrennen muss?»

Und jetzt schrie sie. Schloss die Augen, schrie, was der Leib hergab, so, als wäre sie eigentlich nur dazu geboren, dieses eine Mal den Schmerz in die Welt zu schleudern. Sie fühlte die Hände ihres Vaters, er packte sie am Handgelenk. Irgendetwas sagte er, sie verstand es nicht, bekam die rechte Hand frei und schlug, schlug noch einmal, ein Brennen, er hatte zurückgeschlagen, grelles Pfeifen im Ohr, sie riss die Augen auf. Er stand direkt vor ihr, eine Braue schwoll an, die Lippe blutete.

Er war kleiner als sie. Sie war also weiter gewachsen. Sie las Entsetzen in seinen Zügen und sah vertrocknete Speisereste in seinem Bart, Falten, die sich unter den Augen kreuzten, wässrige, flackernde Augen. Alles verschwamm. Das Pfeifen ließ nach.

«Karate ist doch wirklich gut für mein Selbstbewusstsein. Ich hab die Zettel geschrieben.»

«Das ist nicht deine Schrift.»

«Nein, das ist Anatolis Schrift.» Plötzlich musste sie lachen. «Ich habe ihn totgehauen. Knack hat es gemacht.» Interessiert beobachtete sie, wie seine Beine nachgaben. Als wirkten ihre Schläge jetzt erst, sank er langsam, an der Tür entlanggleitend, zu Boden.

«Nein.»

«Doch.» Sie setzte sich neben ihn. «Ist doch fast wie in deiner Grundschulklasse. Man setzt sich auf den Boden», sie konnte gar nicht aufhören zu kichern, «und erzählt sich schöne Geschichten. Komm, du toller Papa, ich erzähl dir was, ich erzähl dir die Geschichte von der kleinen Spatzenfrau, die ganz groß war und gut rechnen konnte ... Und dann wirst du mit mir gehen. Sonst ist das Leben vorbei.»

König hielt sich stöhnend den Kopf. «Ich verstehe nicht ...»

«Ich komme ins Gefängnis.» Sie spürte eine perverse Freude, jetzt, am Ende aller Dinge – zu spielen. Wie früher, als sie am glücklichsten war, wenn sie mit Lego kühne Konstruktionen baute. «Und du hast mich gedeckt. Von Anfang an. Ich hab dich angerufen, wie wär das? Hast mich und Fredersen beraten? Ich nehm dich mit, nur Beate will ich nicht dabeihaben ...»

«Was ist mit Fredersen?»

«Er hat gerne seinen Pimmel in Anatolis Maul gesteckt. Deshalb hat er auch ein bisschen mit der Sache zu tun. Komm!» Sie tupfte mit dem Zeigefinger neckisch die kalte Nasenspitze ihres schlotternden Vaters, der schockiert zurückzuckte, sich den Kopf an der Tür stieß.

«Wie fände das deine Freundin?», fragte sie leise. Er hob täppisch die Hand. Sie wich gar nicht aus. Ein Klatschen, wieder das Pfeifen, nur nicht so stark.

«Auwauwau! Das konntest du vorhin besser.» Sie stand auf. «Und jetzt komm. Ich kann es auch alleine, aber mit dem Auto ist es bequemer.»

Müde stapfte Theuer durch die dunkle Stadt.

Norderstraße 13, ausgerechnet, so wunderbar zu merken, die Unglückszahl und die Himmelsrichtung. Immer wieder musste er fragen, weil er die letzte Wegbeschreibung vergessen hatte.

Was sollte der Besuch bringen? Einen Hinweis, eine Idee, Assoziation? Ganz bestimmt neuerlichen Schmerz für die Mutter, dieser mitfühlende Gedanke kam ihm allerdings erst, nachdem er geklingelt hatte. Die Tür wurde ohne Rückfrage geöffnet.

Eine verhärmte, aber gepflegte blonde Frau stand in der Wohnungstür. «Die Sprechanlage ist kaputt. Was wollen Sie bitte?»

Ihr Deutsch war gut, wenn auch der Akzent unverkennbar war. Theuer stellte sich keuchend und beklommen vor.

Sie saßen am Wohnzimmertisch, die Mutter hatte Tee gemacht. Nicht irgendwie exotisch russisch, sondern in einer friesischen Kanne. Theuer entsann sich, dass sie ja Tierärztin gewesen war. Man sah, dass die Familie haushalten musste, aber die Wohnung war sauber. An den Wänden hingen Tierbilder.

«Sie mögen Tiere? Gehört ja auch zu Ihrem Beruf.» Er deutete zur Wand, erst danach fiel ihm Anatolis Leidenschaft ein.

«Die hingen alle beim Großen im Zimmer», sagte sie traurig. «Er hat die Tiere sehr geliebt, mehr als ich. Ich war in Russland Tierärztin am Schlachthof.»

Theuer nickte. In einem Schlachthof konnte er sich die zierliche Frau nicht vorstellen.

«Ich habe es nicht gerne gemacht», sagte sie dann auch. «Aber man musste eben leben. Mein Mann hat uns ja sitzen lassen.»

«Und Sie haben es geschafft herzukommen.»

Sie seufzte. «Ich habe gedacht, ich tu es für das Glück meiner Kinder. Ich werde hier nichts, mein Studium ist nicht anerkannt. Ich sitze da unten, sie zeigte mit dem Kopf nach rechts, «bei Markant an der Kasse, immerhin komme ich zu Fuß hin.» Sie wischte sich die Augen. «Aber was rede ich für Sachen.

Sie sind also Polizist aus Heidelberg. Sie glauben nicht, dass es der Affe war?»

«Ich weiß im Moment gar nicht, was ich denken soll.»

«Ich habe es nie geglaubt. Anatoli war verrückt nach Tieren, aber er war nicht dumm. Er war vorsichtig, hat auf seine Geschwister aufgepasst ...» Sie schluchzte. «Ach, ich habe ihn ja so geliebt. Weil ich ihn erst nicht lieben konnte. Er sah dem Mann so ähnlich, der mich wegen einer billigen Person gedemütigt hat, und Anatoli konnte doch nichts für diese Ähnlichkeit. Haben Sie Kinder, Herr Theuer?»

«Ja, nein, eine Pflegetochter, seit nicht allzu lange.»

«Lieben Sie sie?»

«Also, ich probiere es ...»

«Man riskiert zu viel, wenn man liebt.» Der Ermittler ertrug ihr bitteres Weinen kaum. «Die Kleinen, ich möchte sie gar nicht mehr hinauslassen. Wie soll ich leben, wenn auch einmal sie auf Klassenfahrt gehen? Und wie sollen sie groß werden, ohne Erfahrungen zu sammeln? Es tut mir Leid, es wäre mir lieber, wenn wir nicht mehr sehr lange reden müssten.»

Theuer betrachtete seine Schnürsenkel.

«Ja, natürlich. Sagen Sie mir nur, ob Ihr Sohn in der letzten Zeit verändert war.»

«Ja, das war er. Er war stiller, ein paar Monate schon. Und

dann hat er plötzlich lauter schöne Bücher gehabt. Naturbücher und über Tiere. Er hat gesagt, er gibt in der Schule Nachhilfe und verdient Geld. Ich hatte Angst, dass er stiehlt. Er hatte so eine zweite Seite. Hat sich immer gerne versteckt, hat gerne andere belauscht. Ich hoffe, er hat nicht gestohlen. Und wenn, dann will ich es nicht erfahren, verstehen Sie?»

«Ich glaube nicht, dass er gestohlen hat», sagte Theuer bedächtig. «Ich denke, er hat Geschenke bekommen. Haben Sie das der Polizei gesagt? Das mit den Büchern?»

«Nein.» Sie schaute ihn freundlich an. «Es hieß ja doch, die Heidelberger haben das aufgeklärt.»

Theuer erhob sich. «Es tut mir Leid, wenn wir das nicht getan haben sollten, es tut mir Leid, dass ich hier war.»

«Versprechen Sie, es aufzuklären?» Sie begleitete ihn zur Tür.

«Das kann ich nicht.»

«Ich verstehe, auf Wiedersehen, Herr Theuer.»

# 10

Halb zehn. Die Jungs waren pünktlich, sogar der Theuer. Yildirim hätte sie gerne auf der Stelle ermordet, vor allem den Theuer.

«Also, Herr Senf», sagte sie und versuchte ihre Stimme ruhig zu halten, «ich sehe das richtig – Sie waren letztes Jahr schon einmal hier? Im Sommer?»

Senf nickte. Theuer beobachtete ihn genau. Sein rechtes Augenlid zuckte.

Yildirim hielt ein blaues Album in die Höhe. «Hier ist das Gästebuch. Das Haus war im Sommer lückenlos belegt. Und alle waren so nett und haben begeisterte Kommentare hinterlassen!

Wie war das Wetter 2003?»

Senf zuckte mit den Schultern: «Na, so durchwachsen, wie es hier halt ist ...»

«Jahrhundertsommer, schon vergessen? Auch hier!

Was jetzt, Herr Senf?»

Haffner schaute überrascht zu seinem bedrängten Kollegen. «Du hast gelogen? Innerhalb des Teams?»

«Kein Mensch schreibt allerdings irgendetwas davon, dass es keine Tassen gäbe, dass man Gewürze braucht, eine Thermoskanne ...»

Senf keuchte.

«Das ist jetzt nicht mehr witzig, Senf», schaltete sich Theuer ein. Wenn er mal nur bei der Sache bleiben konnte, er wusste nicht mehr, wo oben und unten war. «Du benimmst dich seit Wochen äußerst seltsam, bringst uns hierher und ... Ich will jetzt genau wissen, was los ist. Du denkst, dass Fredersen Anatoli … Ja, was denkst du eigentlich?»

Leidig unterbrach ihn. «Die Kollegen in Heidelberg vermissen einen ganzen Satz Kopien über King Kong, ich habe heute mal angerufen, und das», er hielt einen Packen Papier in die Höhe, «habe ich in deinem Zimmer gefunden.»

Senf schaute nicht hin.

«Der Geschäftsführer des Hotels war anscheinend einsichtig, man kann ja mal was im Zimmer eines … eines Freundes», Theuer sprach das Wort sehr langsam aus, «vergessen … Danke, Leidig. Es war meine Idee, Senf, bevor du jetzt dem Falschen böse bist.»

Lastende Stille, Yildirim nahm sich eine von Haffners Zigaretten.

«Schöne Scheiße! Riesenscheiße, Senf. Ich wollte mit einem kranken Mädchen in Kur und werde hier Teil eines Spiels, das ich nicht verstehe. Aber ich werde es verstehen, noch heute.»

Endlich richtete sich Senf auf. «Ja, es stimmt. Ich habe euch benutzt. Missbraucht …»

«Na, das ist vielleicht ein etwas großes Wort», meinte Leidig.

«Ich meine es anders.»

Senf stand auf, ging zum Fenster, wandte ihnen den Rücken zu und schaute hinaus.

«Verdammt!», schrie Yildirim. «Sie kommen nicht aus der Nummer! Ich bin auch Staatsanwältin, immer noch. Ich bin nicht nur mein eigener Kurschatten!»

«Ich dachte, ich wäre …»

«Halt das Maul, Theuer, halt einfach dein blödes Maul.» Sie sprang auf. «Ihr reist morgen ab. Oder ich. Ich mach das nicht mehr mit! Ich möchte nach Hause. Ich will …» Sie stand mit dem Rücken zur Tür. «Das war also die Erholungsreise für ein krankes Mädchen. Gut. Danke, Herr Theuer.»

«Warum denn jetzt ich?», schrie der. «Senf hat das eingefädelt, ich habe doch überhaupt von nichts gewusst, hab ich doch!»

Wütend sprang er auf und ging zum Fenster, packte den Kollegen am Arm.

«Nicht anfassen!», schrie der in einer Angst, die Theuer verschreckt zurückweichen ließ.

«Was hast du für ein komisches Geheimnis? Hast du was mit den Jungen zu tun?»

Senf wandte sich um, bleich im Gesicht.

«Ja, das fehlt noch. Dass jetzt ich in Verdacht gerate. Deshalb lasse ich auch eine von zig kopierten Akten verschwinden. Lachhaft ist das.»

«Mir ist nicht zum Lachen», sagte Theuer.

«Gut, ich war noch nie hier.» Jetzt, wo er die Stimme erhob, fiel Theuer auf, dass der Karlsruher sonst noch nie laut geworden war. «Ich habe meine Gründe, dass ich herkommen wollte. Als Sie dann», er schaute zu Yildirim, die kopfschüttelnd auf den Boden starrte, «eine Unterkunft am Meer gesucht haben, kam mir der Gedanke, ich könnte mehr erreichen, wenn ich noch jemanden aus dem Team vor Ort hätte. Dass es alle drei werden, hätte ich ja gar nicht gedacht. Die Akten habe ich mitgenommen, um zu ermitteln, verdammt.»

«Wenn du etwas weißt», schaltete sich Haffner ein, die kollegiale Enttäuschung ließ seine Stimme tief und alt klingen, «warum leitest du es nicht an die Küstenbullen hier weiter? Was ist das für eine Scheißnummer?»

«Ich weiß nichts, verdammt. Da gibt es keine Fakten oder so, wenn überhaupt, dann könnte ich ...»

«Du hast bei einem der Verhöre etwas gemerkt, das du uns allen nicht sagen wolltest, trotzdem willst du uns dabeihaben, das verstehe ich nicht.» Jetzt rauchte auch Leidig Reval.

«Ich wollte, dass ihr es selbst rauskriegt. Ich habe einen Köder ausgeworfen, aber der Fisch hat bis jetzt nicht angebissen.»

«Jetzt hören Sie auf.» Yildirim stemmte sich hoch. «Ich mach Sie fertig. Ich telefoniere notfalls nachher mit der hiesigen Staatsanwaltschaft und lasse Sie wegen irgendwas verhaften. Das geht nämlich. Akten verschwinden lassen reicht. Den Rest erfinde ich.»

Senf drehte sich um. «Eine Zelle überstehe ich nicht. Das ist mein Tod. Schon das Hotelzimmer ... Wenn es mir nicht wichtig wäre, würde ich mir das nicht antun. Ich schlafe überhaupt nicht ...»

Yildirim starrte ihn zornig an, Theuer sah, dass sie abgenommen hatte, dabei war sie ohnehin doch so dünn. Ihr Gesicht war hart, spitz wie der Schnabel eines Raubvogels: «Die Zelle oder auspacken», sagte sie leise.

Senf warf ihr einen tieftraurigen Blick zu, kehrte zurück zur Sitzgruppe.

«Also ich glaube, dass Fredersen den Jungen missbraucht und umgebracht hat. Das will ich beweisen und will, dass das Schwein dafür zur Rechenschaft gezogen wird. Deshalb bin ich hier.»

«Scheiße!», schrie Haffner. «Wenn ich das schon höre! Dieses Neunziger-Jahre-Lesben-Geschwätz!» Erregt – aber das war er ja eigentlich sowieso immer, also eher außer Rand und Band, sprang er auf. «Mein Cousin, der aus der Pfalz, der mit der Werkstatt, der hat eine Tochter, und die Alte ist ihm weg. Und dann hat er mal nackig geduscht, also logisch, macht man ja aber, die Tür war offen, und er hatte die Kleine. Sofort hat die Bestie von Mamatier das Jugendamt eingeschaltet, das muss man sich mal vorstellen! Hexenjagd war das doch! Und jetzt hat er die Kleine seit Jahren nicht mehr gesehen, weil die Weiber da immer was in die Welt setzen, die Drecksweiber, die!»

Theuer ließ sich aufs Sofa fallen. «Ja, tatsächlich, ein paar Anhaltspunkte sehe ich inzwischen auch, die dafür sprechen.

Allerdings: Warum auf der Klassenfahrt? Angenommen, Fredersen hatte was mit dem Jungen. Warum tötete er ihn dann? Noch dazu unterwegs. Gut, der Junge wollte nicht mehr, hat ihn bedroht ... Aber woher soll Fredersen das Freundschaftsbuch einer Schülerin kennen, das ihn entlastet?

Außerdem erklärt das alles nicht, warum du gelogen hast.»

«Hört doch auf», schrie Haffner. «Und da heißt es immer, nur Säufer sähen weiße Mäuse!»

«Du meinst, dass es das gar nicht gibt? Kindesmissbrauch?», fragte Senf ruhig.

«Ja, liebe Zeit, das gibt's natürlich auch mal irgendwann, es gibt ja alles, es gibt welche, die vögeln Pferde! Missbrauch, so eine Scheiße, auf den Scheiß hin muss ich mal einen heben.»

Müde lehnte er sich zurück und griff selbstverständlich hinter den Gummibaum, also hatte er auch dort irgendeinen Schnaps deponiert. «Ehrlich, Senf, vergiss es, das ist out.»

«Out», echote Senf und starrte vor sich hin. Schließlich nickte er und krempelte die Hemdsärmel hoch, beide Arme waren mit quer verlaufenden Narben übersät.

«Alles nur Gerede von den Weibern, was, Haffner?»

«Ich versteh nicht. Wer hat das gemacht? Oder ...»

«Ich hab's gemacht.» Senf nahm Haffner die Flasche aus der Hand, es war Branntwein, er nahm einen Schluck.

«Ich war sieben, da gaben mich meine Eltern für ein paar Monate zu meinem Onkel. Meine Mutter war sehr krank. Irgendwas im Unterleib, und mein Vater hat Schicht gearbeitet. Keine Geschwister, die Großeltern lebten in Baden-Baden, und ich musste ja in die Schule. Es ging also irgendwie nicht anders. Denn mein Onkel war Lehrer, der war mittags zu Hause.» Er zitterte. «Es war ja so toll. Er konnte zaubern, richtige Tricks. Er hat mir welche beigebracht, ich kann das heute noch. Hätte ich die Seiten gewechselt, ihr hättet nicht viel Freude an mir, aus normalen Fesseln käme ich wahrscheinlich immer noch raus mit meinen kleinen Händchen.» Ja, er hatte kleine Hände, das war Theuer schon einmal aufgefallen. «Aber es gibt andere Fesseln, aus denen kommt man nicht raus.

Mein Onkel hatte ein Haus außerhalb von Karlsruhe, am Hardtwald, einen großen Garten. Ich durfte nur keine Freunde einladen. Das habe ich nicht verstanden, aber sonst war alles möglich. Er hat mir ein Pony gekauft. Einfach so, an einem Dienstag in einer ganz normalen Woche. Der Sommer 1974, ich durfte alle WM-Spiele sehen! Manchmal ist er danach mit mir noch schwimmen gegangen, nachts am Baggersee, wo man eigentlich gar nicht reinkonnte. Der Zauberonkel kannte einen Spezialpfad.

Und dann hat er eines Tages leider unsere Schwimmsachen vergessen. Macht ja nichts, wir schwimmen einfach ohne Kleider, ich bin ja dein Onkel. – Aber ein Handtuch hatte er dabei, und er hat mich sehr sorgfältig abgetrocknet.

Oder er hat gegrillt, alles, was mir schmeckte. Später habe ich erfahren, dass mein Vater öfters zu Besuch kommen wollte, aber er hat ihn abgewimmelt, hat gesagt, das würde mich nur verstören. Mein Vater war nicht der Hellste, und wenn der kluge Schwager, der Pädagoge, so etwas sagt … Komm, heute ist eine tolle Nacht, wir schlafen hinten auf der Terrasse, aber es regnet doch, ich finde es kalt. Die Terrasse ist doch überdacht, wir kuscheln uns einfach in ein Bett zusammen … Ich bin dein Onkel, da ist nichts dabei.

Komm, ich zeig dir was, ich kann dir ganz tolle Gefühle machen.» Senf schluckte, Theuer hatte den Eindruck, dass er

Brechreiz unterdrückte. «Ja, tolle Gefühle, das stimmte sogar irgendwie, und gleichzeitig das Gefühl, dass da etwas falsch war, dass ich zu klein und er zu groß war, aber nein, das ist einfach die Liebe, ich bin doch dein Onkel, ich hab dich doch lieb.

Komm, ich geb dir einen Gutenachtkuss, ach was, einen, sieben, für jedes Jahr, dass es dich gibt. Wir sind ganz dicke Freunde, wir zwei.

Dann wollte ich beim nächsten Mal nicht, dass er mich auf den Mund küsst, und er war tief gekränkt. Hat nicht mehr mit mir gesprochen, mit traurigen Augen in die Ferne geschaut. Was ist denn, Onkel Walther? Warum bist du denn traurig? Sei nicht traurig. Wenn ich dir einen Kuss gebe, bist du dann wieder froh? Doch, doch, ich will!

Das nächste Mal, als ich nicht wollte, ist er dann böse geworden. Was soll denn das jetzt wieder? Soll ich deiner Mutter sagen, dass ich dich nicht mehr behalten kann, weil du so bockig bist? So krank, wie sie ist? Die kann dich nicht nehmen, und dein Vater auch nicht. Dann kommst du ins Heim und das Pony zum Pferdemetzger.

So wurde ich sein Spielzeug.»

Theuer stand unwillkürlich auf und drehte die Heizung höher. Er fror.

«Das konnte ich nicht wissen», sagte Haffner leise. «Sag mir, wo der wohnt, den häng ich an den Eiern auf.»

«Brauchst dich nicht zu bemühen», sagte Senf. «Er ist sechs Jahre später gestorben, hat immer heftiger dem Whisky zugesprochen, wahrscheinlich schon, als ich bei ihm war, als Kind kriegt man das nicht so mit. Wenn ich heute Whisky rieche, muss ich kotzen. Das konntest du auch nicht wissen, Haffner, war nicht das optimale Weihnachtsgeschenk.»

«Und du hast nie jemandem davon erzählt?», fragte Leidig.

«Selten. Wenn ich mal kurz eine Freundin hatte, habe

ich ja erklären müssen, warum ich nicht ins Bett wollte. Ich habe immer gedacht, ich könnte das dann überwinden, aber es ging nie, und irgendwann war ich wieder allein.»

«Und warum hast du den nicht angezeigt?», fragte Haffner. «Ich hätte ...»

«Mit sieben? Komm, Haffner, red keinen Scheiß. Nach einem halben Jahr bin ich wieder nach Hause gekommen. Deine Mutter ist krank, deine Mutter darf sich nicht aufregen. Wir sind Freunde, und Freunde können Geheimnisse bewahren.

Meine Eltern waren ja so dankbar, dass er mich mit in den Urlaub genommen hat, meine Mutter blieb leidend, oder zumindest fühlte sie sich so und wollte nicht verreisen. Der nette Onkel Walther – ja, toll war das. In einem Hotelzimmer in Bayern hat er mir dann gezeigt, was das Schönste am Großwerden ist. Ich war inzwischen sein kleiner Mann. Elf Jahre alt. Es hat wehgetan, aber ich war schon so weit, dass er sich darauf verlassen konnte, dass ich ruhig blieb.

Und», Senf war fast nicht mehr zu hören, «es ist mir gekommen, in allem Schmerz so eine Explosion unten. Was hat er sich da gefreut.»

«Ich mach mal ein Fenster auf», sagte Leidig. «Vor lauter Rauch wird mir schlecht.» Aber er rauchte dennoch die Nächste aus Haffners Vorräten, die heute wieder einmal unerschöpflich schienen.

«Dann hab ich mich hässlich gemacht, mich verwundet, bin dick geworden. Das hat ihn nur wenig gestört, von meinem Vater habe ich ein paar hinter die Löffel gekriegt, und er hat gesagt, wenn du nicht aufhörst, dir in die Arme zu schneiden, dann darfst du nicht mehr zum Onkel Walther. Also habe ich mich natürlich weiter geschnitten.

Ab und zu hat er mich trotzdem erwischt, und wenn es auf einem Familienfest auf der Toilette war. Falls er jemals

Angst gehabt haben sollte, nach den ganzen Jahren hat er sich total sicher gefühlt, der Whisky hat den Rest erledigt.

Als er gestorben ist, habe ich geweint und mich dafür gehasst.

Mit vielen blöden Witzen überspiele ich das Ganze. Nachts geht es nicht so gut.»

«Das ist alles ganz furchtbar», sagte Theuer. «Aber was hat es mit Fredersen zu tun?»

Senf fasste sich an den Kopf. «Wie er gekuckt hat, wie er geschaut hat, als er von Anatoli gesprochen hat! Diese Geilheit, die sich als Sympathie ausgibt, seht ihr das denn nicht?»

«Und was für einen Köder hast du ausgeworfen?», fragte Theuer.

«Moment», rief Yildirim dazwischen. «Wird jetzt hier ermittelt? Ist das das Einsatzquartier? Das ist es nicht! Herr Senf, das ist wirklich alles ganz schrecklich. Aber Sie nutzen gerade auch ein Kind aus! Wenn Sie hier einen Köder auswerfen und meinen, damit irgendeinen Pädophilen und Mörder nervös zu machen, dann bringen Sie uns nämlich in Gefahr, und das ist Ihnen offensichtlich ganz egal – oder irre ich mich?»

«Es tut mir Leid, das habe ich so nicht bedacht, Frau Yildirim, ich ...»

Die Tür ging auf, Babett kam wedelnd ins Zimmer.

«Es stinkt im ganzen Haus nach Rauch. Und das Gebrüll hören bestimmt die Nachbarn ...»

«Du hast völlig Recht.» Yildirim legte den Arm um die Schulter ihres Mündels. «Das hört jetzt auf. Die Herren gehen. Alle. Ich zahle die Miete, es ist einzig und allein unser Haus.»

«Ja dann», sagte Haffner betreten. «Aber das Bier nehm ich mit, ich lass aber was da für Sie, für nachher und heut Nacht und morgen früh.»

«Danke bestens.»

Babett trat an den Couchtisch: «Und was ist das?» Sie deutete auf die kopierten Akten. Theuer, allmählich erst realisierend, dass er unter den Augen seines Teams rausgeworfen wurde, griff den Packen lustvoll. «Das ist ein Scheiß. Die Scheißakten von Scheißpolizisten.»

Wütend warf er die Papiere Richtung Esstisch, die Blätter verteilten sich im halben Zimmer.

«War wohl nicht geheftet», setzte er kleinlaut hinzu.

«Wohl nicht», sagte Yildirim kalt. «Räum das auf. Idiot. Mir gehen allmählich die Schimpfwörter aus.»

Theuer hatte sich den Namen der Kneipe gar nicht gemerkt.

Er trank lustlos an einem Glas warmen süßen kalifornischen Weines, den die Karte als «trocken» angepriesen hatte.

Senf starrte in seinen Kaffee.

«Was war dein Köder?»

«Ach …»

«Los jetzt, oder ich drehe durch. Ich lauf hier drin Amok.» Haffner schien aus dem Nichts einen Tobsuchtsanfall auszubrüten.

«Ich habe Fredersen anonym angerufen. Hab ihm gesagt, dass Polizei aus Heidelberg kommt und er kooperieren soll – ich hab gedacht, er macht dann irgendeinen Fehler, und wenn er nur neugierig ist und vorbeikommt oder so – aber da war ja nichts.»

«Senf, jetzt sag mal, was du eigentlich vorhattest.» Theuer war dem Karlsruher nicht mehr böse – er war einfach kaputt. «Wir haben keine Spuren und Zeugen, was hätte es denn bringen können? Er wird uns nicht besuchen und gestehen, auf was hast du denn gehofft?» Er goss den Wein unauffällig unter den Tisch.

Senf ruderte hilflos mit den Händen. «Ich wollte ihn fertig machen, ihn quälen, in die Enge treiben. Das Ganze ist eher ein Gefühl, ich ...»

«Das habe ich mich vorhin vor der Yildirim gar nicht getraut zu sagen», unterbrach ihn Leidig. «Du hast Waffen dabei.»

«Ihr habt mich ja ganz schön ausgespäht.»

«Und wenn du dich geirrt hättest?», fragte Theuer vorsichtig.

«Ich habe mich nicht geirrt. Ja», sagte Senf fest, «ich schließe noch nicht einmal aus, dass ich ihn umgebracht hätte.»

Theuer winkte nach der Bedienung und bestellte ein Pils.

«Na ja, Anatolis Mutter wurde schlampig befragt. Ich könnte mir durchaus vorstellen, dass du nahe dran warst.

Aber: Was jetzt? Zu wenig, um was zu tun. Zu viel, um die Sache zu vergessen.»

Es war weit nach Mitternacht, Haffner trat in schwierige Verhandlungen mit dem Wirt, zu welchem Preis der ihm 12 Flaschen dunkles Ducksteiner überlassen würde.

«Du hast doch jede Menge aus dem Haus mitgenommen», rief Leidig. «Ich will schlafen!»

«Ja, awwer des langt net! Hör zu, du Küstenkaiser, ich kann mir den Alk natürlich auch in der Nachtapotheke holen, da ist er auch nicht teurer.»

Der Wirt war ziemlich am Ende seiner Kraft angelangt, hatte inzwischen die städtische Konzession herbeigeholt, um zu beweisen, dass er die Herren seit Stunden gar nicht mehr bewirten dürfte, Polizei hin oder her.

Man musste es zugeben, nur Senf war beim Kaffee geblieben.

«Wenn wir einen Zeugen hätten», sinnierte Leidig eingetrübt, und auch in Theuers überreiztem Hirn rasten die Bilder.

«Letztes Jahr, kurz bevor wir Krach bekommen haben ...»
Theuer starrte auf die Maserung der hölzernen Tischplatte.

«Wir haben uns wieder versöhnt! Das war teamtechnisch die Hauptsache!», grölte Haffner quer durch das leere Lokal, ohne den allmählich erschöpften Wirt entwischen zu lassen.

«Da hatte ich einen Traum. Von Bären habe ich geträumt, ach, ich träume so gerne von Bären ... Kluge, große Petzen sind mit mir spaziert, in einem verwunschenen Wald. Ich habe ihre Tatzen gehalten, und auf einer Lichtung haben die Bären dann, plötzlich von einem Orchester umgeben, das aus sanften Gorillas bestand, ein Duett gesungen.

Damals sah es doch so aus, als wäre ich angekommen, und jetzt bin ich ...» Er schnipste einen Bierdeckel vom Tisch. «Auf hoher See ...»

«Tja», sagte Senf sarkastisch. «Schade, dass unser Silberrücken nicht reden kann. Dann hätten wir einen Zeugen.»

Theuer schaute, schlagartig ausgenüchtert, auf. Das Blut schoss ihm ins Gesicht und komischerweise ins linke Bein.

«Jetzt weiß ich es», flüsterte er, krächzte er, «mein Gott. Ich bin einfach nicht darauf gekommen. Als ich die beiden Gehörlosen neulich am Strand gebärden sah ... Der Silberrücken hat gebärdet. Der Silberrücken kann Gebärdensprache! Er hat sich ganz anders verhalten, als ein Gorilla sich verhält ... ich meine, Gorillas, wenn sie unbeobachtet sind, so stelle ich mir das vor, spielen eine Art Boccia mit Steinen, schnitzen sich mit allen vieren zwei Bassflöten auf einmal oder spielen eine ihnen gemäße Form des Schachs mit wenigen, starken Figuren auf einem kleinen Feld ... Nicht wahr?» Er schaute in die Runde.

«Schach?», fragte Senf und blickte aus dem Fenster in die Dunkelheit.

«In einer ihnen gemäßen Form, ja, natürlich nicht, ich weiß. Es ist mein inneres Bild, aber er hat gestikuliert wie ein Dirigent, der Affe, das Tier, die Kreatur ...»

«Es gab solche Experimente», ergänzte Leidig schlau, «es ist durchaus möglich, einem Primaten ein ansatzweises Sprachvermögen angelassen zu deihen, äh, anzugedeihen lassen.»

«Waren die dann taub, die Affen?», bellte Haffner höhnisch.

«Das ist das», sagte Leidig unergründlich und massierte sich die Schläfen.

«Okay, du kranker Deichgraf.» Haffner wandte sich seltsam angewidert von dem Wirt ab, der bereits dabei war, die Bierflaschen in eine gebrauchte Aldi-Nord-Tüte zu packen. «Du kannst deine überteuerte Puffbrause selbst trinken. Meine Kollegen hier, die packen das nicht mehr.»

«Aber, Haffner, wart mal!», rief Theuer. «Öffne deinen Geist auch einmal für unkonventionelle Dinge. Ich meine, ich habe es doch gesehen, das waren Gebärden, ich habe früher nie auf Gehörlose geachtet ...»

«Ich auch nicht», bellte Haffner. «Die hören nämlich nicht zu. Auf, Jungs, weg hier.»

«Und wie ist das mit Zahlen?», rief der zermürbte Wirt.

«Mañana, Amigo. Tomorrow, Towarisch.»

Ehe es wüst wurde, goss Senf mehr oder weniger sein Portemonnaie über dem Tresen aus.

Auf der Straße, im lausig kalten Wind, musste Theuer sich eingestehen, dass seine Idee eventuell den Tiefpunkt seiner kriminalistischen Laufbahn bedeutete.

«Affen besitzen viele menschliche Eigenschaften», machte Leidig trunken weiter. «Vielleicht ist es sehr schlimm, dass wir Tiere essen.»

«Liebster Leidig, ich habe mein ganzes Leben noch keinen Affen gefressen, und das wird auch nicht passieren. Ich fress tote Schweine, Kühe, Lämmer, Muscheln, Schnecken, Fisch nicht, weil er stinkt. Und keine Affen, weil mich die an meine Kollegen erinnern …»

Hilflos fummelte Theuer an seinem Handy herum. Vielleicht eine große Versöhnungs-SMS, eine geschluchzte Nachricht?

«Seid mal ruhig», sagte er, «Magenreuter!»

Er schaute aufs Display, murmelte: «Gott sei Dank, erst vor ein paar Minuten.»

«Was ist denn?», fragte Haffner ungeduldig. «Ich hab Durst!»

«Im Heidelberger Zoo wurde heute Nacht ein Junge gefunden. Im Gorillagehege, erschlagen. Magenreuter meint, es wäre besser, wir kämen.»

Senf fasste sich an den Kopf. «Was ist denn jetzt, das ist doch … Alles falsch?»

Benommen waren sie ja ohnehin, quasi bewusstlos standen sie in der norddeutschen Winternacht.

«Wenigstens kann ich fahren», brach Senf das Schweigen.

Wie auf Kommando setzten sie sich nun zügig in Bewegung.

«Dritter Weltkrieg», sagte Haffner würdig. «Endlich.»

Sie packten rasch, hinterlegten Adressen und anzahlende Scheine, die gereicht hätten, ein Jahr zu verweilen. Theuer schrieb Yildirim, dass und warum sie gingen, und sparte nicht mit Selbstbezichtigungen. Schließlich gelang ihm noch eine großmütige Sentenz des Inhalts, dass sie ja nun, befreit von der Last seiner Gegenwart, hoffentlich noch ein paar unbeschwerte Tage an der Ostsee genießen könnte.

Er schob den Brief unter der Haustür durch, dabei klemmte er sich den Daumen und scheiterte daran, das

Gartentor mit der Linken zu öffnen, schlug sich das Knie. Schließlich stieg er drüber.

Schon fuhren sie.

«Eine Sache noch», sagte Senf tief betrübt. «Nur noch eine Sache in der Sache Senf.»

«Sache, Sache, was, was?», intervenierte Haffner benommen.

«Ich will wissen, ob Fredersen zu Hause ist.»

Die Wohnung des Lehrers war ein Stück weit weg, in einem Viertel, das Theuer in unsicherer nächtlicher Orientierung dem Marinestützpunkt zuschlug, den sie aber laut Senf ein gutes Stück links hinter sich gelassen hatten. Sie hielten in einer gesichtslosen Wohnstraße.

«Es ist dunkel», brachte sich Haffner in Fahrt. «Das ist verdächtig.»

Leidig, der nicht nur im Licht der Straßenlaterne blass aussah, konnte so eben formulieren, morgens um Viertel nach vier sei eine unbeleuchtete Wohnung keineswegs ein Indiz für irgendwas. Senf drückte entschlossen die Klingel. Einmal, dreimal. Nichts.

Theuer rechnete nicht in Höchstform und musste mehrmals ansetzen: «Wir haben ihn heute, also gestern, um drei Uhr mittags gesehen. Sagen wir, er ist um halb vier gefahren, dann ist er bei bestem Verkehr um elf in Heidelberg. Dort schnappt er sich irgendeinen Jungen, tötet ihn, bricht mit der Leiche in den Zoo ein – unbemerkt! Schleppt sie zum Affenhaus, legt sie dort ab. Er wäre dann nicht schon wieder hier, das schafft man nicht. Aber das glaubst du ja auch selbst nicht.»

Senf ließ die Klingel los. «Nein, ich glaub es selbst nicht.»

«Außerdem – wenn er was damit zu tun hätte, würde er sich dann mit Jungs am Strand zeigen?»

«Oh, der wird schon eine Zeit lang aufpassen, aber Freundschaft, was die so Freundschaft nennen, das ist ja nicht verboten.» Licht im Erdgeschoss. «Da wohnt er. Wenigstens ist er wach.»

Die Autobahn war leer. Theuer massierte sich den pulsenden Daumen. Rechts ... links ... Um Gottes willen, natürlich! «Senf», sagte er möglichst sanft. «Fredersen ist Linkshänder. Ich hab es heute bei seinem Bad gesehen. Als er dem Jungen seine E-Mail-Adresse gegeben hat. Anatoli wurde von vorne erschlagen und hinter dem linken Ohr getroffen – mit einer rechten Faust.»

Senf stöhnte und schüttelte den Kopf. «Ich Vollidiot.»

Sie fuhren schnell, es wurde nicht viel geredet. Erst bei Hamburg kam Theuer auf die professionelle Idee zurückzurufen. Magenreuter war sofort da.

«Wir haben alles abgesperrt. Diesmal gibt's keinen Regen. Es hat aber ein bisschen geschneit. So um eins ging das los. Gar nicht so leicht festzustellen, wann es nachts zu schneien angefangen hat, aber wir haben Spuren.»

«Woher wissen Sie es dann? Den Schnee, wann der Schnee ...» Theuer merkte, wie müde er war. Magenreuter überging den Einwurf.

«Es kann nicht der Affe gewesen sein, die Tür nach draußen ist verschlossen», sagte er stattdessen. «Der Junge hat einen zertrümmerten Hinterkopf, eine Hacke oder eine Schaufel, ein Hammer, aber keine Faust, nicht einmal eine Gorillafaust schafft das. Aber wir müssen alles nochmal durchgehen. Wo sind Sie?»

«Containerhafen.» Theuer schaute in die Nacht. «Hamburg», präzisierte er.

«Alle?», fragte Magenreuter.

«Klar.»

# 11

Gegen Mittag bogen sie von der Bergheimer Straße Richtung Revier ab. «Stinken wir eigentlich nach Alkohol?», fragte Leidig hoffnungslos.

«Seit Kassel geht's», antwortete Senf.

«Seit Kassel hab ich auch Brand», sagte Haffner im Ton einer geglückten Beweisführung.

Magenreuter bat in den Seminarraum. Team war nicht mehr Team. Theuer nickte Metzner zu, allen anderen irgendwie nicht.

«Folgendes.» Magenreuter stand auf. «Wir haben jetzt mit der Theuergruppe auch die im Boot, die den ersten Toten bearbeitet haben. Das erscheint mir wichtiger als der teilweise unfaire Bericht über die vier in der Zeitung. Dr. Seltmann will unbedingt eine seiner berüchtigten Pressekonferenzen abhalten. Es ist ihm egal, dass wir noch gar nichts sagen können. Im Moment ist er allerdings beim Zahnarzt, es eilt also in jeder Hinsicht.»

Die ungewöhnlich offenen Worte ließen erahnen, wie bitterlich entnervt der Ministerialgesandte sein musste.

«Bei dem Toten handelt es sich um einen achtzehnjährigen Roma», ergriff Metzner das Wort, was Theuer augenblicklich ein wenig kränkte, ohne dass dafür ein Grund bestanden hätte. «Er nannte sich ‹3Pac›, nach 2Pac, dem toten Rapper. Wie er wirklich heißt, wissen wir noch nicht.»

«Wer hat ihn identifiziert?», fragte Magenreuter.

«Gleich mehrere vom Zoo. Er hat manchmal kleine Aushilfsarbeiten gemacht. Gegen Cash. Der Zoodirektor will nichts davon gewusst haben. Außerdem will er eine Kur beantragen.»

Theuer versuchte verzweifelt der Informationsflut standzuhalten. Der inzwischen stündlich patrouillierende Wachdienst hatte den Knaben gefunden – gegen zwei Uhr. Das verstand er noch irgendwie.

Dann schlief er ein.

Am frühen Nachmittag waren sie endlich im Büro unter sich. Fast: Magenreuter hatte sich ohne weitere Erklärung angeschlossen.

«Es kann ein Zufall sein.» Theuer hatte ein Stadium an Übermüdung erreicht, wo er nicht sicher war, ob ihn Durchfall, Koma oder ein epileptischer Anfall als Nächstes heimsuchen würde. «Aber es ist doch eigenartig, dass der Täter die Zeit zwischen zwei Kontrollgängen so gut abgepasst hat. Das ließe auf jemanden aus dem Zoo-Umfeld schließen.»

«Der könnte es dann auch schon beim ersten Mal gewesen sein», spann Leidig den Faden fort. «Wir müssten also alle überprüfen …»

Magenreuter unterbrach: «Da sich, wie Sie bemerkt haben dürften, die Zeiten gemütlich vor sich hin wurstelnder Teams dem Ende zuneigen», Haffner formte einen traurigen Rauchring, «geschieht das natürlich schon. Bislang scheinen alle ihre Alibis zu haben. Also das normale: ferngesehen und dann ins Bett gegangen. Was sollen die Leute auch Spektakuläres berichten? Wir dürfen auch nicht vergessen, dass es, selbst wenn man die Zeiten kennt, nicht so einfach ist, eine Leiche dort zu platzieren, wenn man sonst wo in der Stadt wohnt. Tierpfleger leben schließlich nicht im Zoo.»

«Was ist nochmal mit dem Jungen?», fragte Theuer. «Was weiß man über den?»

Magenreuter schaute verblüfft: «Das habe ich doch vorhin gesagt!»

«Da habe ich geschlafen.»

«Natürlich. Warum auch nicht.» Magenreuter seufzte. «Ein achtzehnjähriger, circa achtzehnjähriger Zigeuner, der seit einiger Zeit offensichtlich obdachlos im Neuenheimer Feld unterwegs war. Schlief bei den Papageien. Kann mir bei der Gelegenheit jemand sagen, was das bedeutet?» Haffner erläuterte dem Ortsfremden geduldig, dass der Junge wohl irgendeine Ecke der vielen Unigebäude genutzt haben dürfte, wo Abwärme ausgeleitet wurde. Diese Stellen bevölkerten tatsächlich mittlerweile viele entflogene Exoten zum Überwintern.

Man wusste sonst nicht viel über den Jungen, Ausweispapiere Fehlanzeige, wie erwähnt, hatte er sich im Zoo einiges dazuverdient.

Auffällig war, dass es zwar Spuren des mutmaßlichen Täters im Schnee, aber nur am Gehege ein paar wenige Blutflecken gab. Der Junge musste woanders getötet worden sein.

«Es ist ein anderer Täter», sagte Theuer. «Ein Nachahmer. Kein Gorilla draußen, nicht mit bloßer Hand geschlagen, nicht der eigentliche Tatort ...»

«Wer weiß.» Magenreuter wiegte nachdenklich den Kopf. «Vielleicht hat er nur weniger Zeit gehabt als beim ersten Mal ... Was habt ihr eigentlich um diese Jahrezeit alle am Meer gemacht?»

«Gebadet», konterte Haffner.

«Nicht ganz», korrigierte ihn Senf. «Eigentlich bin nur ich baden gegangen. Ich denke, ich sollte Ihnen einiges mitteilen, es könnten Nachfragen kommen.» Senf berichtete tapfer, sparte seinen persönlichen Bezug nicht aus, und das nur einen Tag nach der ersten Beichte. Als er geendet hatte, schüttelte Magenreuter den Kopf und ließ pfeifend Luft ab.

«Meine Herren ... Also, Herr Senf, das muss ich ja eigentlich kritisieren, aber ich kann es nicht. Was bedeutet», mit allen Anzeichen von Verzweiflung erhob sich Magenreuter, «dass es schon wieder funktioniert. Die Theuer-Krankheit. Privatermittlungen, und man darf noch nicht einmal richtig dagegen sein. Verdammt.»

«Wie sehen Sie jetzt unsere Rolle bei diesem Fall?», fragte der Teamleiter unterwürfig.

«Ich sehe das so», sagte Magenreuter verbissen, «dass Sie schnellstmöglich den Fall lösen. Allerschleunigst – um die miserable Presse, Ihre miserable Presse, die auf uns abfärbt, vergessen zu machen!»

«Wir werden arbeiten, bis wir schwarz werden!», brüllte Haffner.

«Na, ich bin gleich so weit.» Magenreuter sandte dem Pfaffengründer Narren ein Haifischlächeln. «Ich gehe jetzt: verhindern, dass Seltmann Interviews gibt ...»

«Du bist so ein Depp», raunte Theuer finster, als sie alleine waren.

Haffner aber war nicht sonderlich beeindruckt, entnahm seiner Schublade ein Fläschchen Gin, tat einen guten Zug und meinte dann, man müsse eines sagen: «Humor hat der Bimbo!»

Theuer saß am Küchentisch, er war jetzt sechsunddreißig Stunden wach. Zitternd und kaputt wählte er Yildirims Nummer.
«Hallo.»
«Hallo. Stör ich?»
«Nein.»
«Hast du meine Nachricht erhalten?»
«Ja, natürlich.»
Er wusste nichts mehr zu sagen. Es ging einfach nicht.

Er schwieg. Yildirim tat es ihm gleich. Er hörte das leise Grundrauschen im Netz und stellte sich vor, er sei wieder am Meer.

Irgendwann dann: «Tschüs, Theuer.»

Das monotone Tuten ließ ihn träumen, zwei Krokodile morsten sich etwas Liebes.

«Sie haben ihn also gefunden.» Theuer war einigermaßen ausgeschlafen, der strenge Verhörblick gelang wieder.

Sein Gegenüber war ein grauhaariger ungepflegter Mann, dem man nicht ohne weiteres ansah, dass er für Wachdienste tauglich sein sollte. Theuer hatte einen kahlköpfigen Kurden oder einen zähen Russen erwartet.

«Ja. Bei der Runde um zwei.» Deutlicher schwäbischer Akzent, verbuchte der Teamleiter akribisch und sinnlos.

«Also, Herr Bauer. Dann erzählen Sie mir davon. Es ist alles wichtig.»

Bauer zuckte mit den Schultern. «Ich komm zum Affenhaus, und da liegt einer im Graben, das ist alles.»

«Wieso haben Sie überhaupt in den Graben geschaut?»

«Machen wir immer. Seit der Sache im Januar.»

Theuer nickte, natürlich taten sie es.

«Im Schnee waren Spuren», sagte er und hielt Bauer eine Fotografie hin. «Die hier müssten von dem Täter sein, sind das dann Ihre?»

Ziemlich abstoßend malträtierte der Zeuge seine Nase und streifte den austretenden Talg an seinem blauen Arbeitskittel ab.

«Das können Sie ja feststellen …»

«Natürlich können wir es feststellen», entgegnete Theuer honigsüß, «aber Sie können es mir auch sagen.»

Bauer entnahm seiner Brusttasche ein billiges Horngestell und studierte die Fotografie. «Ja, das sind wohl meine. Warum?»

«Weil auf denen des Täters nur wenig mehr Schnee liegt als auf Ihren. Das heißt, er war nur ganz kurz vor Ihnen dort. Sie haben ihn nicht gesehen?»

«Gar nichts hab ich gesehen. Ich hab schlechte Augen, grauer Star, muss ich bald operieren lassen.»

Theuer lehnte sich zurück: «Irgendwie scheinen Sie mir nicht der typische Wachmann zu sein. Ich meine, Wachmänner müssen gut sehen ...»

«Bin nur Aushilfe, wenn einer krank ist», sagte Bauer. «Normalerweise bin ich Hausmeister in der Jugendherberge, da hat mich einer von Ihren Leuten schon mal befragt, wegen des Russen. Aber ich konnte nichts beisteuern. Deshalb hab ich den auch nicht gekannt, den Toten. Weil ich sonst nicht im Zoo bin.»

Cornelia, ihr Vater und Fredersen saßen zusammen. König sah noch immer aus, als sei er eben erst mit all diesen Ungeheuerlichkeiten konfrontiert worden, sein rechtes Auge war zugeschwollen.

«Das war keine gute Idee», rügte Fredersen. «Ich nehme an, Sie haben unentschuldigt in der Schule gefehlt?»

«Ich habe von unterwegs angerufen. Machen Sie sich mal keine Sorgen.»

«Herr König.» Fredersen schaute ihn verächtlich an. «Ich erwarte nicht, dass Sie meiner Neigung Sympathie entgegenbringen. Aber das Schicksal hat uns zusammengeführt, weil Ihre Tochter ...»

«Seien Sie still», stöhnte König. «Ich weiß, was meine Tochter getan hat.»

«Du hättest den Mund halten sollen», wandte sich Fredersen zornig an Cornelia. Sie sandte ihm einen leeren Blick.

«Also», sagte sie ruhig, «ich finde, Anatoli hätte den Mund zulassen sollen.»

Fredersen ballte die Fäuste, sagte aber nichts. So war es recht.

«Wo bin ich denn?», stöhnte König und griff nach einer der beiden Pistolen, die wie selbstverständlich auf dem Wohnzimmertisch lagen. «Was habe ich mit so etwas zu tun?»

«Seit gestern Nacht eine ganze Menge», entgegnete Fredersen. «Legen Sie sie hin. Sie sind geladen.»

Cornelia überlegte, was sie nun mit den Männern alles anstellen könnte, ihr fiel schlechterdings nichts ein, was ausgeschlossen war. Wieder musste sie kichern, sie konnte nichts dagegen tun.

«Der Täter hatte riesige Füße.» Leidig versuchte mit den beinahe minütlich eingehenden Berichten Schritt zu halten. «Schuhgröße 50.»

«Das ist ja schon mal was.» Theuer griff sich grob eine von Haffners Zigaretten. «Also sollen die Leute Übergrößengeschäfte abklappern.»

«Ansonsten ist alles, man möchte fast sagen, wie immer.» Senf bemühte sich, aber man sah, dass ihm alles schwer fiel. «Der Täter hat ein Loch in den Zaun der Jugendherberge geschnitten. Vielleicht sollte man denen mal eine Mauer spendieren.»

«Noch irgendwas über den Jungen?», fragte Theuer. «Name oder so?»

Wie aufs Stichwort betrat Kollege Scherer den Raum und grüßte nickend in die Runde.

«Teamsitzung!», bellte Haffner, was man überging.

«Der Junge heißt Albert Turkan, die Familie lebt in Ludwigshafen. Vater ist vorbestraft, beide Brüder auch. Hat Streit gegeben vor zwei Wochen. Seitdem ist er weg. Die haben ihn nicht vermisst gemeldet, weil sie froh drum waren. Jetzt war die Sache im Radio, dann wird sich gnädigerweise gemeldet.

Die Kollegen haben ein Bild geschickt, nachher kommen die Brüder zum Identifizieren ...»

Theuer ging weitere Papiere durch. «Der Schlag ist von hinten rechts erfolgt ... Danke, Scherer ...»

«Solange ich nicht mit euch in die Zeitung komme ...»

«Raus, Scherer ...»

Am späteren Abend erst verließen sie das Revier. Theuer entschied sich, über die Bergheimer Straße nach Hause zu laufen, Leidig schloss sich an.

«Ich glaube, den haben wir bald», sagte Theuer. «Seit Jahren die erste Ermittlung, wo es einfach Stück für Stück weitergeht. Irgendjemand hat was gesehen und wird es sagen. Irgendjemand hat mit einem kleinen Drecksack eine Rechnung offen und hat gedacht, er ist sehr geschickt. Wenn es nicht zynisch klänge, würde ich sagen, dass mir ein Mensch als Täter besser gefällt als ein Affe.»

«Aber die Möglichkeit, dass es ein und derselbe Täter ist?»

«Quatsch.» Theuer wurde gleich laut. «Dann hätte er auch beim ersten Mal eine Hacke genommen!»

Leidig wechselte devot das Thema. «Mir ist das nicht aus dem Kopf, was Sie mit dem gebärdenden Gorilla gedacht haben ... Ich hab mich da nochmal dahinter geklemmt. War gestern Abend noch im Netz. Und habe rumtelefoniert, ehrlich gesagt auch heute mal zwischendurch.»

«Vergiss es, Leidig, demnächst werd ich behaupten, Krokodile könnten morsen beziehungsweise ...»

«Nein. Nein. Sie hatten Recht.»

Theuer blieb so abrupt stehen, dass ein Rentner fluchend auflief.

«Bohumil war vor seinem Verkauf an den Heidelberger Zoo in Wien tatsächlich Teil einer Gruppe von Primaten gewesen, die ein gewisser Dr. Hamilkar mit der Gebärdensprache vertraut gemacht hat. Das Programm ist eingestellt worden, und dieser Hamilkar ist jetzt in Brüssel, hat eine Homepage ...»

Theuer schüttelte den Kopf. «Lass uns erst mal konventionell fahnden. Kann ja auch mal funktionieren.»

# 12

3Pac war nicht nur im Zoo tätig gewesen. Einige Gärtnereien und Gartenpächter aus dem Feld meldeten sich, um größere oder kleinere Schäden zu melden, die in letzter Zeit aufgefallen waren. «Aber ja doch», sagte Leidig und legte das Blatt zur Seite. «Eine Familie Bischoff hat also jetzt erst bemerkt, dass ihr Gartenhaus ratzekahl ausgeräumt ist – wer's glaubt. Aber ein toter Dieb ist perfekt für die Versicherung.»

«Und ein Zigeuner ist ein perfekter Dieb», ergänzte Theuer gallig. «Vielleicht sollten wir einfach einmal überprüfen, wer aus dem Feld keine Ansprüche anmeldet.

Was steht als Nächstes an?»

Senf räkelte sich katerhaft: «Die Herbergsmutter, also die Leiterin der Jugendherberge, möchte etwas mitteilen.» Er schaute zur Uhr. «Müsste demnächst da sein.»

«Und warum ging das nicht telefonisch?», fragte Theuer.

«Keine Ahnung.»

«Ist was bei den Übergrößen herausgekommen?»

Haffner hustete. Komischerweise tat er das äußerst selten.

«Scheißerkältung», sagte er auch schon. «Wird aber schon besser. Ich trink abends immer zum Schluss zwei warme Bier.»

«Übergrößen.»

«Ja, ja. Also hier in der Nähe gibt es ein Geschäft in Mannheim, die haben seit Ewigkeiten keine Größe 50 mehr verkauft. In Oldenburg gibt es einen Versandhandel, einzige Heidelberger Kunden sind zwei Spieler vom USC.»

Senf schaute fragend und ließ sich dann geduldig von

Haffner ausschimpfen, dass er nun nach bereits «mehr als einem Jahr vor Ort» den, DEN Heidelberger Basketballclub nicht kannte, deutscher Abomeister der frühen Siebziger. Heute zwar nicht mehr so gut, aber das liege an den Kapitalströmen, die er – als «ewiger Sozialdemokrat bis zum letzten Revalzug bekämpfen» werde!

«Na, gut», intervenierte Theuer endlich. «Dann überprüfen wir die Herren. Sonst noch was?»

Haffner schüttelte den Kopf. «Müssen wir nicht. Sind in der Schweiz, der Extrainer ist dort in eine Schlucht gefallen. Ich kann natürlich alle Branchenbücher Deutschlands durchgehen, aber das ist dann etwas zäh.»

«Lass mal.» Theuer seufzte. «Wäre auch zu einfach gewesen.»

Es klopfte. «Herein!»

Unter einer Herbergsmutter stellte sich Theuer eine wuchtige Matrone vor. Die Frau, die eintrat, war eher das, was Haffner wenig korrekt eine «Kampflesbe» nannte. Hennaroter Stoppelschnitt, schwarze Jeans, Lederjacke, grau gerauchter Teint. Der Pfaffengründer setzte sofort eine äußerst finstere Miene auf.

«Schuck. Guten Tag. Ich bin Geschäftsführerin der Jugendherberge.»

Theuer bot ihr wortlos den Besucherstuhl an.

«Sie fragen sich vermutlich, warum ich mit Ihnen persönlich sprechen will. Ach, Sie!» Sie schaute zu Leidig. «Wir kennen uns doch von der Sache mit dem toten Norddeutschen.» Leidig nickte. «Ich habe in der Zeitung gelesen, dass Sie Freier sind. Ich verachte das.»

«Ich auch», sagte Leidig müde. «Glauben Sie's bitte.»

«Sie sind doch nicht gekommen, um meine Mitarbeiter zu kritisieren, oder?» Theuer fand selbst, dass er nicht sehr energisch klang. Schuck nickte und lächelte bitter. «Nein, natürlich nicht. Also zur Sache.» Sie holte tief Luft. «Ich bin nicht alleine hier. Draußen sitzt meine Schwester. Sie glaubt, ich müsste als Zeugin eines Ladendiebstahls aussagen. Mir ist nichts Besseres eingefallen.» Ihre Züge veränderten sich, die Angriffslust wich einer tiefen Trauer. «Ich könnte mir leider vorstellen, dass sie diesen Roma da auf dem Gewissen hat. Und dann kann ich es mir wieder nicht vorstellen, aber ich denke, das müssen Sie beurteilen.»

Es wurde sehr still im Teambüro, sogar Haffner unterließ die nächste Kippe.

«Meine Schwester war Politik- und Sportstudentin. Entschuldigung, Ihr Kollege hat gerade geraucht, darf ich dann auch?»

«Offiziell nicht.» Theuer lächelte. «Aber ansonsten gerne.»

«Danke.» Sie rauchte Marlboro Lights, er hätte Rothändle erwartet. «Und beim Sport ist es dann passiert, vor drei Jahren. Hirnverletzung, Koma und nach dem Aufwachen – kam ein neuer Mensch auf die Welt.» Sie zog tief an ihrer Zigarette. «Meine Schwester ist sie natürlich, es gibt ja kein anderes Wort. Aber gleichzeitig ist meine Schwester auch tot.»

«Das heißt?», fragte Theuer vorsichtig.

«Sie hat den Verstand eines Kleinkindes. Manchmal kommen Reste ihrer früheren Intelligenz zum Vorschein, das ist das Traurigste.»

«Was für ein Sport war es denn?», fragte Haffner wenig taktvoll. Schuck sandte ihm einen bitteren Blick. «Boxen. Frauenboxen wird ja immer beliebter.»

«Also auch», nickte Haffner und blickte wie bilanzierend unverhohlen auf Schucks Stoppelfrisur.

«Als Erstes hat sie natürlich ihr Freund verlassen», fuhr Schuck fort. Jetzt sah Haffner verwirrt, ja ratlos aus. «Unsere Eltern sind tot. Ich konnte sie nicht aufnehmen. Nicht auf Dauer. Sie lebt in einer betreuten Wohngemeinschaft in Neckargemünd, aber sie ist natürlich oft bei mir, hilft ein bisschen im Haus. Das Gefühl gebraucht zu werden ist gut für sie, denke ich zumindest.

Sie war auch am Tattag da. Und sie hat gesehen, wie einer unserer Hausmeister den Jungen verscheucht hat. Aber dann hat sie ganz komisch reagiert, irgendeine Boxerinnerung ist aufgeglommen.»

«War sie auch beim Tod des ersten Jungen da?», fragte Theuer.

«Nein.» Schuck biss sich in die Fingerknöchel. «So einen Job können Sie nur machen, wenn Sie Jugendliche mögen, und jetzt gleich zwei Tote in einem Vierteljahr, und am Ende ist ...»

«Bauer ist doch Ihr Hausmeister!», versuchte Theuer sie zurückzuholen. «Und der hat gesagt, er hätte den Jungen nie gesehen.»

«Bauer ist so eine Art Aushilfshausmeister, wird auf Stundenbasis bezahlt. Eine Maßnahme vom Arbeitsamt. Typisch allerdings, dass er demnach hier so tut, als wäre er der Chef. Im April ist er zum Glück wieder weg. Wir haben zwei hauptberufliche ... Also auf jeden Fall, sie hat dann, meine Schwester hat dann ‹Nachgehen. Rechts-links, mach ihn fertig› und so Zeug gebrüllt. Eine neue Besuchergruppe hat es anscheinend mitbekommen – peinlich.» Schuck fasste sich an die Stirn.

«Na ja», sagte Theuer vorsichtig. «Aber so ein paar Sätze einer ... einer hirngeschädigten Boxerin ...»

«Das ist leider nicht alles.» Sie entzündete sich eine weitere Zigarette. «Ich habe eine kleine Dienstwohnung im Haus, die ich aber nicht immer benutze, nur wenn es spät wird. An dem Tag wurde es spät, ein paar Mitarbeiter sind krank, da muss ich mit anpacken. Also haben wir im Feld übernachtet. Normalerweise wohne ich im Elternhaus in

Neuenheim. Na gut. Wenn sie bei mir ist und wir in der Juhe bleiben, schlafen wir in so einer Art Ehebett. In der Nacht bin ich aufgewacht, gegen zwei – sie war nicht da.

Das hat mich noch nicht beunruhigt, sie geht manchmal auf Wanderschaft.

Nach einer halben Stunde ist sie wiedergekommen – total durcheinander. Hat immer nur gesagt: ‹Der böse Bub ist tot. Der böse Bub ist tot.› Ich hätte gleich die Polizei anrufen sollen, aber ich habe es mich nicht getraut. Jetzt bin ich hier.»

Sie atmete tief durch. «Vielleicht ist sie es ja nicht gewesen.»

«Hat sie denn Schuhgröße 50?», fragte Theuer.

«Nein, wieso?»

«Weil wir Spuren sichern konnten, vom Täter wahrscheinlich, in dieser ungewöhnlichen Größe.»

Schuck dachte nach und seufzte schließlich: «Leider kann sie das nicht vollkommen entlasten. Wir hatten mal einen Gast, der so große Füße hatte, der hat seine Schuhe vergessen, und wir konnten sie nicht nachschicken. Die Adresse auf dem Meldezettel war unleserlich. Also stehen die bei uns herum, sozusagen als Trophäe.»

«Wie kommen Sie auf die Idee, dass Ihre Schwester die getragen haben könnte?», fragte Leidig.

«Es sind Boxschuhe, deshalb amüsieren sie mich auch weit weniger als den Rest des Teams. Ich rede nicht gerne darüber, dass sie so sinnlos verblöden musste.»

Theuer dachte nach und kam nicht sonderlich weit damit. Es blieb ja unter anderem auch das Rätsel, wie eine junge Frau einen Toten quer durch den Zoo tragen sollte.

«Können Sie Ihre Schwester hereinbitten? Ich werde ganz vorsichtig sein.»

Schuck nickte und ging zur Tür.

Sie war blond, hübsch, zierlich, von ihrem Sport gar

nicht oder kaum gezeichnet, aber ihr Gesicht war leer. «Frau Schuck?»

«Des is die Frau Schuck!», rief sie und deutete auf ihre Schwester. «Ich bin doch nur die Babsi!»

Theuer räusperte sich. «Also gut … Babsi. Ähem. Deine Schwester hat uns ja heute geholfen … einen Dieb zu fassen. Ja, also einen Dieb. Einen bösen. Aber, wenn du schon mal da bist, da haben wir uns gedacht, du könntest uns vielleicht auch helfen …»

«Wegen dem Toten, dem Zigeuner?» Sie legte den Kopf schief und lächelte. «Der ist jetzt im Himmel!»

«Ja, bestimmt.» Theuer fühlte sich heillos überfordert. Wie befragte man so jemanden? Nur wenigstens einmal wollte er in keinen Fettnapf treten.

«Weißt du was über … die Sache?»

«Ja klar», sagte sie und schaute strahlend zu ihrer Schwester. «Hab ich dir's noch net g'sagt?»

Schuck schüttelte den Kopf.

«Des war der Teufel!», lachte Babsi. «Der Teufel, ich hab's gesehen!»

Theuer schaute traurig zur Schwester, die auch nur mit den Schultern zucken konnte.

«Woher kommt ihr?», fragte Babsi vergnügt in die Runde. «Seid ihr alle von Hierige?»

«Die anderen drei sind Heidelberger, aber ich bin aus Karlsruhe», sagte Senf freundlich.

Sie nickte: «Dann sind die drei die Beate Weber und du bist der, der, ach ich kenn keinen aus Karlsruhe, ach Mensch.»

Theuer erhob sich. «Also vielen Dank, dass du uns geholfen hast.»

## 13

«Hör zu», sagte Yildirim leise. «Der Theuer und ich haben uns in letzter Zeit nicht besonders gut verstanden, das hast du mitbekommen. Aber jetzt bist du gesund, und ich denke, wir fahren bald, oder?»

Sie saß Wange an Wange mit ihrem Kuckuckskind auf dem Sofa und fühlte eine Träne. Oder der Dauerregen schaffte allmählich das Dach.

«Ich halt das nicht aus, wenn das alles kaputtgeht», flüsterte Babett leise. «Ich will euch als Familie haben.»

Der Einfachheit halber heulte Yildirim mit und bemerkte dabei, was alles angestaut in ihr nur darauf wartete, dass es endlich mal so richtig was zum Heulen gab. Sie schluchzten, kraulten sich, hatten Rotznasen. Es war schön.

Nach angemessener Tränenorgie konnte sich Yildirim allerdings nicht verkneifen, darauf hinzuweisen, dass Babett eigentlich immer nur zum Ausdruck bringe, wie beschissen sie die beiden Alten fand. Aber sie ließ sich belehren, dass das in der Pubertät so sei und so sein müsse.

«Später bin ich dann wieder nett», ergänzte das Mädchen. «Haben wir in Bio durchgenommen.»

Theuer schickte Leute los, um die Boxschuhe mit den gefundenen Spuren zu vergleichen, außerdem bestellte er die beiden Hausmeister ein.

Die Schuhe waren weg. Schuck konnte sich nicht erklären, wo sie geblieben waren.

Es ging gegen Abend, das Team saß beieinander, müde, aber auch keineswegs zum Aufhören aufgelegt. Theuer mochte selbst nicht mehr seine Puzzlemetapher pflegen, aber mit den Schuhen waren vielleicht zwei große Teile hinzugekommen – indem sie weggekommen waren.

«Paradoxien!», rief er, niemand reagierte.

«Ich hab mich vorhin mal schlau gemacht, wer sich tatsächlich noch nicht über 3Pacs Diebereien beschwert hat», ergriff Senf stattdessen das Wort. «Mehr spaßeshalber – aber von den Gartenbesitzern ist es tatsächlich nur eine Frau Schweiger, bei der alles in Ordnung zu sein scheint.»

Leidig grinste resigniert. «Aber das lohnt wohl nicht, wir wissen ja, dass es der Teufel war. Nur kann die arme Babs dann doch keinen Achtzehnjährigen durch den Zoo tragen.»

«Nein», bestätigte Theuer. «Lässt sich ihrer Aussage trotzdem irgendetwas entnehmen?»

«Genauso gut hätten wir den Gorilla verhören können», knurrte Haffner. Theuer und Leidig tauschten einen Blick.

«Sie war draußen», sagte Senf, «sie kann was gesehen haben. Oder was gemacht haben ...»

«Oder nichts von beidem.» Theuer seufzte. «Haben wir eigentlich schon die Gärten als mögliche Tatorte überprüft?»

Leidig schaute ein paar Papiere durch. «Nein», sagte er schließlich. «Bisher nur Zoo plus 100 Meter. Da, die Jugendherberge wurde auch geprüft. Gerade jetzt, wo die Schuhe fort sind, spricht doch einiges ...»

«Na aber, wir haben keine Spuren der Tat selbst im Zoo, in der Jugendherberge oder sonst wo in unmittelbarer Nähe.»

«Dann kann es überall gewesen sein», warf Senf ein. «Jemand schlägt ihn tot, packt ihn ins Auto ...»

«Du vergisst», unterbrach ihn Theuer, «dass der Knabe im Feld rumgehangen ist – wir haben keine Hinweise, dass er sonst in der Stadt aktiv gewesen wäre. Und vielleicht ist unter den vielen, die jetzt bestohlen worden sein wollen, jemand, der ihn auf frischer Tat ertappt hat. Wobei ...»

Theuer musste grinsen. «Vielleicht würde ich in so einem Fall keinen Diebstahl melden ...»

«Ich gehe morgen früh mal zum Garten dieser Frau Schweiger», sagte Senf. «Man muss sich ja mit der Gegend ein bisschen vertraut machen – so als Ortsfremder.»

«Also, wir haben den Jungen nicht gesehen.» Hausmeister Schuster sah nervös aus. «Wir haben mit der Sache nichts zu tun.»

Sein Kompagnon mit dem ebenfalls nicht sonderlich exklusiven Namen Müller nickte. «Gar nix haben wir damit zu tun!»

Theuer, nach einer aufgeregten und also kurzen Nacht, massierte sich den Nacken und tat sich prompt weh. «Kein Mensch beschuldigt Sie. Frau Schuck hat nur gesagt, dass Sie den Burschen einmal vertrieben hätten. Das interessiert mich natürlich!»

«Das hat die Chefin falsch verstanden. Die war doch gar nicht dabei!» Schuster schaute unruhig zu Haffner, der nickte. «Aber klar doch: Der Schusti ...»

«Schusti?» Theuers Stimme hatte einen sirrenden Beiklang.

«Wir kennen uns aus der Schule», erläuterte Haffner. «Aber nur bis zur Siebenten, dann ist er hocken geblieben und das Jahr drauf geflogen. Der Schusti war eine ganz linke Dreckbacke! Also nicht politisch gemeint.»

«Aber du», maulte Schuster defensiv.

«Hat mir ins Handtuch gerotzt, als wir Schwimmen hatten.»

«Gar net!»

«Wohl!»

«Also Schluss mit dem Blödsinn. Ich hatte Frau Schuck

so verstanden, dass sie Sie beide gesehen hat, ihre Schwester hat doch dann auch ...»

«Was, meine Schwester.» Schuster knetete sich die Hände. «Ich hab gar keine!»

«Nein, das meint er nicht», schaltete sich Müller traurig ein. «Das war so: Der Bauer ist ein totaler Ausländerhasser, und der hat den Zigeuner davongejagt. Das hat mir die Köchin erzählt, und die Köchin hat mir auch erzählt, was die Schwester von der Chefin, das arme Menschenkind, so gerufen hat. Na, und dann bin ich zur Chefin und hab ihr erzählt, ich hätt ihn vertrieben. Weil ... Ich hab halt angegeben ...» Er senkte den Blick.

«Bauer», sagte Theuer genüsslich, als sie wieder alleine waren. «Wollte da einer besonders schlau sein? Und wenn ich jetzt weiß, dass er den Jungen kannte, dann wird wieder der graue Star bemüht ... Mit dem werden wir dann mal ein bisschen reden. Aber jetzt warten wir mal, was Senf von dem Garten berichtet. Wo ist eigentlich Leidig? Hoffentlich nicht in Schwetzingen?»

«Sie haben ihn doch vorhin zu Magenreuter geschickt. Soll ihm den Stand der Dinge referieren!»

Theuer begann zu schwitzen.

«Vergessen? Alles?», fragte Haffner unbarmherzig. Theuer nickte dumpf.

«Ich vergess immer, wie ich ins Bett komme», tröstete der Kollege. «Das ist normal.»

Leidig trat mit Magenreuter im Schlepptau ein. «Ich hab gerade eine Idee gehabt! Gerade, als ich Herrn Magenreuter alles erzählt hab, habe ich eine Idee gehabt! Ich habe eine Idee gehabt!»

«Hast du eine Idee gehabt?», fragte Haffner schelmisch.

«Ja, nämlich.» Leidig schaute unsicher zu Magenreuter. «Oder ist es ganz blöd?»

«Mich interessiert, wie Herr Theuer die Sache auffasst», entgegnete Magenreuter nicht ohne drohenden Unterton.

«Also.» Leidig musste sich setzen. «Die Babsi, die Hirngeschädigte, hat uns Heidelberger doch alle ‹Beate Weber› genannt, also nach der Oberbürgermeisterin ...»

«Ich weiß, wie die Oberbürgermeisterin heißt», schnarrte Theuer. «Nun mach schon!»

«Sie hat Politik studiert! Vielleicht kommen auch davon Erinnerungsreste ... für Senf hatte sie keinen Politikernamen, gell?»

Haffner nickte: «Typisch Karlsruhe. Gesichtslose Beamtenstadt das.»

«Der Teufel war's, hat sie gesagt – vielleicht Erwin Teufel? Vielleicht meint sie oder weiß sie, dass der Täter Schwabe war?»

Theuer stand auf, setzte sich wieder, hustete und rief dann unverhältnismäßig laut: «Bauer ist Schwabe!»

«Wer ist Bauer?», fragte Magenreuter. «Übrigens vielen Dank, Herr Leidig, dass Sie mir nicht gesagt haben, dass Erwin Teufel Ministerpräsident ist.»

«Nicht mehr lange», ergänzte Haffner. «Die machen den fertig, ihren eigenen Schwarzen. Entschuldigung, aber ist doch so.»

Und dann nahm die Sache Fahrt auf wie ein Omnibus mit gerissenem Bremsseil in den Anden. Dieser polyglotte Vergleich kam Theuer und quälte ihn manche Stunde.

Senf fand ein aufgebrochenes Gartenhaus, verdächtige Kampfspuren, die Boxschuhe in einer Brombeerhecke, Frau Schweiger in ihrer Zweizimmerwohnung in Wieblingen, strohdumm, verwitwet, aber immerhin ein Lebensgefährte, praktischerweise neben ihr auf dem Sofa: Bauer.

Bauer saß mit verschlossener Miene Theuer gegenüber. Die Jungs im Raum verteilt, auch Magenreuter war da, Theuer sah sie alle nur unscharf. Er stierte auf sein Gegenüber.

«Wir wissen schon fast alles, Herr Bauer. Sie sind ja kein Unbekannter. Man sollte wirklich bei jedem Zeugen in die Dateien schauen, aber es reicht ja noch ...»

Theuer griff nach einigen Ausdrucken.

«Geboren 1945 in Heilbronn als Kind vertriebener Sudetendeutscher. Gelernter Maschinenschlosser und früh NPD-Mitglied. Eine kinderlose Ehe, Frau verstorben 1985. Danach verstärkte Aktivitäten im rechtsextremen Milieu ... Umzug nach Mannheim in den frühen Neunzigern – wahrscheinlich Parteiauftrag, aber das gibt ein konspirativer Sauhund wie Sie natürlich nicht zu. Vielleicht Kontakte mit Deckert? Vielleicht mit dem rechten Block bei Waldhof Mannheim? Auf jeden Fall genug, um eine Akte zu bekommen. Warum waren Sie eigentlich nicht bei der Bundeswehr? Bei illegalen Wehrsportübungen wurden Sie ja dann durchaus mal gesehen! Und auch schon mal festgenommen, als fitter Fünfzigjähriger. Noch häufiger allerdings hat man Sie heimgeschickt, weil Sie zu blöd waren. Einem südafrikanischen Ausbilder haben Sie aus Versehen in den Arsch geschossen. Hat man Sie wegen Dummheit ausgemustert?»

«Die Bundesrepublik ist kein Staat», sagte Bauer. «Also hat sie auch keine Armee. Das Deutsche Reich hat nie aufgehört zu existieren. Es gab und gibt auch Amtsärzte, die das wissen.»

«Kein Zweifel.» Theuer lehnte sich zurück. «Die gibt es. Ihre Arbeit haben Sie allerdings nicht wegen heldenhafter Taten in Wald und Flur verloren, sondern weil sie einen libanesischen Kollegen halb totgeschlagen haben. Zwei Jahre auf Bewährung, Umzug nach Heidelberg zur neuen Flamme Mitte der Neunziger. Seitdem finanziert Ihr Leben hauptsächlich dieser Staat, den es nicht gibt.»

«Ich nehme das jüdische Geld gerne», sagte Bauer mit Hohn in der Stimme, «solange ich keinem Juden die Hand geben muss.»

«Sie wollen nicht etwa Horst Mahler als Anwalt?» Theuer hasste diesen grauen Typen von Herzen.

Bauer schwieg, aber nicht verstockt und trotzig, das sah Theuer.

«Sie kommen nicht aus der Nummer. Sie wollten es ja gut machen, aber diesmal haben wir gewonnen. Wenn Sie jetzt gestehen, dann macht das vielleicht einen guten Eindruck. Dann können Sie mit Totschlag davonkommen.»

«Schockiert doch einen normalen Menschen, wenn er plötzlich sieht, wie sein Eigentum geschändet worden ist, nicht wahr?», sagte Bauer und machte ein schlaues Gesicht.

«Unbedingt», bekräftigte Theuer. «Auch wenn es nur das Eigentum der Frau ist.»

Bauer zögerte, öffnete den Mund, schloss ihn wieder, dann:

«Ich hab's gemacht. Dieser Zigeuner ist in unseren Garten, in unser Gartenhaus eingedrungen, hat seinen schmutzigen Arsch in meinen Sessel gesetzt.»

«Sehr gebildet war er nicht», ergänzte Senf. «Sonst hätte er die Bilder abgehängt. Goebbels, Göring und der Adi persönlich.»

«Ich wollte nur mal nach dem Rechten sehen, im Winter sind wir nicht oft draußen. Kurz vor meiner Schicht im Zoo …»

«Wie kriegt eigentlich so einer solche Jobs?» Magenreuter konnte nicht ruhig bleiben, was Theuer durchaus verstand. «Wachmann im Zoo und Hilfshausmeister einer Jugendherberge …»

«Man muss ja dem Arbeitsamt nicht alles vorlegen – oder jeder Mensch hat eine zweite Chance verdient, ist ja auch nur eine kleine ...» Theuer zuckte resigniert mit den Schultern. «Aber unterbrechen wir Herrn Bauer nicht.»

«Er hat geschlafen, als ich kam. Ich hab den Spaten aus dem Schuppen geholt, dann ist er aufgewacht, ist weggerannt, gestolpert, und dann ...» Bauer machte eine gleichmütige Handbewegung, nach dem Motto: Kann ja mal passieren.

Theuer wurde schlecht. «Und dann spielt eine kleine Jammergestalt den gewieften Kriminellen. Und macht alles falsch. Das Auto Ihrer Lebensgefährtin ist voller schlecht weggewischter Blutspuren. Zur Jugendherberge, die übergroßen Schuhe anziehen, ein wenig an den ersten Fall erinnern. Die Polizei ist noch blöder als ich, die denkt dann, es war ein anderer. Ein paar Tage geht das gut, Herr Bauer. Ein paar Tage sind wir blöd ...» Theuer registrierte Magenreuters skeptischen Blick. «Also, ich bin ein paar Tage so blöd», beeilte er sich zu sagen. «Sie haben wahrscheinlich auch keinen grauen Star, stimmt's? Nein, es war schwer, aber es ging. Den Jungen über die Schulter und ab damit. Niemand hat Sie gesehen. Wie haben Sie es eigentlich geschafft, keine Blutspuren zu hinterlassen?»

«Hab ihm eine Plastiktüte über den Kopf gezogen und festgebunden.»

Theuer musste wieder gegen Übelkeit ankämpfen, wenn er sich vorstellte, dass Bauer den Toten oder vielleicht auch erst Sterbenden durch den nächtlichen Zoo trug – ein Jäger mit seinem Wild.

Nach einer Pause sagte er nur: «Dabei hätten Blutspuren im Zoo gar nichts geschadet! Es hätte Ihnen geholfen, wenn Sie den Einbruch gemeldet hätten! Und die Schuhe hätten Sie mal besser weggeworfen.»

Bauer nickte. Schien in sich versunken.

Magenreuter meldete sich zu Wort. «Und den ersten Jungen? Den haben Sie nicht zufällig auch totgeschlagen?»

Theuer wandte sich überrascht um. Sein neuer Chef zitterte vor Zorn.

«Der war doch Aussiedler, sozusagen Volksdeutscher.» Auch Leidigs Stimme klang verblüfft.

«Die Frage, ob man das sieht!», schrie Magenreuter. «Sie arbeiten in der Jugendherberge und im Zoo! Vielleicht haben Sie gedacht, er hat das Loch in den Zaun geschnitten!»

Bauer schaute Theuer an: «Ach so! Und dann ist es kein Totschlag mehr? Oder mindestens zweifacher, Sie haben mich reingelegt. Ich sag nichts mehr! Kein Wort mehr.»

«Haben Sie ein Alibi? Vermutlich so eines: Habe mit meiner Frau ferngesehen und so weiter und so fort – aber das ist keines. Das nehmen wir auseinander.»

Theuer fühlte sich fast genötigt, Magenreuter beruhigend bei der Hand zu nehmen.

Bauer schwieg und verharrte so.

Später, als er in die U-Haft am faulen Pelz geschafft war, kam Magenreuter noch einmal ins Büro. Er sah miserabel aus.

«Es tut mir Leid. Ich bin vorhin aus der Rolle gefallen.» Er trat ans Fenster, schaute hinaus. «Was glauben Sie, was ich mir immer anhören musste.»

«Schon klar», sagte Theuer. «Aber denken Sie an die andere Art der Verletzung. Und diesmal hat er alles falsch gemacht und beim ersten Mal gar nichts. Das ist ein Trottel.»

«Ach.» Senf klang zertrümmert. «Ich glaube nichts mehr und alles. Vielleicht stimmt ja, was Herr Magenreuter gesagt hat. Oder vielleicht war es der Affe. Vielleicht habe ich mein blödes Leben in diesen Fredersen hineinprojiziert. Was wissen wir schon?»

«Ich weiß, dass ich vielleicht gerne mal einen trinken ginge», maulte Haffner.

«Kein schlechter Vorschlag.» Magenreuter lächelte müde.

«Machen Sie das mal, haben ja ganz gut gearbeitet. Ein andermal gehe ich mit.»

So saßen die vier schließlich im Essighaus, freuten sich des Kneipenbetriebs, spielten ein wenig Karten, tranken ein bisschen viel. Zum ersten Mal seit langem besprachen sie nichts Dienstliches. Gegen Mitternacht machte sich Theuer auf den kurzen Heimweg. Im Flur schaute er sein Telefon an, als wäre es ein Wesen, ein Kobold. Dann traute er sich und rief Yildirim an.

«Und? War er es wirklich beim ersten Mal?» Yildirim hatte schweigend zugehört. Sie hatte nicht schlafen können, Regen schlug ans Fenster, Zeit, nach Hause zu kommen.
«Ich glaub es nicht. Aber die strohdumme Schweiger weiß bestimmt nicht mehr, was sie an dem Abend gemacht haben.»
«Und das Mädchen, diese Babsi oder Babs?»
«Hat vielleicht gesehen, wie er ihn getragen hat, oder hat einfach nur richtig getippt, weil sie seinen Ausländerhass gekannt hat ... Sie wird es uns wohl nicht sagen können.
Komm bald. Wir können alles klären.»
«Ja. Wir probierens nochmal, wir packen das, ich ... Theuer?»
Er war eingeschlafen.

Theuer und die Seinen, in der Erwartung, nun nach einem vertrauten Schema die Sache eher gemütlich weiterverfolgen zu können, trafen sich, als hätten sie es abgesprochen, zunächst in der Cafeteria. Kein Wunder: Alle, auch Leidig und Senf, hatten gegen einen zusätzlichen Kaffee am Morgen nichts einzuwenden.
«Jetzt werden wir mal sehen», sagte Theuer. «Und hören.»

«Und saufen», ergänzte Haffner schwerzungig.

«Ich hab gestern drei Gläser Wein getrunken.» Senf schüttelte den Kopf. «Das mach ich sonst nie.»

«Ich auch nicht», stöhnte Leidig, «das heißt, letzte Woche hab ich ja auch schon ...»

«Ach, hier sind Sie.» Magenreuter setzte sich. Hatte er gestern schlecht ausgesehen, jetzt sah er schrecklich aus.

Theuer fragte ahnungsvoll: «Was ist los?»

«Bauer hat sich umgebracht. Hat sich den Schädel an der Zellenwand eingerannt. Bauer ist tot.»

Theuer schwieg. Haffner rauchte, Leidig spielte albern mit der Krawatte. Einen toten Neonazi nahm man nicht so schwer. War das erfreulich oder eine Spielart der Barbarei?

«Gibt es jetzt noch irgendeine Chance, dass wir herauskriegen, was wirklich passiert ist?», fragte Magenreuter und ergänzte selbst: «Ich fürchte, nein.»

«Sie haben nichts verbrochen. Sie haben nur einen Verdacht geäußert. Und er war eine Drecksau.»

«So sollte man es sehen.» Magenreuter nickte. «Und ich werde das auch schaffen. Apropos schaffen, die Herren ...»

Sie gingen ins Büro.

«Es gibt solche Fälle», sagte Haffner weise. «Da bleibt manches im Dunkeln.»

Telefon, Leidig nahm ab, hörte, nickte sinnloserweise, dann: «Freundlicher Bericht über uns in der RNZ, trotz des Selbstmordes. Manche werten das als Geständnis. Andere halten am Affen fest. Immerhin, wir können für beides Argumente liefern.»

«Und ich», Senf klang traurig, «werde wohl für immer nicht wissen, was es da mit meiner Ahnung auf sich hatte ...»

Der schwere Ermittler schaute auf und hörte sich sprechen: «Weißt du noch, Haffner, wie du gesagt hast, wir könnten genauso gut den Affen befragen wie die arme Babs?»

«Nein. Aber übrigens: Früher haben Sie uns mal gesiezt und mal geduzt. Jetzt ist es fast nur noch ‹du›. Das zeigt, dass das Team zusammenwächst, gegen alle Widerstände.»

«Gut. Oder egal. Auf jeden Fall – vielleicht können wir ja das. Den Affen befragen. Leidig?»

Ein paar Mausklicks später holte sein junger Kommissar zwei Blätter aus dem Drucker: «Maturiert in Eisenstadt, Burgenland ...» Er las in Sprüngen vor. «Studium der Sprachwissenschaft und Biologie in Wien und ... na ja, Hildesheim, hatte ich überlesen, aha, dort also nur Linguistik ... aber hier: ‹Ungeachtet aller Anfeindungen: Die von mir trainierten Primaten kommunizieren eindeutig sprachlich, nach der von mir entwickelten Sprachdefinition des Communinet› – keine Ahnung, wie man das spricht –, ‹und ich bin jederzeit in der Lage und willens, hierfür den Beweis anzutreten.› Verrückt, oder?»

«Gib mir die Telefonnummer», rief Theuer aufgeregt.
«Nein, gib sie mir nicht.»
«Was ...»
Theuer krallte sich beidhändig in den Schopf: «Leidig. Das hieße, dass wir einen Affen befragen würden!»
Sie schauten sich an.
«Stimmt», sagte Leidig ruhig. «Das können wir nicht.»
«Nein.»
«Aber der Affe hat gebärdet. Und er ist die letzte Chance.»

Theuer starrte auf die Nummer. Brüssel. Viel besser wäre es, darüber zu schlafen, und zwar 365-mal. Aber er hatte Bohumil gebärden sehen.

Er setzte sich an seinen Schreibtisch, atmete tief durch und wählte die Nummer des Dr. Helmut Hamilkar.

Es tutete gerade zweimal.

«Hamilkar?» Sofort dachte Theuer an Zithermusik, Hans Moser und gestrecktes Penizillin.

Der Polizist mühte sich, einigermaßen den Faden zu behalten.

«Ich verstehe Sie also richtig, dass Sie in eine investigative Notlage geraten sind und meine Arbeit Ihnen dienlich sein könnte?»

«Kann er sprechen?!», schrie Theuer. «Kann das sein?»

«Das ist ein bisschen erklärungsbedürftig ... Schauen Sie, in meinen linguistischen Studien ist mir aufgefallen, dass da ein Gap klafft zwischen Morphologie und Syntax, also das sagt Ihnen jetzt nichts ... Wörter und Sätze werden unterschieden.»

«Ja», sagte Theuer, «Wörter sind Wörter und Sätze sind Sätze.»

«Das ist die landläufige Auffassung!», lachte sein Gesprächspartner. «Mein Modell ersetzt solche Teilbezeichnungen, die aus der Grammatik eine Art Kochrezept machen, durch den Begriff des Communinet, eine Wortschöpfung aus Kommunikation und Netz, auf Englisch versteht sich ...»

«Jaja!»

«Also: Ich verwendete gerade das Communinet ‹Begriff›. Das ist ein Punkt, ein weiterer sind Sie, noch einer bin ich. Es gibt immer mindestens drei Punkte, ja vier. Der vierte Punkt des Netzwerks sind die anderen Verständnisse des Wortes ‹Begriff› durch andere. Verzeihen Sie mir, es ist so schwer, das einem Laien zu vermitteln. Die traditionellen Grammatikmodelle gehen von einer segmentierbaren Information aus: Phonem, Morphem, Wort, Satz, Text – dann philologische Taschenspielertricks wie die so genannte Intertextualität ... Und plötzlich ist Kommunikation ein dem Menschen einzig Mögliches, nicht ein quantisches Muster im morphogenetischen Pan-Communinet.

Mein Kommunikationsbegriff definiert Ebenen. In dem Moment, wo das zwei Communinetpunkte sind, Punkte sind Knoten. So webt sich ein Netz, das Kommunikation weiter auffassen hilft. Wissen Sie, womit das Elend begann?»

«Nein», sagte Theuer. «Sie wissen es?»

«Durch den Wortzwischenraum und die karolingische Minuskel. Die Informationsvereinzelung, die Geburtsstunde des digitalen Zeitalters, das dem Mahlstrom des permanenten Informationsaustauschs nie gerecht werden kann.

Auch das Wechselspiel zwischen Lufttemperatur und Wind bildet ein Communinet, eines, das wir zwar deuten, aber nicht unmittelbar verstehen können. Alles ist Kommunikation, das hat ja schon der Watzlawik gesagt, woar ja auch a Wieäner ...» Hamilkar lachte. «Aber er fasst Sprache als Sonderform des Seins auf, von mir aus mit Körpersprache und Mimik, nur, das greift zu kurz. Alles ist wortloses Gespräch, das hat schon Hegel geahnt. Ja, das gesprochene Wort ist die Ausnahme, der Ausnahmefall der Kommunikation aufs Ganze gesehen! Alles will sich austauschen und Kompromisse schließen, Synthesen, die Natur, die Evolution sind ein Gespräch.»

Theuer war schwindelig: «Kann uns Bohumil helfen, können Sie uns helfen?»

«Davon bin ich überzeugt!», sagte Hamilkar mit fester Stimme. «Ich komme gerne, wenn Sie mir bei den Fahrtkosten ...»

«Ja, natürlich.» Theuer atmete tief durch. «Spricht er wie ein Mensch?»

«Nein.» Hamilkar klang nach einem Arzt, der einem tumben Banausen eine unschöne, aber akzeptable Diagnose menschlich vermittelt. «Er kommuniziert in einem anderen Communinet, das wiederum aus Netzen gewoben ist – im Ausschnitt des Fraktals finden wir das Ganze, ohne dass es das Ganze ist.»

«Aber Sie können ihn verstehen!»
«Das denke ich schon.»
«Warum wurden Ihre Forschungen abgebrochen?»
Theuer erschrak fast, hatte er ihn beleidigt?
«Warum wurde zu Lebzeiten van Goghs kein Bild verkauft? Warum wurde Freud erst so spät Professor? Ich habe die Hoffnung, dass im zentraleuropäischen Brüssel vielleicht etwas mehr in die Zukunft investiert wird, nicht wahr, als im todesbesessenen Wien ...»

Sie verblieben, dass sich Theuer jederzeit melden konnte. Aufgeregt ging der Ermittler auf und ab. Er würde vielleicht den Coup landen. Damit rechnete keiner.

Sie gaben sich alle Mühe.
Theuer hatte gekocht, es schmeckte nicht besonders, aber Yildirim und Babett lobten das Essen überschwänglich. Über die Maßen friedlich zog sich das Mädchen dann auch bald ins Bett zurück.
Jetzt hab ich dir gar nichts mitgebracht ... – Macht nichts, macht doch nichts, ach du! Gut, dass ihr wieder ... – Da kuck mal: Heut kommt ein «Pater Brown» mit Heinz Rühmann, die magst du doch – Kuckst du mit – ziemlich müde – ja klar.
Schweigen, Fingerspitzenkontakt.
«Wir haben, ich habe noch eine Theorie entwickelt, ich glaube, dass der Affe bei uns im Zoo gebärden kann, also, wir haben seinen Trainer gesprochen ...»
Fingerspitzen zurück.
«Es spricht vieles dafür, dass mehr dahinter steckt, das glaube ich auch. Aber ... Ist noch was rausgekommen?»
«Ach, das interessiert dich jetzt, was?», bellte Theuer. Er ging zur Speisekammer und griff nach dem Schnaps. Es war keiner da.

«Babett trinkt!», rief er empört.

«Ich hab den Letzten getrunken, bevor wir gefahren sind.»

«Sehr nett!»

«Gern geschehen. Du musst aber zum Gorillagebärdelernen nicht zufällig einen Kurs in Wismar machen?»

Theuer trat gegen den Tisch: «Ich finde das geschmacklos, dass dich bei diesem Mord am meisten deine übrigens grundlose Eifersucht beschäftigt.»

Yildirim riss die Balkontür auf und fing haffnerisch an zu rauchen.

«Meine Eifersucht bezüglich der Frau Professor Hornung ist also grundlos!»

«Ist sie auch.» Theuer fühlte die Schwermut in Wellen anbranden. Hatte keine Lust auf sie und auf maritime Bilder.

«Hamilkar ...»

«Wie, Milka? Ob wir Milka haben? Hättest halt welche kaufen sollen.»

«Nein, Dr. Hamilkar, das ist der Sprachtrainer von Bohumil, dem Silberrücken, ich dachte, ich rede mit Mommsen.»

«Hamilkar, Bohumil!»

«Das sind Wiener, Tier und Mensch, ich meine, dass niemand etwas dafür kann, woher er kommt und ob es ihn zu den Affen oder uns Arschlöchern verschlägt ...»

«Kollege Mommsen soll also zustimmen, dass ein Affe befragt wird?»

«Etwas in der Art.»

«Dann kann ich nur noch im Tschador ins Büro. Lassen wir es, Jockel, bitte! Dein Film fängt an.»

«Was machen wir morgen? Ich meine Sonntag, wir könnten einen Ausflug machen?»

«Ja, könnten wir.»

Aber die Jungs zogen mit.

«Erst mal muss Mommsen der Befragung zustimmen», sagte Theuer, ein klarer frischer Morgen, wie geschaffen für Großtaten, «und dann auch noch unser Chefduo, wir werden mal sehen. Der Hamilkar kommt bestimmt.

Ich ruf gleich Mommsen an. Jawohl. Ich ruf den Arsch an.»

Ganz so stramm war dem Ersten Hauptkommissar nicht zumute, doch er wollte endlich einmal in Vorlage gehen. Ohne dieses Gefühl zu erläutern, brüllte er nur. «Nicht immer der Sache nachschnüffeln, sondern den anderen die Schnauze in den Dreck drücken!»

«Ich weiß, dass Sie keine Hunde mögen», sagte Haffner. «Aber Sie gäben einen 1a Hundetrainer ab. Das sag ich und glaub ich.»

Er hatte seinen Termin bei Mommsen. Was vielleicht helfen würde: Es machte allmählich die Runde, dass der so vehement in den Beruf Gestartete und von seinem Chef Wernz unausgesetzt als «einer von der bienenfleißigen Sorte» Belobigte sich mittlerweile gegenteilig entwickelte. Unlängst musste man einen kroatischen Prostituiertenschlüpferschmuggler laufen lassen, weil die Anklage verjährt war.

So war der Staatsanwalt auch nicht allzu versessen gewesen, Theuer überhaupt zu treffen – der Erste Hauptkommissar war nervös.

«Herr Theuer?» Der Ankläger hatte eine neue Brille – nicht mehr das runde Franz-Schubert-Modell, sondern ein kantiges, schwarzes.

«Herr Mommsen, ich wollte Sie bitten, mich noch einmal den ersten Fall im Zoo aufrollen zu lassen ...»

Mommsen blies sich eine Strähne seiner Poppertolle aus dem Gesicht. «Wieso?»

Theuer knackte mit den Fingern: «Wir haben einen Verdächtigen ...»

«Und das Geständnis.»

«Genau.» Theuer versuchte das Gesicht seines Gegenübers zu studieren. Er gab sich jugendlich, aber er wirkte nicht locker, ganz im Gegenteil. (War man in der Jugend überhaupt locker?)

Modisch gekleidet, braun gebrannt, die Schultern schienen etwas breiter geworden zu sein, so, als ginge er neuerdings ins Fitnessstudio. Allerdings: Waren das nicht die beringten Augen eines Schlaflosen? Zeichnete sich da ein Zigarettenpäckchen in der Brusttasche des modisch pinken Hemdes ab? Und wo blieb eigentlich die sonst eimerweise vergossene Arroganz?

«Ihnen geht es aber nicht gut!»

Mommsen lächelte dünn: «Das sehen Sie ganz richtig, Herr Theuer.» Ein böser Blick. «Sie entsinnen sich doch noch, dass Sie einmal so freundlich waren, mich mit Windpocken zu infizieren?»

«Das ist stark übertrieben!», protestierte Theuer lahm.

«Ach ja? Sie wollten, dass Kollegin Yildirim weiter den Keltenkreisfall hat. Ich weiß schon.»

«Lange her, oder?» Theuer senkte den Blick und schämte sich – allerdings nur ein bisschen.

«Eine Spätfolge einer Varizelleninfektion im Erwachsenenalter kann eine Gürtelrose sein. Mich hat das erwischt.»

Jetzt schämte sich Theuer schon mehr.

«Sie sagen ja gar nichts?»

Der Kommissar hob trotzig den Blick: «Wäre aber auch nicht gut, wenn sich herausstellte, dass Sie aus Rache eine Untersuchung behindern?»

Mommsen lächelte wieder, freilich dünn. «Das stimmt natürlich. Das Geständnis eines Selbstmörders riecht immer so ein bisschen nach Folterverhör. Ich hätte nichts dagegen, wenn wir das weiter verifizieren könnten. Indem Ihr Verdächtiger nichts taugt.»

«Wir haben ihn nicht gefoltert», sagte Theuer mühsam beherrscht, aber er dachte nur: Arschloch.

«Haben Sie ganz gegen Ihre Gewohnheit mal etwas Schriftliches?»

«Ja, und wir wollen also ... ich habe es hier aufgeschrieben, schreiben lassen, ein Kollege ...»

Fahrig reichte Theuer ein Papier über den Tisch.

Mommsen griff danach und quälte sich dann ein Lächeln aufs Gesicht. «Da steht gar nicht, welchen Zeugen Sie befragen wollen, nur dass es im Zoo sein soll.»

«Nicht?», fragte der Ermittler unschuldig wie ein frisch geschlüpfter Erpel. «Muss Kollege Leidig vergessen haben, ich komm jetzt auch nicht auf den Namen.»

«Ach, egal.» Mommsen griff nach unten, förderte eine Thermoskanne zutage und schenkte sich zittrig Tee ein, Theuer bot er keinen an.

«Das ist ja dann auch nicht so entscheidend. Sie erhoffen sich also mit der Konfrontation auf dem Gelände des Zoos eine besondere psychologische Wirkung.»

«Unbedingt.»

«Ja, gut, machen Sie.» Er unterschrieb.

Blieb die Direktion.

# 14

Im Büro einigten Sie sich rasch darauf, Magenreuter grob absprachewidrig nicht einzubeziehen – «Der würde bei unserem Plan ganz blass, hähä. Gluck, gluck» –, sondern Seltmann, mürbe und verwirrt, wie er war, abends, quasi konspirativ mit ihrem Ansinnen zu überraschen.

«Wir brauchen dann aber schnell den Hamilkar als Experten», erinnerte Senf: «Wenn wir ihn offiziell einladen, dann müssen wir auch sagen, was der hier Ungewöhnliches tun soll. Ich schlage vor, wie legen für das Hotel zusammen.»

«Aber gewiss doch!», maulte Haffner. «Ich werde einen Teil meiner Bezüge für ein Hotelzimmer EINES MORDVERDÄCHTIGEN abzweigen! NIEMALS!»

Leidig schaute neutral, wippte aber autistisch auf dem Stuhle: «Haffner, er soll den Affen übersetzen. Er ist nicht der Mordverdächtige.»

Der Pfaffengründer nickte: «Kann sein. Also wie viel? Wie viel Mark?»

Theuer schickte ihn zum Ausnüchtern nach Hause.

Das Telefon klingelte, er nahm ab:

«Theuer?»

«Yildirim. Ich habe gerade Mommsen getroffen. Du willst also ein Verhör im Zoo machen. Aber mit wem? Ist es das, was ich gar nicht denken will? Theuer, ich helf dir nicht, ich ...»

Er legte auf, warf das Telefon an die Wand, ging zur Technik, meldete den Schaden, gab seine Kontonummer preis, ging aufs Klo, ging wieder ins Büro und sprach kaum noch einen Satz bis Feierabend.

«Seltmann?»

«Ja, Herr Seltmann, es tut mir Leid, dass ich Sie so spät noch störe, Theuer am Apparat.»

«Je nun, der Apparat, ich sage immer, Herr Täuber, Theuer, die Bürokratie, sie frisst uns die Haare von den Zähnen … Und wie viel Uhr ist es? Was?»

«Zehn Uhr.»

«Wie lange schon? Ach, was red ich denn …»

«Können Sie nochmal ins Revier kommen, es geht um eine Sache von außerordentlicher Wichtigkeit.»

«Oh, oh, da sollten Sie Herrn Magenreuter hinzuziehen! Mir wurde doch so dringend ans Herz gelegt, ja ins Herz gepflanzt, ihn stets hinzuzuziehen … wenn. Teufel auch. Ist Ihnen schon einmal aufgefallen, dass man ‹stets› vorwärts und rückwärts gleich lesen kann? Genauso wie: ‹Ein Neger mit Gazelle zagt im Regen nie›?»

«Sehen Sie, jetzt hätten Sie doch schon einen Berg Schwierigkeiten am Hals, wenn Magenreuter dabei wäre.»

«Gewiss.»

«Sie sind der Polizeidirektor. Nach wie vor!»

«Da haben Sie, das sage ich jetzt einfach und nehme es auf meine Kappe: Recht. Das haben Sie. Und mich überzeugt.»

«Ja, vielen Dank und grüßen Sie Ihre Frau und sagen ihr, dass es mir …»

«Wenn ich sie sehe.»

«Hat sie Sie verlassen?»

«Das weiß ich nicht. Ich sehe sie nicht. Es ist ja dunkel.»

Während der Fahrt musste sich Theuer eingestehen, dass Seltmann verrückt war. Was er vorhatte, war nicht anständig.

Als er parkte, sah er den Direktor bereits im Lichtkegel einer Straßenlaterne herumschwanken.

Sein erster Eindruck, nun sei Seltmann auch noch betrunken, war falsch.

«Das Licht», murmelte der Direktor grußlos, «ich vertrage das Licht nicht mehr.»

«Warum stellen Sie sich dann ins Licht?»

Seltmann sah aus, als habe er darüber noch gar nicht nachgedacht.

Zunehmend beklommen ging Theuer mit ihm zum Haupteingang. «Oder warum Sind Sie nicht schon rein?», fragte er, als sie im Lift waren.

«Ja, merken Sie es denn nicht?», fragte Seltmann leise. «Spüren Sie es nicht?»

«Was?», fragte Theuer.

Der verrottete Mann schüttelte amüsiert den Kopf. Was immer es war, das den Doktor besetzt hielt, es schien ihm so offensichtlich, dass er keine weitere Erklärung abgab.

Aber er war noch im Amt, das zählte.

«Ja, so ist das doch», sagte der dann auch in diesem Moment ins Nichts und schloss sein Büro auf.

Infolge der neuen Lichtempfindlichkeit des Direktors saßen sie, abgesehen vom schwachen Abglanz der nächtlich beleuchteten Straßen, im Dunkeln.

Auf das Chefsofa zurückgekehrt, schien Seltmann auch wieder ein Stück weit in die Realität zu finden.

«Nun, also, Herr Theuer, Sie meiner einer. Was ist? Was treibt uns zu so später Stunde zusammen? Mein Gott, wo sind die Jahre hin? Wie lange kennen wir uns schon? Zwanzig Jahre?»

«Drei Jahre.»

«Na, immerhin.»

«Sie hatten doch so eine Schale mit Steinen auf Ihrem Tisch. So Steine, die man sich durch die Finger gleiten lassen konnte, wenn man wollte ...»

«Ja», keifte Seltmann, «aber das war falsch. Denn wohin hat es mich gebracht? Ins Abseits. So, und jetzt raus mit der Sprache. Was wollen Sie?»

Theuer holte tief Luft. Er hatte ursprünglich geplant, das Ganze etwas zu verbrämen, aber der rasende Absturz seines Chefs machte das überflüssig, ja wahrscheinlich war es anders sogar besser.

«Ich brauche Ihre Zustimmung. Ich möchte einen Gorilla verhören.»

«Ist das eine internationale Großsache mit dem Gorilla?» Seltmann kicherte aufgeregt. «Ich würde so gerne noch einmal eine Pressekonferenz abhalten. Nur einmal noch ...»

«Wer weiß!», wand sich Theuer. «Also direkt international ist die Sache nicht, aber fast ...»

«Oha!»

«Nein, aber der Heidelberger Gorilla ... kann sprechen.»

«Das ist ja nicht zu glauben.» Seltmann beugte sich aufgeregt über den Tisch. «Woher wissen Sie das?»

«Er hat es mir gesagt.»

«Nein!» Der Direktor schlug sich begeistert auf die Schenkel, wurde aber gleich wieder ernster. «Ich sehe zwei Probleme!»

«Welche denn?» Theuer musste jetzt weitermachen, er fühlte sich nicht sonderlich wohl dabei.

«Erstens: Wer sagt, dass der Gorilla nicht lügt? Nicht gelogen hat, als er Ihnen sagte, er könne sprechen.»

«Das konnten wir wissenschaftlich ausschließen.»

«Das ist gut. Wissenschaft schafft Wissen! Aber ich habe nach dem letzten Gespräch mit Magenreuter, Sie entsinnen sich, er will meinen Stuhl, und dann will er ihn zersägen, der, der schwarze Mann.

Ich musste», geiferte der Kranke weiter, «versprechen, bis zu meiner amtsärztlichen Untersuchung keine Entscheidung mehr zu fällen, ohne ihn hinzuzuziehen, gell? Ich habe es vorhin gesagt, gell? Gell, Herr Theuer?»

Der Ermittler konnte gar nicht hinschauen: «Eine Erlaubnis ist doch keine Entscheidung!»

Seltmann dachte angestrengt nach, was Theuer die Gelegenheit gab, über den Niedergang seines Hassobjektes zu sinnen. Das konnte also übrig bleiben, wenn man einem devoten Karrieristen, emsig, innovationsbesessen und recht dumm dabei, Ansehen und Macht nahm. Es blieb ja nicht nichts, es blieb eine flackernde, verwirrte, ängstliche Seele.

«Ja», sagte Seltmann. «Sie haben Recht. Erlaubnis erteilt. Gehen wir.»

«Ich brauche eine Unterschrift für den Zoodirektor», schalmeite Theuer und zog die entsprechenden Papiere aus der Jackentasche. Leidig hatte sie sorgfältig formuliert. Alles klappte, es lief ihm kalt den Rücken hinunter.

Sie trafen sich am Vormittag im Büro, ein wenig wie Schulbuben, die einen Streich planten und sich gegenseitig einreden mussten, dass es eigentlich gar keiner war, aber dabei emsig weiterplanten, wie man das Mofa des Relilehrers sprengen könnte.

«Hamilkar?», fragte Theuer. «Hast du dich um den gekümmert, Haffner?»

«Ja, klar, ich hab ihn gewickelt und gestillt.»

«Nein, ich meine, ist alles klar? Kommt er heute Abend?»

Haffner klaubte einen Zettel aus der Innentasche seines Jacketts. «Um zwanzig nach sieben, Gleis vier.»

«Wir sollten ihn abholen und gut behandeln, er ist ja der Schlüssel zum Ganzen.»

«Ich kann das machen», sagte Leidig. «Dann habe ich einen Grund, in Schwetzingen früher zu gehen ...»

«Du besuchst sie wieder? Nach der ganzen Geschichte.» Haffner drohte mit dem Zeigefinger.

Leidig errötete.

Es klopfte: Seltmann. Er zitterte. Schon fing er an: «Ich muss offen sprechen und will es auch. Es ist Ihnen allen nicht entgangen, dass es mit mir nicht zum Besten steht. Meine Zukunft hängt an einem seidenen Faden, und dem steht das Wasser bis zum Hals, alles am Abgrund. Meine Frau ist weg, jetzt ist es heraus. Herr Theuer, erinnern Sie sich an unser Gespräch gestern?»

Theuer nickte.

«Es hat nicht stattgefunden, nicht wahr?»

«Doch, es hat stattgefunden.»

«Ich werde medikamentös behandelt», jammerte der Direktor. «Ich war gestern ... ich weiß nicht, ich vertrage das nicht, was ich da einnehme. Ich würde gerne, also die Erlaubnis ... in ein Verbot umwandeln.»

Theuer schwieg.

«Bitte», sagte Seltmann leise. «Ich habe wahrscheinlich Fehler gemacht in den ersten Jahren unserer Zusammenarbeit, aber jetzt ... Wie lange arbeiten wir schon zusammen, ziehen am selben Strang, ziehen den Karren aus dem Dreck, wir vier hier, die wir, wenn ich genau zähle, ja fünf, der Esel zählt sich selbst zuletzt, die Jahre ...»

«Zwanzig», sagte Theuer hart. «Tut mir Leid, Herr Seltmann. Der Verhör-Experte ist schon unterwegs.»

«Und Mommsen», fiepte Seltmann verzagt.

«Hat einer Befragung zugestimmt, wenn Sie zustimmen.»

«Dem Affen. Dem Affen hat er zugestimmt?»

«Man braucht nicht jedem alles zu sagen, nicht wahr?» Der schwere Ermittler musste im Stillen immer mal wieder den Gedanken zulassen, dass er einiges riskierte.

«Sie abscheulicher Mensch, ich bin krank.»

«Ich habe nicht gelogen», sagte Theuer. «Der Affe war Teil eines Forschungsprogramms in Wien, bevor er nach Heidelberg kam. Er kann Gebärden aus der Sprache der Gehörlosen. Sein Lehrer kommt nachher zum Übersetzen.»

Aber Seltmann, der Abends zuvor noch einen lautsprachlich versierten Gorilla anstandslos geschluckt hatte, schien nicht wesentlich beruhigt.

«Und wenn er lügt, der Affe? Er hat nichts zu verlieren! Er kommt nie raus! Sie wissen das?» Die Stimme klang nach Pinkelstrahl auf Wellblech.

«Wir machen es», sagte Theuer und fügte leiser hinzu: «Es tut mir Leid, aber wir machen es.»

Seltmann starrte ihn fassungslos an. «Und wenn ich Sie bitte, stattdessen ein anderes Tier zu befragen?»

Schweigen. Er ging.

«Scheiße», sagte Haffner. «Er tut mir fast ein bisschen Leid – also sehr wenig, aber ein bisschen.»

«Gehen wir essen», schlug Senf vor. «Ich muss mich ablenken, ich bin zu aufgeregt ...»

«Die haben ja jetzt ein neues System», sagte Haffner auf dem Weg nach unten. «Das haben sie seit zwei Jahren», sagte Theuer und zückte, dies unterstreichend, seine bereits abgegriffene «HD-Servicecard».

«Wieso», opponierte Haffner. «Ich habe bis vor kurzem noch bar bezahlt.»

«Du warst der Einzige», lachte Leidig. «Die alte Brommer hatte eine Schwäche für dich und hat extra immer noch ein Brotkörbchen mit Wechselgeld auf der Sparda-Bank geholt.»

«Ehrlich?» Haffner sah entsetzt drein. «Sparda?» Und setzte grimmig hinzu: «Ich bin Genossenschaftsbankkunde aus Überzeugung. Klar, das habe ich schon mitbekommen, dass es da eine Übergangszeit gegeben hat. Wo andere schon mit Karten gezahlt haben.»

«Der Einzige, du warst der Einzige ...»

«Und jetzt ist sie pensioniert, die Brommerin, das weiß ja sogar ich», sagte Theuer. «Hast du genug drauf, Haffner? Man muss die Karte am Automaten aufladen.»

«Logisch», sagte Haffner. «Bin ja nicht von gestern.»

Beim Wiegen der Teller stellte sich heraus, dass Haffners Karte 40 Cent zu wenig auswies. Nein, das könne kein Kollege übernehmen, das sei jetzt gebucht.

«Wie gebucht?», fauchte Haffner los. «Ich bring eine Maultasche zurück, und dann buchen Sie nochmal!»

«Das geht nicht. Sie müssen den Teller hier lassen und unten am Automaten aufladen.»

«Warum ist der Scheißautomat eigentlich unten?», schrie Haffner. «Was ist denn das für ein System? Wir haben schließlich zu tun.»

Die Dame an der Kasse war offensichtlich Verdruss gewöhnt, schien Haffner standzuhalten, über die entsprechende Statur verfügte sie. Sie warf ihre rot gefärbten Haare zurück: «Das müssen Sie auf der Stadt fragen. Ich wunder mich sowieso über manches, was in Heidelberg anscheinend normal ist.»

«Man höre sich das an, das muss man sich also anhören.» Haffner versuchte gestenreich, die gesamte, ständig anwachsende Schlange aufzuwiegeln. «Kommt offensichtlich noch nicht einmal aus Heidelberg und führt hier die Klinge gegen unsere Heimat! Mit Wörtern hat sie unsere Stadt beleidigt!»

«Haffner geh halt aufladen», zischte Theuer. «Befehl!»

Der Kämpfer entfernte sich sehr unlustig, Theuer steckte seine Karte ein, und auf dem Display erschien statt des gebuchten Betrags die seltsame Mitteilung «e F 5 – iii».

«Jetzt is' wieder kaputt, da müssen Sie zu meiner Kollegin, sich hinten anstellen. Auf, auf.» Mit den festen Bewegungen eines Verkehrspolizisten winkte sie alle nach rechts zur zweiten Kasse.

Haffner machte kehrt. «Wie kaputt? Was kaputt, hören Sie, Frau ...»

«Grimmel.»

«Frau Grimmel, jetzt erleben Sie etwas Neues.» Ruhig

und gefasst entnahm Haffner seiner Börse einen alten Hundertmarkschein. «Der wird ja wohl reichen, für mich und meine drei Kollegen. Der Rest ist für Sie. Sie müssen nur zur Bundesbank. Nach Berlin. Ha!»

Ohne ein weiteres Wort ging er mit seinem Teller zu einem freien Tisch am Fenster, die anderen folgten übertölpelt.

«Der hab ich den Marsch geblasen.» Er strahlte. «Wir sind schon ein Haufen, was? Wenn das jetzt noch hinhaut morgen Abend, dann sind wir die Ersten, die ein Tier als Zeugen präsentieren können!»

«Ja», sagte Theuer lahm. «Das klappt schon.»

Dr. Hamilkar, von Leidig eskortiert in weißem Anzug, mit braunem Genieschal um den Hals, betrat selbstbewusst das Büro und schaute sich auf den Zehenspitzen wippend um. Im Gesicht erinnerte er an einen Wiener Poeten, den Theuer nicht mochte, der inzwischen hauptsächlich riesige Feuerwerke veranstaltete – scharfe Züge, ein gestutzter Backenbart. Wässrige blaue Augen. Theuer kämpfte gegen eine aufkeimende Abneigung.

«Na, die Herrschaften, besser als in einer Uni schaut's hier aber auch nicht aus.»

«Hat niemand behauptet, guten Abend.» Theuer erhob sich schwerfällig und streckte die Hand aus.

«Ich grüße Sie, Herr Theuer! Wir haben telefoniert. Sie sind dann der Herr ...»

«Senf.»

«Auch Ihnen einen schönen guten Abend! Und Sie sind der Vierte im Bunde, Herr ...»

«Haffner. Thomas Haffner.»

«Haffner ... jetzt kennen wir uns, wunderbar!»

Nach allerhand inhaltsleeren Floskeln über die gegenseitige Freude, nun schon so bald Hamilkars Ergebnisse kennen lernen zu können, stellte Theuer den Plan vor.

«... Ihr Part wäre der eines reinen Übersetzers, ich möchte jetzt gar keine Details nennen, damit Sie ganz unbeeinflusst wiedergeben können, was Bohumil mitteilt.»

«Und ich habe Sie, werter Herr Theuer, da richtig verstanden, Sie wollen klären, ob ein Haderlump mit einer Tötung zu tun hat? Oder mit zweien beziehungsweise, i soags amol soa, unschuldig ist wie ein Lamm am Karsamstag?»

«Ja genau.» Theuer nickte. «Sie sagten ja, der Gorilla könne ähnlich komplex wie wir ...»

«Je nun.» Hamilkar lächelte und ließ seine abgespreizten Finger einander betupfen. «Ähnlich komplex, Herr Theuer, nicht wahr? Ein Gorilla verfügt natürlich nicht über das Communinet ‹Ethik›, ich denke, Sie machten sich zu viel Hoffnung, wenn Sie erwarteten, dass er da etwas beisteuern kann ...»

«Jetzt hören Sie mal bitte», unterbrach Theuer, der jählings vom Gefühl ergriffen wurde, er wechsle in eine zweidimensionale Existenzform. «Wir haben Sie doch angefragt? Sie sind doch hier.»

«Jaja, aber da ..., da müssen Sie sich jetzt schon entsinnen, was ich genau gesagt habe, Herr Major, Herr Kommissar ... Sie fragten, ob ich bei einem Kommunikationsversuch mit meinem Bohumil zwecks Aufklärung eines Verbrechens helfen könnte, und da habe ich ja gesagt.»

«Ja, und das wollen wir doch nur.» Leidig war aufgestanden und griff sich in die Herzgegend.

«Nun.» Hamilkar schaute zu Boden. «Ein gewisser Austausch auf einem allgemeinen Niveau ...»

Theuer schwante etwas. «Ach so», formulierte er aus einer tiefen Müdigkeit heraus. «Sie dachten, wir stellen allgemeine Fragen, und Sie behaupten einfach, der Gorilla habe diese oder jene tiefsinnige Bemerkung gemacht. So nach dem Motto: Ich habe den geständigen Mörder gesehen, er war es wirklich ... Damit es uns imponiert und eine gute Presse bringt! Dann können Sie wieder für Ihr Projekt werben.»

«Aber nicht doch!» Hamilkar strahlte. «Nein, gar nicht, aber wenn man auf dem Communinet IIb symbolisch interagiert, sind die Symbole natürlich nicht trennscharf wie bei uns, in der lingua humana – das ist ein hermeneutischer Prozess, schauens ... Ich müsste schon ein bisschen wissen, was Sie ... Ja, was Sie von dem Affen hören wollen.»

Ehe Theuer das gesamte Desaster, dass sich da in die Offensichtlichkeit drängte, begreifen konnte, ging die Tür auf.

Yildirim in Begleitung einer blonden jungen Frau betrat das Büro. Ach was, sie enterte, und es würden keine Gefangenen gemacht werden.

«Guten Abend, die Herren. Theuer, kuck nicht so verdattert, das steht dir nicht, kuck so blöd wie sonst. Es ist einerseits geschickt, einen Gast, dessen Kommen man nicht offiziell bekannt machen will, auf eigene Kosten unterzubringen. Sehr gut, dass du dem Hotel deine private Nummer für Rückfragen gegeben hast. Aber nicht so geschickt!»

«Das war Senf», stöhnte der allererste Hauptkommissar. «Senf, du Depp!»

«Ich hab doch Ihre Handynummer angegeben ... nein, wohl doch nicht.»

Theuer dachte kurz, dass nun, nach über einem Jahr, Senf endgültig und richtig zum Team gehörte, da er seinen ersten wirklich hundsdummen Fehler gemacht hatte. Dann zog er gleich wieder vor, nichts, aber auch möglichst gar nichts zu denken.

«Tja, Herr Hamilkar», fuhr Yildirim fort, «der Weiße Bock entschuldigt sich, es ist doch kein Zimmer zum Hof mehr frei, Sie müssen zur Gasse schlafen.»

Hamilkar deutete eine Verbeugung an und meinte, das mache nichts, er danke dem Fräulein, insgesamt höhlte seine Züge aber eine kaum noch noble, eher wächserne Blässe aus. Verstohlen schaute er immer wieder zu ihrer Begleiterin.

«Das ist Maria Wessels», sagte Yildirim. «Du erinnerst dich, Jockelchen, auf diesem einzigen Spaziergang, wo so etwas wie Urlaub stattfand im hohen Norden, da habe ich dir von ihr erzählt. Du erinnerst dich, wer ich bin? Ja?»

Theuer nickte: «Die Yildirim und ...»

«Die Gehörlose», ergänzte Wessels. «Ich lese von Ihren Lippen ab, wundern Sie sich nicht.»

Ihre Aussprache klang etwas hart, und sie artikulierte mitunter keine Zischlaute, aber man verstand sie gut. Leider. Wessels war Lehrerin an der Hörbehinderten- und Gehörlosenschule in Neuenheim und hatte darüber hinaus Lehraufträge an der Pädagogischen Hochschule für Gebärdensprache – ihre umfassenden Kenntnisse hierzu erlaube sie sich nun in einem kurzen Vortrag zusammenzufassen.

In zunehmender Beklommenheit erfuhr das Team vom alten Konflikt zwischen Oralisten und Manualisten in der Gehörlosenwelt, vom verhängnisvollen Mailänder Kongress, der vor vielen Jahren das Gebärden aus der Pädagogik verbannt hatte.

Erst in jüngerer Zeit setze sich allmählich die Erkenntnis durch, dass das Gebärden alle linguistischen Merkmale einer echten Sprache besitze und eine optimale Förderung gehörloser Kinder beide, Laut- und Gebärdensprache, zum Inhalt haben solle.

«Solange es noch Gehörlose gibt. Die Cochlear-Implantate werden irgendwann 99 % aller Gehörlosen eine teilweise Hörfähigkeit ermöglichen. Das eine Prozent, das bleibt, wird wohl niemanden mehr interessieren. Sie sehen, eine komplexe Problematik. Aber in der Öffentlichkeit findet jemand, der als Nichtgehörloser irgendeinen Schwachsinn über uns und unsere Lebensformen erzählt, nach wie vor mehr Aufmerksamkeit, als es die zähe Überzeugungsarbeit unserer Verbände vermag.»

Sie funkelte Hamilkar böse an, der leicht hysterisch an den Troddeln seines Schals fingerte.

«Wir haben uns ja auch einmal kennen gelernt, Herr Hamilkar, nicht wahr?»

«Ja, das ist durchaus möglich, im Jänner vor vier Jahren, oder war es ...»

«Auf jeden Fall waren Sie auf diesem Kongress mit Abstand der schlechteste Gebärder.»

Sie wechselte in die Gebärdensprache, Theuer nahm nichts wahr als ein blitzschnelles Spiel mit Fingern, Händen und Armen, Hamilkar antwortete, das sah allerdings anders aus. Kantig, rudernd und dumm.

«Gebärdenslang», sagte Wessels verächtlich. «Stellen Sie sich vor, Sie fragen jemanden nach der Uhrzeit, und er antwortet Ihnen mit dem Wochentag.

Diese Communinet-Geschichte hat er damals hochgekocht, um das, was seine Gorillas gezeigt haben, als Sprache bezeichnen zu können.»

«Ich habe mir damit ...»

«Sie müssen in meine Richtung sprechen, ich hänge Ihnen dann auch an den Lippen.»

«Ich habe mir mit dem, was Sie hier ausschließlich als Scharlatanerie verunglimpfen, einen akademischen Grad erworben.»

«Ich habe mich, nachdem mich Frau Yildirim vorhin angerufen hat – kucken Sie nicht so – es gibt mittlerweile Telefone mit spracherkennender Schreibsoftware.» Haffner winkte defensiv ab. «Ein wenig umgetan über Sie. Ihren Doktor haben Sie an einer, sagen wir mal, nicht sehr bekannten Universität in Südamerika gemacht.»

Theuer wusste nicht so recht, wie er sich einschalten konnte, und zeigte letztlich auf, fast hätte er geschnipst.

«Ja?»

«Ist es also Ihrer Meinung nach unmöglich, dass ein Gorilla mit Gebärden einen Mörder identifiziert?»

Wessel lächelte mitleidig. «Wenn Sie Glück haben, kann er Ihnen mitteilen, dass er Gummibärchen und keinen Kopfsalat will.»

Betretenes Schweigen in siebenfacher Ausfertigung.

«Aber, ich meine», fiepte Hamilkar aus enger Kehle, «das ist doch schon mal was, ich meine, das ist doch nicht nichts ...»

«Sie zahlen Ihr Hotel selbst», sagte Theuer eisig, «inklusive Salat und Gummibärchen.»

«Ja», sagte Hamilkar, «mit dem größten Vergnügen, Exzellenz.»

«Und jetzt raus!», brüllte der gedemütigte Teamleiter. «Raus, Sie Sprachfaschist!»

«Bravo», raunte Haffner. «Wehret den Anfängen!»

«Warum hast du eigentlich nicht mit mir gesprochen?», fragte Yildirim müde. «Warum denn nicht?»

Theuer bekam Kopfschmerzen, ein nahezu unmerkliches Funkeln im Sehzentrum kündigte eine Migräne an. Sollte es alles doch einfach kommen, es war ohnehin aus.

«Ich danke durchaus für deine Hilfe», sagte er schleppend. «Aber ich möchte jetzt mit meinen Kollegen alleine sein.»

Die Freundin nickte: «Dann will ich mal nicht stören.» Ohne weiteren Abschied ging sie zur Tür, auch die Wessels erhob sich. Theuer konnte ihr gerade noch zuwinken. «Würden Sie Ihre Telefonnummer hinterlegen, vielleicht ...»

Der Schmerz pulste in der Schläfe und im linken Auge, aber es war nur eine mittlere Attacke.

«Seit ich die Idee mit dem Gorilla hatte», Theuer musste

einen Moment pausieren, um seine Schamgefühle ertragen zu können, und fuhr mit nahezu geschlossenen Augen fort: «Habe ich mich total darauf versteift. Ich sollte den Käfig neben dran nehmen.»

Nochmals – zum wie vielten Mal? – gingen sie alle Unterlagen durch. Die Migräne schabte inwendig an der Schädeldecke.

Es war schon kurz vor acht, als Theuer wieder das Wort ergriff: «Wir haben den Termin noch nicht abgesagt. Ich schlage vor, wir machen Folgendes. Wir ziehen die Sache durch. Wenn diese Wessels mitmacht, jemand anderes fällt mir jetzt nicht ein.

Widerspruch?

Nein. Also gut.»

Wessels war zu Hause. Theuer gewöhnte sich rasch daran, dass auf seine Sätze eine gewisse Pause entstand, die die Spracherkennung in Anspruch nahm. Er hätte sich auch daran gewöhnt, wenn er zusätzlich einen kleinen Stromschlag kassierte – er brauchte diese Frau, die ihn höchstwahrscheinlich für einen Trottel hielt.

«Das letzte Wort ist hoffentlich nicht richtig kodiert worden», sagte sie. «Da steht ‹Pornodolmetscher›.»

«Nein», rief Theuer verzweifelt, «ich sagte ‹Pseudodolmetscher›. Ich meine, dass der Pseudodolmetscher weg ist.»

«Und jetzt ist alles groß geschrieben, Sie schreien.»

Theuer, nachdem er sich die lausige rechtliche Brücke gebaut hatte, sie seien ja beide Beamte und daher könne er sie einweihen, denn Dienstverschwiegenheit ist Dienstverschwiegenheit – gänzlich überflüssig flocht er ein, diese beziehe sich auch auf Gebärden –, zog sie ins Vertrauen. Erzählte von Anatoli.

Es war ja eh alles egal.

Nach zwanzig Minuten legte er erschöpft auf.

«Und?», fragte Haffner zwischen zwei raschen Schlucken warmen Rieslings aus der Schraubflasche.
«Sie macht mit.»
Er stierte auf die Tischplatte.
«Sie macht mit.»
«Wie hört so eine das Telefon klingeln?», fragte Haffner und trank und rauchte. «Verdächtig ist die, sag ich euch.»

Kurz bevor sie losfuhren, rief Hamilkar an, bereits im Zug nach Köln sowie offensichtlich bitter betrunken, und fragte, ob sie ihm das Hotelgeld nicht als «Ehrenmänner» doch noch überweisen könnten, die Arbeit an der Universität, je nun, das sei eher ein Erweiterungsstudium, denn eine «rechtschaffene» Arbeit, er nutze, je nun, die Bibliothek, das aber regelmäßig, freilich finanziell, je nun ... Theuer legte auf.

Kohlmann stand am Haupteingang. «Wie lange wird das gehen?», fragte er nervös.
«Das kann ich Ihnen nicht sagen, wahrscheinlich nicht lange.»
«Es ist ein beträchtlicher Aufwand. Wir mussten Leute dabehalten. Sie sagten, Sie wollten Bohumil unbedingt draußen befragen. Es ist immer noch kalt.»
«Ich dachte, ich denke.» Die mühsam unterdrückte Migräne begann wieder ins Bild zu züngeln. «Wenn das Tier etwas aussagen kann, dann dort ...»
«Dann habe ich das also richtig verstanden! Ich halte das für Humbug», sagte der Zoodirektor hart. «Nach allem, was wir durchmachen mussten!»
Ein Auto hielt auf der gegenüberliegenden Straßenseite. Wessels. Theuer ging ihr entgegen, ihm war noch etwas eingefallen. Im Schein der Straßenlaterne sprach er sie, stumm die Lippen bewegend, an.

«Am besten ist es, Sie schreiben mir einen Block oder so.» Er nestelte in seiner Tasche und fand eine unbezahlte Zahnarztrechnung vom November, immerhin auch einen Kuli. «Was Bohumils Gebärden bedeuten könnten, wenn es eine Bedeutung gibt. Der Zoodirektor muss das nicht wissen!»

Sie hatte verstanden. *Ich verleugne nicht gerne meine Fähigkeiten*, schrieb sie mit kantigen Buchstaben.

«Ich will Sie nicht kränken», wisperte er. «Ich brauche Ihre Hilfe. Ich bin am Arsch», rutschte es ihm fast in normaler Lautstärke heraus.

Wieder tanzte der Stift: *Das sind Sie wohl. Gehen wir.*

Der nächtliche Zoo verhexte den bedrängten Kommissar, die vielen fremden Tierlaute versetzten ihn in ein romantisches Afrika, von dem er wusste, dass es nicht existierte, für das er aber ein großes, wundes Gefühl empfand, ein Gefühl, für das es also keinen Ort und keine Bestimmung gab.

Schweigend und zügig marschierten sie zu Bohumil.

Der Fall dauerte zu lange, viel zu lange, und jetzt war er in Nöten. Er, nicht etwa der Verdächtige am fernen Ostseestrand. Der Kommissar hatte gar, gar keine Lust mehr.

Schließlich waren sie angekommen.

«Fragen Sie Bohumil, ob er diesen Mann schon einmal gesehen hat.»

Wessels Hände flogen.

Kohlmann schnarrte dazwischen: «Ein Affe gebärdet? Sie müssen mich für sehr dumm halten, wenn ich mir diese Publikumsattraktion hätte entgehen lassen.»

Er verstummte allerdings, als er sah, dass Bohumil tatsächlich einige keineswegs zufällig wirkende Gesten ausführte.

Theuers Herz schlug heftig, sollte es am Ende doch gelingen?

Wessels reichte ihm den Block.

*Dieser Affe «sagt» in etwa, dass er eine Banane will oder Obst. Vielleicht benutzt er einfach nur hospitalistisch und inhaltsleer Zeichen, die ihm Hamilkar hundertmal vorgemacht hat. Mit viel gutem Willen war da ansatzweise ein Zeichen für Sympathie, Zuneigung, eigentlich Kraulen zu sehen. Wenn Sie daran glauben wollen: Er «sagt» also eventuell, dass er Obst grundsätzlich mag und jetzt gerne welches hätte. Vielleicht sogar, dass er Sie mag. Er kennt Sie ja nicht.*

«Sie sehen, er hat eine Menge mitgeteilt!» Theuers Stimme klang noch einigermaßen fest, was ihn wunderte.

«Was denn?», drängte Kohlmann.

«Hören Sie, der Sie fast so heißen wie der Mann, der illegale Spender besser schützt als den kleinen Mann und blühende Landschaften erlogen hat, das ist eine Ermittlung und ...»

«Lass gut sein, Haffner.» Theuer ließ sich schwer auf einem Betonklotz nieder, der scheinbar funktionslos den Verlauf einer gestutzten Hecke durchbrach. Was fühlte er? Eine gewisse Dankbarkeit dem Menschen gegenüber, der irgendwann hier einen Betonklotz hatte anbringen lassen.

«Er hat nichts gesagt.»

Schweigen.

«Ich werde mich beschweren!», sagte Kohlmann.

«Ich beschwer mich über mich selber.»

«Brauchen Sie mich dann noch?»

«Nein, danke, Frau Wessels.»

«Die Dame kann ja sprechen! Wieso hat sie geschrieben ...»

«Wenn Sie mich rauslassen, erzähl ich es Ihnen.»

«Ja, gewiss. Wenn die Herren vielleicht auch gingen ...»

Theuer sollte Tage später, in einer Stunde bitterer Einkehr, begreifen, warum ihn das Team so dumm unterstützt hatte:

Haffner war, als er von seinem Gespräch mit Hamilkar berichtete, blau gewesen, ganz egal war es eben doch nicht. Senf hatte nach wie vor ein schlechtes Gewissen wegen Eckernförde, und Leidig konnte als der Ideengeber plötzlich schlecht dagegen sein.

Geschlagen trafen sie sich im Büro.

«Er hat gebärdet», sagte Theuer müde. «Es war kein vollendeter Blödsinn.»

«Aber nahe dran», sagte Senf bitter.

Unter Haffners Schreibtisch rollte eine leere Flasche ALDI-Wodka hervor.

«Sollen wir aufgeben?», fragte Theuer.

Leidig zog an seiner altmodischen Krawatte, als spülte er ein Geschäft: «Unser Versuch ist fehlgeschlagen, und weitere Spuren haben wir eigentlich nicht. Einen Verdächtigen, Missbrauchsverdächtigen.»

Er schaute zu Theuer.

«Es tut mir Leid, ich habe das mit dem Gorilla ja weitergetrieben.»

Theuer nickte: «Stimmt, Leidig, du hast meine Schwachsinnsidee aufgenommen. Aber es ist meine Schuld. Diesmal bin ich schuld. Es ist aus.»

## 15

Später saß er mit Yildirim in der Küche. Babett war noch in der Stadt, es zeichnete sich wohl eine zarte Bindung mit einem Tunesier ab, der sich IBM nannte und das als Abkürzung für «I be what I am» ansah. Spät, ach so, Freitag, ja. Man sollte mehr auf Wochentage achten.

«Hättest du dir doch denken können», sagte Yildirim – immerhin freundlich. «Du hast dich darauf verlassen, dass du es wieder irgendwie drehst, mit ein paar wahnsinnigen Sätzen und einer großen Schau, einem glanzvollen Höhepunkt.»

Theuer schwieg. Sie hatte Recht – normalerweise konnte er Kritik auch leidlich annehmen, aber er merkte, dass er sich ärgerte, und man merkte ihm immer an, wenn er sich ärgerte, das ärgerte ihn, dass sie jetzt merken würde, dass er sich ärgerte. Er versuchte, diesem ruinösen Dreisatz mit einem Lächeln zu begegnen.

«Was lachst du so blöd?»

Er stand auf.

«Bleib doch sitzen, Theuer, das war jetzt Scheiße von mir ...»

Er setzte sich wieder. Yildirim rückte ihren Stuhl nahe an seinen und vergrub ihren Kopf in seiner Schulter.

«Ist es jetzt vorbei? Ich fand das alles diesmal so furchtbar. Die toten Jungen, Babett war so krank, Missbrauch, Lügen und unsere tausend Streite, die Hornung ...

Ist es jetzt vorbei?

Ich geb mir auch Mühe in nächster Zeit und übernächster ...»

«Es ist fast vorbei», antwortete er. «Ich muss bestimmt die Tage zu Magenreuter zum Gespräch, Kohlmann will sich beschweren. Wenn sie mich feuern, was mach ich denn dann?»

«Die feuern dich nicht.»

Eigentlich wollte Theuer aber genau das. «Ich könnte die Gebärdensprache lernen.»

«Kuck mal», sagte Yildirim leise und knöpfte ihre schwarze Bluse zwei Stockwerke tief auf. «Ich hab mir gelbe Unterwäsche gekauft. Haffner würde bestimmt sagen, damit man die Pissflecken nicht sieht, aber es ist, weil ich ...»

Theuer dachte niveaulos, Sex könne zumindest nicht schaden, und das tat er dann auch nicht.

Magenreuter saß Theuer gegenüber. Das tat er nun schon seit einer Minute, mindestens. Der schwere Ermittler hatte im Stillen sogar schon auf hundert gezählt.

«Sie haben Seltmanns Grenzdebilität abgeschöpft.» Es ging los. «Sie haben sich einigermaßen kaltblütig dieses Wracks bedient, um hinter meinem Rücken eine Bambule zu inszenieren, die in die Geschichte eingehen dürfte.»

Theuer nickte. Ihm war gar nicht so unwohl, ja, eine gewisse, irritierende Heiterkeit zwitscherte in seiner Brust. Gleichzeitig musste er aufpassen, dass sein Schließmuskel nicht versagte. Er begriff: Er war im finalen Stadium eines zu Exekutierenden, ja, die Natur sorgte doch für den Menschen. Wenn es keinen Sinn mehr hat, sich zu fürchten, dann schalten die Systeme auf lustig. Sososo.

«Staatsanwalt Mommsen haben Sie regelrecht hereingelegt, nur er hat sich eben auch hereinlegen lassen. Er wird stillhalten. Aber Seltmann ist im Eimer.»

Theuer betrachtete die Heizung, begann die Rippen zu zählen, das hatte er noch nie gemacht. Eins, zwei, drei ...

«Sie sagen nichts dazu!», fuhr Magenreuter fort und goss sich Kaffee in eine Tasse, auf der «für Bommel» stand.

«Man nennt Sie privat Bommel?», fragte Theuer höflich.

Magenreuter knetete sich verzweifelt die Hände. «Bis vor kurzem, das flechte ich ein, obwohl es nicht so ganz zum Thema unseres Gesprächs passt, habe ich in Waghäusel eine Jugendmannschaft im Basketball trainiert, die nannten mich Bommel. Ich weiß nicht warum und es ginge Sie nichts an, wenn ich es doch wüsste. Aufgrund meiner Heidelberger Verpflichtungen habe ich das aufgegeben, und diese Tasse ist das Abschiedsgeschenk.»

«Basketball», wiederholte Theuer, der das Spiel kurzzeitig im Geiste nicht von Polo scheiden konnte.

«Ich weiß, was Sie denken», irrte sich Magenreuter in anschwellender Lautstärke, «für Sie bin ich der Klischeeneger! Hart, erfolgreich und den Gossenkids verpflichtet. Verdammt!» Theuer wollte widersprechen, aber es bot sich keine Lücke. «Ich bin einfach schwarz und eigentlich nur halb. Meine Mutter war ein dummes Hippiemädchen aus Offenburg, ist in Indien rumgehangen und hat dort mit einem afrikanischen Baustellenpolier gebumst, der drei Wochen später von einem Bus überfahren wurde.»

«Geht es ihm inzwischen wieder besser?»

«Nein, er ist selbstverständlich gestorben, verdammt, verdammt, verdammt! Ein Bus! Wie soll es einem gut gehen, wenn ihn ein Bus überfährt! Ein überfüllter indischer Bus!» Magenreuter stand auf und warf einen Aktenordner gegen die Heizung, was ein glockenhaftes Brummen in den Leitungen erzeugte, das Theuer gefiel. «Dann ist sie nach Deutschland zurück und hat den bemerkenswert erfolglosen Advokaten Magenreuter geheiratet, mit dem ich mich aber ganz gut verstehe, wir schauen nämlich beide gerne Weltraumfilme. Ich bin in der stinklangweiligen Rheinebene stinklangweilig herangewachsen, ich kann nicht singen, ich kann nicht tanzen, ich bin in meinen bisherigen Beziehungen unter anderem immer daran gescheitert, dass ich angeblich kein sehr guter Liebhaber sei.»

«Ich auch nicht.»

«Schweigen Sie! Gut, Basketball, tatsächlich, das habe ich gespielt. Aber im Fernsehen schaue ich lieber Fußball. Ja, man nennt mich Bommel. Bommel! Bommel!

Ich habe einen eher kleinen Penis, das sage ich Ihnen, und Sie werden es nicht weitersagen.»

«Sie drehen durch», merkte Theuer höflich an.

«Das mag sein, aber Sie haben das schon hinter sich. Denn Sie, Herr Theuer!» Magenreuter – wieder am Platz – drückte ihm den linken Zeigefinger gegen die Brust – Linkshänder, aha. Wer noch gleich auch? «Sie haben versucht, einen gebärdenden Gorilla zum Hauptbelastungszeugen eines Mordfalls aufzubauen! Das macht Ihnen so schnell keiner nach. Aber Sie machen es auch nicht mehr. Das machen Sie nicht mehr!»

«Nein, das mach ich nicht mehr. Ich kenne ja weiter keinen Gorilla persönlich …»

Magenreuter ließ ein tiefes und dann doch einigermaßen souliges Stöhnen erklingen.

«Und das Schlimmste ist, dass Sie auch immer wieder Erfolg haben. Kucken Sie nicht so blöd. Vor kurzem haben Sie einen Mörder überführt. Und wahrscheinlich bin ich schuld, dass wir da nichts mehr herausfinden beziehungsweise niemand ist schuld. Also, ich rüge Sie hiermit und bin gezwungen, Sie sogar ein bisschen zu loben.» Kopfschüttelnd verstummte er.

«Wie», sagte Theuer gleichsam erwachend. «Ich werde nicht weiter diszipliniert?»

«Sie vergessen», Magenreuter lächelte bitter, «dass dieser Vollidiot von Seltmann Ihr Vorgehen gebilligt und verschleiert hat. Er ist gefeuert – also in den Ruhestand versetzt. Das dürfte Ihnen doch Spaß machen!»

Theuer blies die Backen auf. «Nein», sagte er schließlich, «komischerweise tut es mir Leid. Da ist er das erste Mal auf meiner Seite, und das rasiert ihn dann weg.»

«Wie auch immer. Ich bin jetzt Ihr Chef. Es ist Ihnen klar, dass diese läppischen Teamstrukturen auf die Dauer nicht haltbar sind?»

Der Kommissar nickte ergeben. Ja, allerdings, auch diese einzige erfreuliche Spur Seltmann'schen Wirkens würde verwehen.

«Was mache ich denn dann mit Ihnen?», fragte Magenreuter verzweifelt.

Theuer schwieg. Was sollte er denn erst mit sich selbst machen?

«Wie lange haben Sie noch?»

«Noch ziemlich genau fünf Jahre, 2010 werd ich sechzig. Und die Jungs natürlich noch viel länger.»

Etwas in Magenreuter gurgelte: «Das ist mir durchaus bekannt, Ihre Kollegen sind jünger. Man sieht es auch, sogar noch ein bisschen bei Haffner.»

«Manchmal überlege ich mir ...» Theuer schaute an Magenreuter vorbei, es wurde dunkel, man sah den schwarzen Chef halt doch ein bisschen schneller nicht mehr. Konnte Optik rassistisch sein?

«Ja?»

«Was ja?»

«Sie sagten, dass Sie sich manchmal überlegen ...»

«Ja, dass ich früher aufhöre.»

Magenreuter hatte gegen diesen Gedanken offensichtlich keine Einwände. Theuer wollte gekränkt sein, bekam es aber nicht hin.

Sein Chef erhob sich, das Gespräch war demnach zu Ende – fast:

«Ein umstrittener Wiener Verhaltensforscher und noch umstrittenerer Linguist, zurzeit wohnhaft in Brüssel, hat einen Drohbrief bekommen. Er ist darüber sehr unglücklich und argwöhnt einen ‹Heidelberger Hintergrund›, so hat sich der Idiot ausgedrückt ... Die Kollegen finden da aber keine Revalbrösel in den Umschlagfalzen, gell?»

Der sehr schwere Ermittler wusste nichts von der Sache, aber so ganz abwegig fand er das mit den Bröseln nicht.

«Ich war mit dem Haffner einen trinken.»

«Was waren Sie?», fragte Theuer verblüfft.

«Mit Ihrem Haffner einen trinken. Lernt man so in Fühlungsseminaren. Bin ja neulich nicht mit.

Ich wäre zwar fast gestorben – er, glaube ich, auch, aber er ist es gewöhnt –, ja nun, ihr Monsterknabe hat viel erzählt. Allerdings nicht alles. Erstaunlich, dass der überhaupt noch so etwas wie Selbstkontrolle hat. Irgendetwas von Teamehre hat er gebrüllt, die man notfalls auf die Entfernung wiederherstellen müsse.»

«Auwei!», hauchte Theuer.

«Dann sind wir rausgeflogen.» Magenreuter stöhnte. «Ich werde Heidelbergs neuer Polizeidirektor, bin noch gar nicht ernannt und fliege aus einer Kneipe.

Folgendes: Ich lasse Sie vier noch eine Weile beisammen. Ich möchte nicht, dass der Tumor streut, wenn Sie mir folgen können?»

Der Erste Hauptkommissar nickte.

«Das Gespräch ist beendet.»

Theuer erhob sich. Vom Gang aus wandte er sich nochmals um. «Diesmal waren wir nicht gut. Ich weiß es wirklich. Höchstens bei Bauer ging es.»

«Zwingen Sie mich nicht, darüber nachzudenken, wann Sie angeblich gut waren», stöhnte Magenreuter, «denn da war ich nicht gut. Gönnen Sie mir doch einfach, nicht an Sie zu denken. Haben Sie nicht noch ein bisschen Urlaub?»

Irgendwann später: Theuer ging am Neckar spazieren, am Neuenheimer Ufer.

Wir nehmen nun drei der Kugeln, die wir schon ausgesondert haben, zum Beispiel die Nummern 1, 2, 3, und wiegen 1, 2, 3 mit 9, 10, 11. Passiert wieder nichts, ist 12 unsere Kugel, wir müssen sie beim dritten Mal nur nochmals mit einer neutralen wiegen. Bewegen sich aber 9, 10, 11, dann wissen wir, dass sich unter ihnen die gesuchte Kugel befindet, und wir wissen auch, ob sie leichter oder schwerer ist. Nehmen wir an, sie ist schwerer. Wir wiegen 9 und 10. Tut sich nichts, ist es die 11, ansonsten die, die nach unten sinkt.

Wenn die Waage gleich zu Anfang ausschlägt, z.B. 1, 2, 3, 4 sinken und 5, 6, 7, 8 also steigen, wissen wir nur, dass unter 1 bis 4 die Schwerere ist oder unter 5 bis 8 die Leichtere. Wir wiegen dann 1, 2, 5, 6 auf der einen und drei der vier ausgesonderten, in diesem Falle ja sicher «normalen» Kugeln zusammen mit – sagen wir – der 7 auf der anderen, nehmen wir an rechten Seite.

Geht die Waagschale wieder links nach unten, so wissen wir, dass die gesuchte Kugel entweder 1, 2 als schwerere oder 7 als leichtere ist. Wir müssen nun noch 1 und 7 links mit zwei neutralen Kugeln rechts wiegen, tut sich was, wissen wir, welche von beiden was ist, tut sich nichts, ist 2 sicher schwerer.

Drüben spielten Nebelflusen ums Schloss.
Der Frühling ließ noch auf sich warten, noch einigermaßen kühl. Monat? Egal.

Schlägt die Waage bei der zweiten Messung nicht aus, so wissen wir, dass 3 oder 4 schwerer oder aber 8 leichter ist, und verfahren dann wie oben.

Er hatte heute für das Abendessen zu sorgen und war offiziell einkaufen. Morgen würde er sich mit den Jungs treffen und ein bisschen feiern, obwohl es nichts zu feiern gab. Sie würden sich in der Stadt treffen, Yildirim hatte Senf kategorisch Hausverbot erteilt. Es würde nie mehr so werden, wie es war, andererseits ist es ja sowieso nie so, wie man später sagt, dass es gewesen ist. Das wenigstens wird immer so sein.

Er setzte sich auf einen Stein am Ufer, links von ihm ein Quadratmeter Neckarstrand, sogar sandig, weiter hinten die alte Brücke.

Bald hatte er es mit den Kugeln, da war er überaus optimistisch.

Neckaraufwärts zog ein Unwetter auf. Der Frühling, der Sommer, der Herbst, der Winter. Ein bisschen Musik, Wein, Essen, Freundschaft, Fernsehen und Sex. Angst vor dem Jetzt, dem Morgen, dem Krankwerden, der Krankheit, der Angst, dem Tod.

Sinkt bei der zweiten Messung die rechte Waagschale ...

Senf hatte versprochen, eine Therapie zu machen, aber Theuer glaubte es nicht.

... so sind nur 5 oder 6 ...

Es gab eine neue Fernuni in der Schweiz, Haffner hatte sich Unterlagen schicken lassen, aber, wie das Theuer nicht anders erwartet hatte, das Projekt «vorläufig aus beruflichen Gründen» ruhen lassen.

Man hatte eine stabile Holzwand zwischen Jugendherberge und Zoo errichtet.

... strittig, jeweils als eventuell Leichtere, sie ...

Leidig war unlängst kurz verliebt gewesen, hatte es allen euphorisch erzählt und war das Gefühl bereits beim Erzählen wieder losgeworden.
　　Jemand hat versucht, die Holzwand kaputtzumachen.
　　… können gegeneinander …

Und er? Er musste jetzt einkaufen.

… gewogen werden. Das Rätsel ist gelöst.

# III.
## Sturmwarnung

für den gesamten Norden. Herbst. Theuer fährt trotzdem. Nördlich von Kassel fängt es an, Wind schlägt Backpfeifen ans Blech, er muss gegensteuern, Kurs halten wie ein Kapitän, und nichts ist er weniger. Immerhin: Allen geht es besser, und das ist immer die Hauptsache, der Fall ist eben weg. Nicht alles kann gelöst werden. Babetts Husten ist nicht wiedergekommen, das ist das Wichtigste. Ja, im zwischenmenschlichen Bereich sieht es gut aus, Magenreuter als neuer Chef, ein guter, noch zwei Wochen, dann ist er da, er, dabei ist er ja schon da, und er, der Theuer, ist ja bald weg. Die paar Jahre noch, und jetzt wird er stur, sagen alle, mit dem Affen, das ist schief gegangen, sagen alle. Aber die hören schon auf, sagt Yildirim, sie hören schon auf, es wird doch schon weniger, merkst du es nicht? Magenreuter hat Recht, du hast doch noch ein bisschen Urlaub, tauch nochmal unter, das hört schon auf.

Nein. Da hört was nicht auf. Ich habe niemandem etwas geschworen, denkt Theuer, ich habe nicht versprochen, dass ich den Kerl finde, ich bin mit keinem Fluch an den Fall gekettet, aber ich probiere es jetzt, ich fahre nochmal in den Norden. Ich habe alles falsch gemacht. Haffner, sag nichts, Senf, du bist nicht schuld, Leidig? Ich dachte nur, es könnte ja was kommen. Ich fahre, fahre auf jeden Fall.

«Mir ist was eingefallen: Fredersen hat gesagt, Anatoli hört gerne klassische Musik, und im Freundschaftsbuch stand, er hört gerne Hip-Hop.»

«Das kann er doch geschrieben haben, um cool zu wirken.»

«Lass gut sein, Haffner, dann schreibt man nicht, dass man Affen liebt. Anatolis teure Bücher, dein Instinkt, Senf!»
«Bauer hat gestanden.»
«Solche Geständnisse gibt es genug. Er war fertig. Warum hat er bei Anatoli keine Hacke genommen?»
«Weil er den Verdacht auf den Gorilla …»
«Jaja, Leidig. Warum dann beim zweiten Mal so dilettantisch und von hinten?»
«Der Zigeuner war größer.»
«Und ist geflohen, die Herren! Ich fahre.»
«Fredersen ist Linkshänder.»
«Ja, Haffner. Und du bist Rechtsträger. Ich fahre.»

«Lass es, Jockel, was soll das? Das ist Bullenromantik, so löst man keinen Fall, muss ich dir das sagen? Fahr doch woandershin!»
«Nein.»

Theuer biegt raus, er hat gar nicht geschaut, wie der Rastplatz heißt. Kaffee, ein Hörnchen. Metallen schlägt das heiße Gebräu gegen die Zähne. Er kauft sich Zigaretten, gut möglich, dass er wieder anfängt, warum auch nicht, was tut's? Er sieht durch die großen Fenster der Raststätte, wie der Wind eine leere weiße Plastiktüte anhebt, der Regen drückt sie beharrlich wieder auf den Asphalt, langsam, wie im Todeskampf schleppt sich die Tüte an seinem Sichtfeld vorbei. Höhe Hannover senkt sich die Dunkelheit über den weiten Nordhimmel, Grau wird Dunkelgrau, wird Schwarz. Er ist nicht müde.

Cornelia konnte nicht schlafen. Sie lag in ihrem dunklen Zimmer und hörte leise Radio, das half manchmal ein bisschen – heute klappte es nicht. Jede halbe Stunde wiederholten sie die Sturmwarnung. Im Westen waren schon einige Brücken geschlossen. Sie stellte sich vor, wie die Fischer missmutig und schweigsam in ihren Kuttern hockten, angepflockt in irgendwelchen geschützten Hafenbecken. Die Kinder säßen zu Hause, warm geborgen, aber: Der Vater war nicht da.

Sie stand leise auf, setzte sich an ihren Schreibtisch. Es würde dauern, bis er wieder aus dem Zimmer kam. Sie griff hinter das Aquarium und holte das Tagebuch heraus. Was hatte sie gestern geschrieben?

*Heute war ein schöner Tag.*

*Papa, Mama und ich waren in Kiel im Sophienhof einkaufen. Ich habe eine Regenjacke bekommen, na ja, nicht die, die ich gewollt habe, aber ganz okay, sieht nicht schlecht aus. Am Nachmittag waren wir dann ...* eine nette Schrift, so Richtung Hanni und Nanni.

Sie öffnete die Schreibtischschublade, da lagen die Waffen. Sie würden sie bald wieder in Fredersens Ferienhaus bringen. Es war vorbei. Das musste doch auch Anatoli einsehen. Er könnte doch mal wiederkommen. Nachts. Sie würden sich gemeinsam im Bett verstecken, sie streichelte die verheilte Wunde, und sie würden sich zuflüstern, was alles Doofes passierte in der Schule.

Theuer hatte Hamburg passiert, kein Aufenthalt im Elbtunnel – Eckernförde, gut, aber wohin zuerst? Er griff an seine Brusttasche, ja, der kleine Stadtplan war da, ein bisschen zerknittert, und da waren sicher auch noch ein paar Sandkörner in den Falzen. Aber keine Revalkrümel. Warum dachte er das? Egal.

Den Schulnamen hatte er sich problemlos merken können: «Gorch-Fock-Schule», wenn schon Norden, dann aber richtig. Klasse 8b, Klassenlehrer Fredersen.

Gegen zehn Uhr kam er in Eckernförde an. Ursprünglich hatte er erwogen, nochmals mit Anatolis Mutter zu sprechen, Musik, Bücher ... aber das verwarf er für den Moment, um diese Uhrzeit wollte er die Frau in Ruhe lassen. Es blieb im Grunde nur die Schule, der einzige Ort, den er noch nicht kannte, der ihm fehlte, um sich in das Bild dieses toten Jungen traurig hineinzuträumen oder gar etwas zu finden.

Die Gorch-Fock-Schule war Bestandteil eines ganzen im unfassbaren Betonkubismus der siebziger Jahre erbauten Schulkomplexes und schon deshalb nicht sehr nahe am nächsten bewohnten Haus, der Sturm tat ein Übriges. Theuer fühlte sich angesichts Wind, Regen, Kälte und Finsternis auf dem Schulgelände einigermaßen sicher.

Das musste der Haupteingang sein. Der Hof, ohnehin nur von ein paar Laternen spärlich illuminiert, war hier besonders dunkel. Theuer schaute sich um, eine Lampe war kaputt.

Was war er im Begriff zu tun? In eine Schule einbrechen, um in einem Klassenzimmer herumzuwühlen, was hoffte er zu finden? Rechts neben der Tür, immer noch weitgehend in Dunkelheit getaucht, wand sich zwischen der immergrünen Bepflanzung und den ebenerdigen Kippfenstern ein Trampelpfad. Theuer tastete sich vorwärts und unterdrückte dabei bemüht den Gedanken an Ratten im Gebüsch. Da, tatsächlich: Ein Fenster war nicht verriegelt, der Hebel stand hoch. Er drückte dagegen, was zunächst nichts bewirkte. Das Fenster war kaputt, begriff er, war mit Klebeband notdürftig verschlossen. Mit seinem sonst so gut wie nie benutzten Taschenmesser gelang es ihm, es zu öffnen – jetzt war es ein richtiger Einbruch. Er schaute sich im dunklen Zimmer um, neben der Tafel hing der Stundenplan, er war also in der 7b. Die Klassenzimmertür war abgeschlossen, sah aber nicht sonderlich robust aus. Theuer warf sich mit aller Macht dagegen, und sie sprang krachend auf.

Sofort zog er sich zurück, stieg zunächst wieder aus und schlich über den Hof. Wenn jetzt jemand käme, könnte er vielleicht erfolgreich auf mutigen Spaziergänger machen, der diesem Geräusch da nachgehen wollte. Aber es kam keiner.

Das Zimmer der 8b war im zweiten Stock, und da der Kommissar im unabgeschlossenen Kabuff des Hausmeisters neben der Eingangstür ein Stemmeisen gefunden hatte, gelang ihm der Zutritt leicht und ohne allzu viel Lärm.

Für jeden Schüler gab es ein Fach mit Schloss, aber das war jetzt auch egal, kundig wog er das Stemmeisen in der Hand und griff dann nach dem Zettel, auf dem er die Namen der Schüler notiert hatte, mit denen er nicht persönlich zusammengetroffen war. Franco, ja doch, dessen gleichmütig ertragener Misshandlung durch Haffner hatte er ja beigewohnt, Verhör abgebrochen, stand dahinter, nun gut.

Cornelia König. Ja, die Besitzerin des Freundschaftsbuchs ... Er fand ihr Fach am rechten Ende des Regals in der zweitobersten Reihe. Hieß das, dass sie groß war? Die Schlösser taugten nicht viel, es wäre auch mit dem Schweizermesser gegangen.

Der kleine Kegel der Taschenlampe hüpfte über den Inhalt des Schränkchens. Normale Schulsachen, Hefte, die sie nicht jeden Tag brauchte. Viele Zeichenutensilien und ein paar Skizzen, die dem Ermittler von künstlerischer Begabung zu zeugen schienen. Eine Karatezeitschrift! Er fühlte eine wilde Erregung aufsteigen. Sollte es möglich sein? Unsinn, Millionen Jugendliche machen Kampfsport. Und hier: das Deutscharbeitsheft.

Fast hätte er es beiseite gelegt, dann prüfte er es doch. Cornelias letzte Arbeit war nicht überragend, drei bis vier. Thema war ein steigernder Aufsatz, wie er der Überschrift entnahm. Warum werden Jugendliche immer gewalttätiger?

Fredersen, ja natürlich, er war ja der Deutschlehrer, hatte einen Kommentar darunter geschrieben:
*Diesmal bist du unter deinen Möglichkeiten geblieben, damit bist du aber immer noch doppelt so klug wie ich Arschloch.*
Theuer stutzte. Er traute Lehrern einiges zu, aber war das mittlerweile der normale Wortschatz, zumal schriftlich? Er ging nah an das Blatt heran, kniff die Augen zusammen.

Hinter «geblieben» war das Komma sehr dick, wenn er das Blatt von hinten beleuchtete, sah er, dass ein ursprünglicher Punkt übermalt war. Auch sah man aus nächster Nähe, dass die Linien von da an um ein Winziges mehr ins Papier ausfransten. Theuer ließ das Blatt sinken. Cornelia konnte Schriften nachmachen. Und aus irgendeinem Grund konnte sie sich erlauben, Fredersen offen zu beleidigen. Er griff nach den Stiften, da, der rote. Er probierte es, es war längst egal, auf dem Rand des Heftes und erzielte eine Linie, wie im zweiten Teil des angeblichen Lehrersatzes. Hektisch durchblätterte er weitere Hefte. Da war ein neues, er hatte es schon zur Seite gelegt, jetzt schaute er es nochmals durch. Unten, auf der dritten Seite.
*Du bist meine kleine Spatzenfrau.*

Er nahm so ruhig wie möglich die Kopie aus der Jackentasche. Halb bewusst mitgenommen, kann ja nicht schaden ...
*Spatzenfrau.*
... *Gorilla* ...
Es war die gleiche Schrift. Anatolis Schrift.
Der Kassenbon lag noch zwischen Einband und erster Seite, er prüfte das Datum, Ende Januar, nach der Klassenfahrt. Er musste sich setzen. Ein begabtes Mädchen.

Er beeilte sich, vor Morgengrauen wieder zu verschwinden. Der Sturm hatte nachgelassen, und um fünf gehen die Allerhärtesten ja schon mit ihren Hunden raus. Cornelias Adresse hatte er mit müden Augen aus der mitgeführten Liste herausgeblinzelt – Bergstraße, er entsann sich: ausgerechnet. So nahe waren sie sich also schon gekommen. Nicht sonderlich konzentriert fuhr er Richtung Borby. Cornelias Haus war ganz in der Nähe des Petersbergs, er parkte ein Stück weiter unten und wartete.

Um halb acht verließ ein Mann, wahrscheinlich der Vater, das Haus und ging in Richtung der kleinen Kirche. Vermutlich hatte er dort seinen Wagen, oder sein Arbeitsplatz lag in Fußnähe. Zehn Minuten später trat Cornelia ins Freie und ging zu einem angeketteten Fahrrad. Theuer beeilte sich bei ihr anzukommen, bevor sie ihm davonfuhr. Vom Haus aus war er nicht zu sehen, hoffte er. Eine hysterische Mutter wäre nicht gerade optimal gewesen.

«Cornelia!», rief er. «Ich muss mit dir reden. Polizei!» Er hielt seine Marke hoch.

Sie schaute ihn an, verblüfft, aber scheinbar nicht ängstlich. Sie war sehr groß, ein Meter achtzig, schätzte der Ermittler. Die Größe war es aber nicht allein. Ihr ganzer Körper war wuchtig, nicht dick – wuchtig. Und sie sah erschlafft aus, weit älter, als sie war.

«Komm, wir gehen ein bisschen spazieren. In die Schule musst du dafür nicht, da ist heute sowieso viel Durcheinander, ein Einbruch ...»

Ohne nachzufragen, nahm sie seinen Schritt auf.

Sie gingen direkt am Wasser entlang, bisher schweigend. Theuer hatte angenommen, das Mädchen würde anfangen zu reden, aber sie schien ganz zufrieden damit zu sein, einem wortlosen Verhör unterzogen zu werden.

Er versuchte es: «Du bist also die kleine Spatzenfrau?»

Cornelia nickte, lächelte, kicherte und wandte ihr Gesicht dem Wind zu.

«Und wie wird man eine kleine Spatzenfrau?», fragte Theuer, er versuchte ganz leise zu sprechen, gerade hörbar.

Cornelia antwortete nicht.

«Sagen es deine Eltern? Nennen sie dich so?»

Das war ganz falsch. Ihr Gesicht sah aus, als trüge sie ihre eigene gipserne Totenmaske.

Also wieder von vorne.

«Du kannst viele Schriften. Ich habe dein Heft angeschaut.»

«Das Heft, ach so.»

Hörte er Angst?

«Lassen Sie mich, ich muss in die Schule.»

«Ist jetzt schon zu spät. Für alles. Du hast Anatolis Eintrag im Freundschaftsbuch gefälscht. Aber warum? Wolltest du Fredersen schützen? Ich verstehe dich nicht, kannst du mir nicht helfen? Oder ist es dir egal, dass Anatoli tot ist?»

«Manchmal ist einer vielleicht selbst schuld.» Ihre Stimme klang anders – tiefer. «Ja, vielleicht selbst schuld, könnte das nicht sein?»

«Du meinst, weil er zum Affen gegangen ist?»

«Ja.» Wieder kicherte sie. «Ja.»

Höhe der Kurverwaltung. Rechts entsprechende architektonische Wahnsinnstaten, links ein blinder Spiegel bis zum Horizont. Der Sturm war vorbei, bis zum nächsten. Theuer fühlte sich schon sehr ortskundig, als hätte er das ganze Jahr nichts anderes gemacht: im Norden sein, über das Wetter räsonieren und sich an diesen vertrackten Rätseln kaputtdenken.

Er hob einen Kiesel auf und versuchte ihn auf dem Wasser tanzen zu lassen, das misslang komplett.

«Gut!» Er ballte die Fäuste, er durfte nicht losbrüllen. Oder doch?

«Ich will dir sagen, wie es war. Fredersen hat Anatoli missbraucht ...»

Theuer beobachtete sie aus dem Augenwinkel. Tränen? «Aber Fredersen hat ihn nicht umgebracht. Warum sollte er auch, es hätte hier viel sicherere Methoden gegeben. Und er ist Linkshänder, das passt nicht zur Verletzung. Du siehst kräftig aus. Und du machst Karate.»

«Ich hab aufgehört.»

«Wie auch immer, alles hast du nicht vergessen.»

«Der Affe war es doch? Oder so ein Nazi? War was in der Zeitung.»

«Der Affe kann nun mal nichts und der Nazi nichts mehr erklären. Wir haben beides ... überprüft. Da ist nur Anatolis Eintrag, und der ist von dir. Das weiß ich jetzt. Aber alleine hättest du das nicht durchgezogen. Das glaube ich nicht, und ich traue die Sache auch keinem deiner Klassenkameraden zu.»

Theuer musste sich zwingen, nicht durch die Zeit zu fallen, seine ganze Vorstellungskraft war im winterlichen Heidelberger Zoo, und er stand doch an der Ostsee, Kälte, feucht, es wurde alles eins.

«Der Regen war euer Glück, deines und Fredersens», sagte er leise. «Und dass ihr so viele wart, eine ganze Klasse. Manchmal erinnere ich mich überhaupt nicht an alltägliche Dinge, aber manchmal erinnere ich mich sehr gut an Kleinigkeiten.»

Das Mädchen stand neben ihm und schaute aufs Meer. Was hieß, sie stand? Sie fiel nicht um, es gab kein Wort für dieses In-sich-Gesackte.

«Denkst du manchmal an den Regen? Siehst du die letzten Schneereste? Ihr wart in Panik. Wir hätten vielleicht doch Spuren finden können.»

«Hier regnet es oft.»

Sie schwiegen.

«Es ist alles vorbei», sagte sie. «Jetzt finden Sie keine Spuren mehr. Dann habe ich eben Anatolis Eintrag gefälscht, weil ich mich wichtig machen wollte. Pubertät, verstehen Sie?»

Theuer zog ein bitteres Gesicht.

Er schaute ihr auf die Schuhe.

«Wir hätten tatsächlich jeden Zentimeter absuchen sollen.»

Sie schien sofort zu verstehen, fragte dennoch: «Nach was?»

«Den Abdrücken deiner Quadratlatschen», sagte er böse.

Er konnte dem Schlag noch leidlich ausweichen und brauchte dennoch ein paar Sekunden, um wieder im Bilde zu sein.

Sie rannte den Strand entlang, und sie hatte Vorsprung.

Theuer versuchte es, aber es konnte nicht gelingen, er rutschte auf Steinen, blieb im Sand stecken, stolperte, rappelte sich hoch. Das alles ohne nennenswerte Kondition und mit der schalen Aussicht, als einer, der am helllichten Tage Mädchen verfolgt, von aufgebrachten Schiffern ersäuft, von nordisch harten Rentnern erschlagen oder gleich von schneidigen Angehörigen der Bundesmarine exekutiert zu werden. Aber er rannte weiter, dem immer kleiner werdenden Mädchen hinterher. Übertrieben stark fiel ihm auf, dass ihr roter Anorak alt und zerschlissen war, auf keinen Fall modern, kaum bemerkte er dagegen das Blut, das ihm aus Nase und Oberlippe inzwischen in den Kragen lief.

Sie war gestürzt, er ahnte es mehr, als dass er es sah, Schweißtropfen brannten ihm in den Augen. Anscheinend hatte sie sich wehgetan, sie kam nicht mehr richtig hoch, versuchte es ein zweites Mal, diesmal ging es, er war nur noch fünf, sechs Meter entfernt. Doch, sie hatte sich wehgetan, konnte nur noch humpeln, jetzt war er bei ihr, und jetzt?

«Du bist verhaftet», log er japsend drauflos, «mit vierzehn bist du nämlich strafmündig, so!» Dann stolperte der Erste Hauptkommissar über den gleichen sandfarbenen Backstein, dem er seinen tollen Zugriff auf eine Schülerin verdankte.

Sie saßen nebeneinander im Sand, keuchend, sie kaum weniger als er.

«Willst du denn nicht reden?», fragte Theuer. «Nein, du willst nicht. Dabei habe ich ganz viele Fragen.» Er wusste selbst nicht, was er da von sich gab und was das Nächste sein würde, er ließ es einfach in Sätze purzeln, was da alles in seinem müden Hirn herumschoss.

«Sie haben mit allem Unrecht. Ich bin zum Beispiel nicht vierzehn, ich bin sechzehn. Bin zweimal sitzen geblieben.»

«Du bist eine ordentliche Schülerin, ich habe ja deine Hefte gesehen.»

«Sie sind eingebrochen. Darf man das denn so einfach?»

Theuer zog es vor, nicht zu antworten, stattdessen fragte er: «Wann bist du denn sitzen geblieben?»

«Das erste Mal mit acht, in der Grundschule, in dem Jahr, als meine Mutter an Krebs gestorben ist. Das zweite Mal in der Fünften.»

«Und warum da?»

Sie schwieg.

«Lass mich mal nachdenken.» Theuer spielte mit einem Muschelsplitter und schnitt sich sofort. «Da warst du also zwölf. Da bekommt man Sachen mit, die einem als kleines Kind nicht so auffallen – dass der Vater immer Bier trinkt, dass der Vater ein Versager ist, peinlich ist. Aber alles das trifft auf deinen Vater ja vielleicht gar nicht zu, und außerdem bleibt man deshalb nicht gleich sitzen.»

Pause. Plötzliche Lust, in das kalte eisgraue Wasser zu waten und endlich wirklich ein zufrieden dahintranender Seelöwe zu sein. Pause beenden. Die Sonne brach durch, wärmte nicht, alles wurde in ein giftiges Licht getaucht. Pause zu Ende, jetzt.

Theuer musste lachen, es wäre so absurd und einleuchtend: «Du hast gemerkt, dass du ‹du› bist? Zu groß, zu große Füße, alles falsch. Keine Mama da, die sagt, dass es doch richtig ist. Ich kann dich verstehen. Ich verstehe eine Verzweiflung darüber, dass man sich immer behalten wird. Wenn ich ‹ich› sage, ist das immer der.» Er deutete auf seine Brust. «Aber dein Vater versteht das nicht, gell? Hat dir wahrscheinlich erzählt, dass es nicht auf das Äußere ankommt. Natürlich kommt es auf das Äußere an. Man will doch gefallen. Anatoli wurde doch auch fertig gemacht, weil er nicht gefallen hat. Hast du ihn lieb gehabt?»

Sie reagierte nicht, aber diesmal war er sicher, Tränen in ihren Augen zu sehen.

Der allererste Hauptkommissar Johannes Theuer war gewiss nicht der Prototyp des schmissigen Ermittlers, aber gelegentlich musste er sich selbst zubilligen, so blöde dann auch wieder nicht zu sein. Was hatte er im Zoo gesagt? Eifersucht.

«Wie lange arbeitet dein Vater?»

«Der ist auch Lehrer. Grundschule. Er kommt meistens erst am frühen Nachmittag.»

«Hast du Geschwister?» Sie schüttelte den Kopf. «Können wir dann bei dir weiterreden?»

Sie brauchten lange, um zurückzukommen, das Mädchen klagte über Schmerzen im Knöchel.

«Du hast es doch gesehen, oder?», fragte er leichthin, gerade passierten sie das Hallenbad, ein Kind fuhr in der Röhrenrutsche, die tentakelnd aus dem Gebäude wucherte, ein kleiner Fisch, der kurz auftaucht, wieder verschwindet. «Du hast gesehen, dass Fredersen was mit ihm gemacht hat. Du kannst zuhauen, das hab ich vorhin gemerkt.»

Dabei fiel ihm wieder ein, dass er geblutet hatte. Vermutlich sah er grausig aus.

«Warte», sagte er also, «ich muss mir, glaube ich, das Blut abwaschen. Es bringt nichts, wenn du wegläufst.»

Sie blieb stehen. Er ging mit einigen schnellen Schritten zum Wasser und wusch sich das Gesicht. Wer hatte eigentlich gesagt, Ostseewasser sei kaum salzig? Das bisschen Salz jedenfalls brannte höllisch auf seiner Lippe. Er betastete sich. Nein, sonderlich geschwollen war nichts, und auch die Nase hatte nichts Schwereres abbekommen. Er spürte wieder seine Müdigkeit. Weit draußen sah er einen kleinen Kutter der offenen See zustreben.

«Jetzt könnte ich es verstehen.» Er erhob sich mühsam. «Fredersen deckt dich, und du hältst still, natürlich. Oder willst du etwas sagen?»

Cornelia schwieg.

«Du hast ihn umgebracht und dann Anatolis Handschrift gefälscht. Ihr hattet Hefte dabei. Klassenfahrt ist kein Urlaub.»

«Ich habe ihn sehr gerne gehabt», sagte sie so leise, dass er sie kaum verstand. «Das ist doch wohl der beste Beweis dafür, dass ich ihn nicht umgebracht habe.»

«Wer dann?» Theuer wurde lauter. «Fredersen?»

«Ich weiß nicht. Der Affe. Der Nazi.»

«Ein Leben lang den Mund zu halten ist schwer, Cornelia», sagte er. «Vielleicht schafft das Fredersen, der ist das Lügen schon gewohnt. Aber du schaffst es nicht.

Jetzt kann er vor dir ganz offen mit anderen Jungs rummachen. Du musst ja schweigen.

Das war kein Mord, und du bist minderjährig. Ein paar Jahre, höchstens, ein Jugendknast ist nicht die Hölle. Du wirst Hilfe bekommen, und du kannst hinterher ein neues Leben anfangen, ich weiß, das klingt blöde, aber das gibt es, trotz allem: ein neues Leben.»

Er beobachtete sie aus dem Augenwinkel. Lächelte sie? Theuer überlegte, ob er sie mochte. Er mochte sie nicht. War das schlecht? Musste man ein Mädchen, dessen elendes Leben allmählich offenbar wurde, nicht bemitleiden? Anatolis Mutter kam ihm in den Sinn, und da war für Mitleid wenig Raum übrig.

«Ich habe Schuhgröße 47, und jetzt passen meine Stiefel nicht mehr. Ich wachse weiter. Ich bin einfach ein Monster. Und das bleibe ich auch in einem neuen Leben. Dann doch lieber das alte, das kenne ich.»

«Wie ist es, wenn du in der Schule bist? Anatoli hat bestimmt alleine gesessen. Ist die Bank leer? Was denkst du, wenn du seinen Platz siehst?»

Cornelia beantwortete seine Fragen nicht, und er stellte keine weitere. Ihre Schmerzen schienen nachzulassen, sie ging wieder zügiger. Er musste aufpassen, dass sie nicht noch einmal weglief.

«Als wir hierher gezogen sind, hab ich mir in den ersten Wochen das Meer gar nicht angeschaut. Ich dachte nämlich, es könnte mir gefallen, und dann tut es mir weh, wenn wir wieder wegziehen, wir sind so oft umgezogen ...»

Theuer riss sich zusammen, stemmte sich innerlich hoch. Was war da links in seinem Sehfeld? Eine hämmernde Augenmigräne wäre jetzt wirklich das Allerletzte, was er brauchen konnte. Aber es war nur der eher zu ahnende denn wirklich konturscharfe Schatten einer kreisenden Möwe gewesen.

«Wo bist du denn geboren?»

«Geboren bin ich in Celle, von dort sind wir in die Nähe von Hamburg gezogen, dann waren wir bei Lübeck, eine Zeit lang waren wir dann im Osten, bei Müritz, und dann sind wir hierher gekommen. Mein Vater war immer nur angestellter Lehrer, weil er ein beschissenes Examen hatte. Er hat dann aber in Kiel eine Beamtenstelle bekommen.»

Sie setzten sich wieder in Bewegung.

Allmählich erreichten sie den Hafenbereich, gingen über die kleine Zugbrücke.

Da war man nun im ach so flachen Norden und musste sich schon wieder diesen Stichweg hochquälen, als ginge es zu einem Alpensenn. Petersberg. Bergstraße.

Sie schloss die Haustür auf, Theuer folgte ihr in einen düsteren Flur. Artig zog sie die Schuhe aus und ging vor ihm die Treppe hoch. Das Haus, das ohnehin wie geduckt in der Reihe stand, wirkte innen düster und ungepflegt – mochte man auch bürgerliche Sauberkeitsrituale praktizieren. Die abgewetzten Holzstufen lugten unter einem verblichenen Läufer hervor, der nur an wenigen Stufen mit Messingstreben fixiert war. Theuer musste aufpassen, nicht zu fallen.

«Warum gehen wir eigentlich nach oben?», fragte er.

«Ich dachte, als Ermittler möchten Sie sicher mein Zimmer sehen.»

Ihr Zimmer war klein. Ein typisches Mädchenzimmer mit Dachschräge, durch das Fenster fiel der eisgraue Himmel, Theuer musste leicht in die Knie gehen, um hinauszuschauen.

«War das schon immer deines, schon als ihr eingezogen seid?»

«Ja, wieso?»

«Weil man das Meer sieht.»

«Die Bucht.»

«Dann eben die Bucht.»

«Und?»

«Du hast mir doch vorhin erzählt, dass du nie dahin geschaut hast. Du wirst schon mal aus dem Fenster geschaut haben!»

Sie setzte sich schweigend an ihren Schreibtisch, hatte aber rote Flecken auf den Wangen. Ihre Rechte spielte nervös an der Schublade.

Theuer schaute sich seinerseits nach einer Sitzgelegenheit um: Da war nur ein kleiner Lehnensessel, in den er nicht hineinzupassen fürchtete. Ansonsten gab es nur das ungemachte Bett, er blieb stehen, ging zum Bücherregal.

«Letztes Jahr», sagte er fast zu sich selbst, «konnte ich den Mord an einem Mädchen aufklären, weil ich mir ihren Lesestoff angeschaut habe.»

Aber Cornelias Lektüre verriet wenig. Der übliche Kanon, alle Bände von «Harry Potter», verschiedene Pferdeepen, einige zerlesene Taschenbücher, für die das Mädchen eigentlich zu alt war. Bücher mit Logeleien, Populärwissenschaftliches.

Theuer schaute sie an: «Alles deutet hier auf ein ganz normales Mädchen hin. Ein sehr unglückliches, ja. Ich bin fast vierzig Jahre älter als du und kann dir sagen, dass ebendas so normal an dir ist. Dein Unglück. Du bist unglücklich und vielleicht krank, aber nicht so arg. Du hast Schlimmes mitgemacht und weißt etwas, was du nicht sagst. Du hast aber auch Phantasie, du bist begabt, du kannst zeichnen. Und du kannst jemanden gerne haben, auch noch einmal! Was ist passiert? Wenn du es nicht warst, wer war es dann?»

«Der Naziaffe.»

«Schwachsinn!», fauchte Theuer. «Ihr seid auf der Fahrt bestimmt nebeneinander gesessen. Die Außenseiter sitzen immer nebeneinander im Bus, das weiß ich noch gut. Worüber habt ihr geredet?»

Ihre Augen waren nass, aber ehe Theuer das hätte nutzen können, ging die Tür auf und König stand im Zimmer.

«Man hat mich angerufen, dass meine Tochter nicht in der Schule ist. Was wollen Sie?»

Theuer war aufgestanden. «Ich bin Hauptkommissar Theuer aus Heidelberg. Ich habe einige Fragen an Cornelia.»

Vater und Tochter wechselten einen Blick.

«Ich bin mir sicher, dass Sie nicht in offiziellem Auftrag hier sind. Was schnüffeln Sie hinter uns her?» Königs Stimme zitterte.

«Ich fange gerade erst an!»

König nickte.

In diesem Moment verstand es Theuer: Der Vater wusste Bescheid. Damit wurde es gefährlich.

«Herr König! Es wäre besser, wir würden jetzt vernünftig miteinander reden.»

Zum ersten Mal lachte Cornelia. «Er hat bei uns in der Schule eingebrochen! Hat er indirekt zugegeben. Und jetzt will er, dass wir vernünftig sind.»

König schien intensiv nachzudenken, schaute zur Uhr.

Theuer entschied, dass es besser war, zu gehen, schnell zu gehen, raus hier. Aber König hatte schon die Schreibtischschublade aufgerissen und eine Waffe in der Hand. Auch Cornelia griff sich eine Pistole.

«Das ist lächerlich, ihr seid keine Mafiakiller», hörte sich Theuer sagen.

«Ich weiß nicht mehr, was wir sind», sagte König. «Ruf Fredersen an, mach schnell.»

«Du rufst an.» Cornelia erntete einen bösen Blick, aber ihr Vater gehorchte.

«Bist eine richtige Chefin geworden.» Theuer nickte anerkennend.

Senf hatte gut geschlafen. Der Nachtzug nach Hamburg, den musste er sich als Therapeutikum merken. Vielleicht sollte er Stammgast der Transsibirsichen Eisenbahn werden. Frühstück in Altona, Bummelzug nach Kiel und jetzt also Eckernförde. Er war froh, die Sache mit Yildirim geklärt zu haben. Kein Hausverbot mehr und er solle auf den Jockel aufpassen. Dazu musste er ihn finden. Siegfriedwerft? Nein, kein Herr Theuer. Das Haus am Petersberg? Leer. Er schlenderte die Bergstraße hinunter und musste breit grinsen, da stand der Toyota. So einer wie sein Chef suchte vertraute Orte auf.

Jemand trat an ihn heran.

Fredersen.

«Ich kenne Sie doch!»

«Kaum möglich», entgegnete Senf und musste gegen ein Brüllen in seinem Kopf ankämpfen. «Ich bin gerade erst angekommen.»

«Doch. Sie sind einer der Heidelberger Polizisten. Sie haben mir hier nachgestellt.»

«Ich bin ganz privat hier.»

«Ja ...» Fredersen schien nachzudenken. «Wenn Sie zu mehreren hier wären, würden Sie ja jetzt wohl nicht so alleine hier herumstehen, nicht?»

Senf zog es vor, nichts zu entgegnen, gerne hätte er ihn an Ort und Stelle erschlagen, aber er beherrschte sich.

«Sie ermitteln aber vielleicht doch immer noch ein wenig wegen der Sache im Zoo?»

Der Polizist schwieg.

«Ich habe das auch nicht geglaubt mit dem Unfall. Oder jetzt das Geständnis dieses Trittbrettfahrers. Unsere Zeitung könnte bald eine Heidelberg-Serie drucken, so oft lesen wir von euch.» Fredersen schaute ihn nachdenklich an, es gelang Senf, dem Blick standzuhalten. «Nun, ich glaube, ich kann Ihnen die Lösung präsentieren, ja, ich helfe Ihnen. Meinen Freunden aus Heidelberg.» Fredersen lächelte dünn. «Ich weiß, Sie haben einen Verdacht gegen mich, sonst hätten Sie nicht mit meinen Nachbarn gesprochen. Aber ich bin Deutschlehrer, kein Kickboxer. Gehen Sie mit?»

Senf nickte.

Theuer hörte eine schnarrende Türklingel, König, der unten geblieben war, öffnete, ein kurzer Wortwechsel. Schritte.

Fredersen trat ein. Ihm folgte Senf und zuletzt König mit gehobener Waffe.

Dem Ersten Hauptkommissar stand der Mund offen.

«Team ist Team», sagte der Karlsruher traurig. «Bis zuletzt. Sie werden uns umbringen, und ich bin schuld.»

Eigenartig desinteressiert ließ Theuer das Folgende über sich ergehen. Fredersen nahm sich Cornelias Waffe und verfügte, sie solle sie fesseln. Das Mädchen wollte die Pistole zurück, ihr wurde nur beschieden, das sei jetzt Männersache, was der Ermittler furchtbar dumm fand. Klebeband war keines im Haus, aber König hatte ein Hanfseil, Cornelia übernahm das Verknoten, Theuer schnitt es in die Handgelenke, es war zu ertragen.

Irgendwelche Pläne wurden geschmiedet, nachher im Keller – aha, da würden sie sie erschießen. Aber warum nachher? Sie hatten eben doch Angst davor. Und er hatte gerade keine, gar keine, war ein Hologramm seiner selbst. Los, Theuer, probier noch was! Rede, rede, alle sagen, du schweigst zu oft, also ändere jetzt dein Leben, solange du es noch hast!

«Na, Herr Fredersen», sagte er freundlich. «Und das alles jetzt wegen ein bisschen harmloser Päderasterei ...»

«Sie brauchen nicht mehr zu ermitteln», entgegnete Fredersen hasserfüllt. «Sie beide sollten jetzt Ihren Ruhestand genießen. Er ist kurz.»

«Anatoli war ideal für Sie. Ein hübscher Kerl – isoliert, allein, ängstlich, vielleicht auch einfach passiv, hatte ja schon viel erlebt –, aber intelligent. Einer, der es einem danken wird, wenn man ihm Aufmerksamkeit schenkt, der erst mal gar nicht merken will, welche Art Freundschaft ihm da entgegengebracht wird.»

König schaute angewidert drein. Cornelia saß teilnahmslos auf ihrem Schreibtischstuhl.

Fredersen schwieg, ohne sich auch nur zu rühren. Theuer betrachtete ihn, als sähe er ihn zum ersten Mal. Im diffusen Licht unter der Dachschräge erschien ihm der Lehrer nur als besetzte Rolle, als einer, der nach Ende des Gesprächs in eine andere Existenz zurückkehrte und sich freundlich bis zum Beginn der morgigen Dreharbeiten verabschiedete.

«Hat er etwas an Ihnen gemocht? Hat er Sie gerne angefasst, Ihr Kleiner? Oder hat er sich viel mehr geekelt vor Ihrem alten Fleisch, Ihrem klebrigen Zipfel, Ihrem Affenarsch?»

Keine Reaktion.

«Warum sind Sie nicht viel empörter? Warum lassen Sie sich so kränken? Weil Sie wissen, dass Sie widerlich sind.»

«Er hat Sie gehasst.» Senfs Stimme klang verträumt. «Sie bilden sich etwas anderes ein, aber Anatoli hat Sie gehasst. Er hasste Ihre Säfte, Ihren Geruch, Ihren Schweiß, Ihren Speichel, Ihre knotigen Hände und Füße, Ihre schlaffen Pobacken, Ihre schuppige Eichel, Ihr Lächeln, die Geschenke.

Sie bilden sich ein, dass es nicht so war. Weil er auch lachte, weil er auch freundlich war. Weil er mitgemacht hat und es ihm gekommen ist. Das hat aber alles nur funktioniert, weil Sie ihn schon umgebracht hatten, Herr Fredersen.

Das funktioniert alles als ob. Egal, was am frühen siebenten Januar passiert ist, der Mord ist schon viel früher geschehen. Egal, was Sie getan haben oder nicht getan haben, Sie haben dem Jungen den Leib genommen, und das nennt man Mord.»

Senf hatte Schaum vor dem Mund, aber er schrie nicht. «Anatoli war Ihr Hobby, Ihr Recht, Ihr Besitz. Schließlich haben Sie ja die Schokolade bezahlt. Schwein. Dreckiges Schwein.»

«Es hat ihm auch Freude gemacht», sagte Fredersen leise.

«Das weiß ich. Wie er gebebt hat, als er das erste Mal gekommen ist. Das war am Strand in den Dünen bei Laboe.» Seine Stimme klang zärtlich, und das war das Unerträglichste. «Ein gewaltiges Risiko, aber ich wollte, dass er es an einem schönen Ort erlebt, das wollte ich. Ich habe ihn gestreichelt, erst war er kalt und angespannt, es war ja auch kalt, wir mussten es ja in einer kalten Nacht tun, damit uns niemand aufstört. Aber dann wurde sein schmaler, schwächlicher Körper ganz weich und warm, und zum Schluss, als er seine Lust in meine Hand gegeben hat, da hat er mir den Arm um die Schulter gelegt, ganz scheu, ganz unschuldig.

Mein Gott, noch ein, zwei Jahre wäre er mein Spatz gewesen, dann hätte ich ihn doch freigegeben, reich beschenkt und mit mir als Freund für immer, ich hätte ihm ein Studium bezahlt, das kann man nicht bei jedem, aber er war es wert. Ich mag nicht die groben, kantigen Männerkörper, ich bin ja nicht schwul.»

Theuer hätte in allem Elend beinahe laut losgelacht. «Das ist Ihnen wichtig? Dass Sie kein Homosexueller sind? Fänden Sie das unanständig?»

«Nein, gar nicht. Aber es ist etwas anderes, das versteht ihr alle nicht. Ich mag die Kinder haben, die weichen, gut riechenden, lernbegierigen Kinder, mit der schönsten Haut eines Menschenlebens, mit ...»

«Können Sie nicht aufhören?» König stöhnte. Was machte Cornelia? Nichts.

«Auch Mädchen? Haben Sie sich die auch genommen? Sie, der Sie ja keineswegs schwul sind.»

«Unschuld ist Unschuld. Aber die Knaben haben eben schon so etwas Kühnes, Tapferes ... Die Medien schreiben etwas kaputt, das in der Hochblüte der altgriechischen Kultur als schönste Form der Liebe galt. Sokrates, Plato, sind das Kinderficker?»

«Wissen Sie, was hier los sein wird, König? Zwei Polizisten verschwinden! Da bricht doch die Hölle an!» Theuer hörte, dass Senf Angst hatte. Wo blieb denn seine?

«Und was sollen wir stattdessen tun?»

«König», sagte er ruppig. «Wenn Sie eine Waffe halten, sieht das fast aus, wie wenn schlechte Schauspieler zum Playback Geige spielen. Einfach falsch. Sie können es nicht.»

«Ich kann es gut genug, um einen Gefesselten zu erschießen, wenn ich muss.»

Damit hatte er wohl Recht.

Die Minuten vergingen, König und Fredersen schwatzten davon, was sie mit den Leichen machen könnten. Ziemlich dilettantische Planfragmente. Theuer war sich sicher, dass man sie kriegen würde. Aber er war dann tot.

Jetzt: Die Furcht war da, nachgekommen, eingeholt, ein riesiger schwarzer Klumpen im Leib, nicht viel fehlte und er hätte sich eingenässt, doch seltsam unbeeinflusst davon trieben seine Gedanken weiter dahin. Einerseits suchte er nach einem Plan, wo es keinen mehr geben konnte, andererseits dachte er mit guten Gefühlen an die, die er liebte, und jetzt durfte er ja sogar mal die tote Frau von damals, die Hornung und die Yildirim zugleich lieben, keine Moral mehr und nicht mehr viel Zeit. Ließ sich die Zeit dehnen? Er dachte an Babett, die aufhörte Kind zu sein, und seine Kindertage in Heidelberg, Fabry schoss die Elfer, in der Hauptstraße fuhr noch die Straßenbahn, Veronica aus der Parallelklasse, die er sich nackt vorstellen musste, wenn er sie sah. Erektionen im Physikunterricht, der heiße Sommer 68, als alle über die bösen Studenten sprachen und er mit Sybille im Tabakfeld bei Leutershausen miserablen Geschlechtsverkehr hatte. Seine Hochzeit, sein stolzer Vater, der ihn linkisch umarmte, allzu oft hatten sie das nicht geübt. Später am Abend, trunkener

Gesang im Vereinshaus im Feld, Perle am Neckarstrand, Ende am Ostseestrand.

Theuer wandte sich an Senf: «Erinnerst du dich?» Der heitere Klang seiner Stimme verblüffte ihn selbst. «Der Silberrücken hat essen wollen, und er hat eine Gebärde des Kraulens gemacht, so in Richtung gern haben. Ich glaube, ich weiß warum. Fredersen hat den Jungen auf seine schlechte Art gemocht und ihn sozusagen zärtlich zum Gehege gebracht, kurz vorher hat er ihm wahrscheinlich noch in den Mund gestoßen. Bohumil hat uns eben doch was gesagt. Ich hatte ein bisschen Recht, was kann man mehr erwarten im Leben?»

Niemand reagierte, schon klar, zu solchen Sätzen ließ sich wenig sagen. «Wie harte Luft muss dem Gorilla die Glasscheibe vorkommen, und unbegreiflich nah ist die Freiheit hinter diesem Graben draußen, den er nicht überwinden kann, niemals, und er kann sicher nicht begreifen, was ihm geschieht, sein ganzes Leben, weil wir Menschen so geschickt darin sind, Schwächeren alles zu nehmen.» Er war im Begriff loszuweinen, dabei riss er sich doch zusammen, woher sollte noch mehr Kraft kommen, er brauchte sie doch ... Nein, keine mehr da, dann muss es ohne Kraft gehen.

«Wissen Sie, Herr König, ja, Sie wissen es: Die Sache wird mit unserem Tod nicht vorbei sein.»

«Versuchen Sie es gar nicht», sagte König. «Wir kommen jetzt alle nicht mehr aus der Geschichte raus.»

«Ihre Tochter ist ein Risiko», fuhr Theuer fort. «Und Fredersen. Er muss sie doch hassen, sie hat ihm Anatoli totgeschlagen. Und Sie hassen ihn! Er hat Ihre Tochter zur Mörderin gemacht und Sie gleich mit zum Mörder. Sie fangen gerade erst an zu töten, Sie drei, warum sollte es mit uns aufhören?»

Königs Augenbraue zuckte.

«Seien Sie still», sagte Fredersen. «Es wurde ja noch ein Junge erschlagen. Ich habe es in der Zeitung gelesen. Das Töten geht überall weiter.»

«Und das war just in der Nacht, wo ich meine Tochter zu seinem Ferienhaus da in die Uckermark fahren musste, nachdem sie mir alles ...», lachte König hysterisch. «Wo er die Waffen gebunkert hat ... Ich hab noch gedacht, jetzt hätten wir kein Alibi ...»

«Sie haben eine rührende Vorstellung von Polizeiarbeit.» Theuer schüttelte den Kopf. «In Heidelberg geschieht ein Mord, und das Alibi eines siebenhundert Kilometer entfernten Grundschullehrers wird überprüft. Also von Ihnen sind die Waffen. Geschickt, Herr Fredersen – nicht zu Hause aufbewahren, es könnte ja mal eine Durchsuchung geben ... Haben Sie sie schon mal benutzt?»

Fredersen schüttelte den Kopf: «Aber das wird mich nicht hindern.»

«Sie sind noch kein Mörder. Ein paar Jahre Gefängnis, nicht das ganze Leben.»

«Pädophile sind im Knast ganz unten, das weiß jeder.» Fredersens Stimme klang eng. «Das überstehe ich nicht.»

«Solche sind feige», sagte Senf. «Deswegen tun sie so, als ob sie uns mögen.»

«Ach», giftete Fredersen. «War da mal einer ein kleiner Süßer?»

Theuer konnte seine Stimme so gerade ruhig halten. «Sie müssen gleich töten. Töten ist schwer, Herr Fredersen, Herr König, viel schwerer als ein bisschen Haft.»

Eine Bewegung, Klappern. Theuer begriff zunächst nicht, dann packte ihn rasende Angst vor der Hoffnung, ja, König hatte seine Pistole fallen lassen.

«Sind Sie wahnsinnig?» Fredersen richtete die Waffe auf König.

In einem einzigen, harmonischen Ablauf, Fesseln abwerfen, Waffe aufnehmen, aufrichten, ausrichten, Feuer, erschoss Senf Fredersen. Theuer sah das Gesicht seines Kollegen, es war ganz ruhig und entspannt. Es konnten keine zwei Sekunden vergangen sein, aber er war wieder einmal im zeitlosen Raum, dem äußersten Raum der Welt.

«Ich kann zaubern», sagte Senf leise. «Hat mir mein Ficker damals beigebracht. Als ich ein Süßer war. Ohne meinen Ficker wäre ich nicht hier, und ohne meinen Ficker wäre ich hier verloren. Was für ein verrückter Teufelskreis, nicht wahr?»

Cornelia griff sich Fredersens Waffe.

«Nicht», sagte Senf. «Ich will dich nicht ...»

Ein weiterer Schuss. Was war? War er tot oder Senf? Nein, Cornelia hatte ihren Vater getötet.

«Glückwunsch, Theuer, wirklich.»

«Beglückwünsche mich doch, wenn es bei uns endlich wieder gut ist.»

«Dazu müsstest du mal da sein.»

«Ein paar Tage, die letzten Vernehmungen, verstehst du das?»

«Ja, das verstehe ich. Ausnahmsweise versteh ich dich mal wieder.»

«Zum Ausgleich werde ich dich ganz oft verstehen.»

«Ich habe es gesehen. Eigentlich ist Danni schuld. Mit dem Apfelkorn. Fredersen hat Jana und sie heimgeschickt. Ich war allein und konnte nicht schlafen. Irgendwann bin ich raus, bin nochmal in den Zoo. Das hat dann eben niemand bemerkt, auch nicht, als ich zurückgekommen bin.»

«Hattest dich in den Anatoli ein bisschen verliebt?», fragte Theuer vorsichtig. Der neuerdings sehr zugängliche Kollege Bongartz schrieb mit.

«Ja, sehr, sonst passiert das bei mir gar nicht.»

«Schön, verliebt zu sein, gell?»

Sie schüttelte den Kopf. «Nein, dann tut's eben noch mehr weh.»

«Also, du bist in den Zoo gegangen.»

Ihre Augen wurden trübe, sie schaute nirgends hin. «War gar nicht so kalt, der Boden war ganz weich, aber es hat nicht geregnet. Ich bin dann herumgelaufen und hab mir vorgestellt, dass ich mit ihm rumlaufe.»

Sie waren es mittlerweile gewohnt: Als sie losfuhren, peitschte Regen aus einem Graphithimmel, auf der Autobahn nach Hamburg hatten sie ein Margarinewerbungs-Schäfchenwolken-Sonnenidyll, allerdings schob ein seitlich katastrophal attackierender Wind gegen das Auto.

«Du halt mal bei nächster Gelegenheit an, Senf», sagte Theuer und hörte sich interessiert zu. «Ich muss pinkeln.»

Er ging auf den kleinen Notdurftpavillon zu, jetzt war es fast windstill, aber am späten Vormittag so dunkel, als bräche eine mehrwöchige arktische Nacht an.

«Yildirim?»
«Ich bin's.»
«Woher wusstest du, dass ich zu Hause bin?»
«Ich hab's nicht gewusst. Ich wollte ... was Liebes sagen. Und fragen, wie es Babett geht.»
«Gut geht's ihr, hat eine Sechs in Reli bekommen, weil sie einen Pimmel ins Buch gemalt hat. Sie hat mich gefragt, ob sie sich piercen lassen darf.»
«Wo?»
«Das willst du nicht wissen.»
Sie mussten beide lachen.
«Und warum bist du zu Hause?»
«Ich bin zu Hause, weil ich Urlaub genommen habe. Weil ich für dich kochen und trotzdem verführerisch sauber, gesalbt und duftend sein will. Wie ich das machen soll, weiß ich noch nicht. Und dass es oft ziemlich beschissen schmeckt, wenn ich am Herd war, das weiß ich auch. Du sollst die Geste sehen. Du kannst dir was wünschen.»
«Dass es das nächste Mal wenigstens kein Kind ist», sagte er. «Letztes Jahr Ronja und jetzt Anatoli, das halt ich nicht mehr aus.»
«Ich habe zwar das Essen gemeint, aber dein Wunsch ist besser. Ja, das wünsche ich dir auch.

Du, stell dir vor, heute habe ich auf dem vorderen Balkon nach vorne den Rieslingsekt gefunden, den Haffner Silvester mitgebracht hat. Wollte er wahrscheinlich während dem Böllern saufen und hat's vergessen. Da stand der jetzt fast drei Monate hinter den Blumentöpfen. Den machen wir auf, oder?»

«Machen wir. Was machen wir?»

«Ach, Theuer. Du Irrer!»

«Wir lieben uns, ich weiß es. Ich bin der Ältere, ich habe mehr Erfahrung. Das wollte ich die ganzen Tage sagen und hab es nicht herausgebracht. Warum, weiß ich nicht. Aber jetzt bin ich erleichtert, fast wie …»

«Ich freu mich auf dich. Bis heute Abend. Tschüs, Theuer.»

«Tschüs. Fast wie Stuhlgang, und ich habe begriffen, dass Liebe eine Tätigkeit ist. Wie Schwimmen.»

Yildirim hatte glücklicherweise schon aufgelegt.

«Sie waren aber lange schiffen», sagte Senf mit Respekt in der Stimme. «Ich kenn das nur von meinem Cousin, der ist Lokführer, die können es auch ewig verhalten.»

Sie waren schon wieder ein kleines bisschen im Süden, Sonne ohne nennenswerten Wind wagte sich heraus und wärmte ihre müden Köpfe.

Letzte Pause vor Heidelberg.

«Übrigens, mit einem hatten Sie Unrecht», sagte Senf. «Einen Menschen zu töten ist zumindest in manchen Situationen ganz leicht. Mir ist es ganz leicht gefallen. Ich warte noch immer auf das schlechte Gewissen, es kommt nicht. Ich schlafe gut, so gut wie seit Jahren nicht mehr. Das bestürzt mich.»

Er ist zu Hause, Babett schläft, Yildirim hat gewartet. (Das Essen war angebrannt.) Er erzählt bis drei Uhr, und beim dritten Schlag der Providenzkirche («Die haben vergessen, das Läutwerk auszustellen! Und wenn unser Muezzin die ganze Nacht brüllen würde?»), beim dritten Schlag ist sie wieder da, die Lust. Ineinander verknotet, verbissen, plumpsen sie krachend ins Bett, er liebt sie, sie liebt ihn, nach allem, was man so weiß, ist es ja wohl doch so. Heiraten, aber gewiss doch, irgendwann. Zunächst jedoch nichts weiter denken, Tier sein. Er spürt ihre Hände und Fersen am Rücken, kurz, aber nur kurz wird er klein in ihr und denkt:
Silberrücken.

Er ließ es ausrechnen, ja, das würde reichen.
2006 ist Schluss.

Theuer ist im Zoo und schaut lange durch die harte Luft in Bohumils Augen, bildet sich sonst was ein, was ihrer beider Blicke bedeuten. Dann wendet sich das Tier ab und scheißt.

## Mörderisches Deutschland

## Eisbein & Sauerkraut, Gartenzwerg & Reihenhaus, Mord & Totschlag

**Boris Meyn**
**Die rote Stadt**
*Ein historischer Kriminalroman*
3-499-23407-6

**Elke Loewe**
**Herbstprinz**
*Valerie Blooms zweites Jahr in Augustenfleth.* 3-499-23396-7

**Petra Hammesfahr**
**Das letzte Opfer**
*Roman.* 3-499-23454-8

**Renate Kampmann**
**Die Macht der Bilder**
*Roman.* 3-499-23413-0

**Sandra Lüpkes**
**Fischer, wie tief ist das Wasser**
*Ein Küsten-Krimi.* 3-499-23416-5

**Leenders/Bay/Leenders**
**Augenzeugen**
*Roman.* 3-499-23281-2

**Petra Oelker**
**Der Klosterwald**
*Roman.* 3-499-23431-9

**Carlo Schäfer**
**Der Keltenkreis**
*Roman*
Eine unheimliche Serie von Morden versetzt Heidelberg in Angst und Schrecken. Der zweite Fall für Kommissar Theuer und sein ungewöhnliches Team.

3-499-23414-9

*Weitere Informationen in der Rowohlt Revue oder unter www.rororo.de*